n/2-

Corinna Antelmann, Hinter die Zeit
© 2015, Septime Verlag, Wien
Alle Rechte vorbehalten

Das Gedicht auf Seite 5 stammt von Ewa Lipska: *VOM KRIEG*, aus:
Ein Jahrhundert geht zu Ende, Suhrkamp, 1984
Aus dem Polnischen von Karl Dedecius

Lektorat: Elisabeth Schöberl
Umschlag und Satz: Jürgen Schütz
Umschlagbild: © Heather Evans Smith
Druck und Bindung: Druckerei Theiss GmbH
Printed in Austria

ISBN: 978-3-902711-43-4

Auch als E-Book erhältlich
ISBN: 978-3-903061-18-7

www.septime-verlag.at
www.facebook.com/septimeverlag | www.twitter.com/septimeverlag

Corinna Antelmann
Hinter die Zeit
Roman

Der Krieg ist in uns
Der Krieg kommt mit uns auf die Welt.
Der erste Schrei.
Der erste Zorn.
Das Blut will die Adern sprengen.

Und wenn wir am Scheideweg stehen
und wenn wir uns zwischen zwei Kriegen lieben
[…]
– der Tod
steht uns wieder bevor.

Ewa Lipska

1

Gewöhnlich liegen die Wände eines Objekts wie ein aufgeschlagenes Buch vor ihr, diese Kirche hingegen versteckt sich, als habe sie sich angesichts der umfassenden Zerstörung in sich zurückgezogen. Vor Kurzem hat es nicht einmal mehr einen Dachstuhl gegeben, nur die Glocke ist noch immer intakt, aber auf dem Papier bleibt sie tonlos, still wie die Münder der barocken Zeichnung, die als eine von vielen nachträglich auf die gotischen Mauern geschmiert wurde.

Auf die innere Haut.

Du hast mich hinunter in die Grube gelegt / in die Finsternis und in die Tiefe steht über der Darstellung des Psalms an der nördlichen Seite des Presbyteriums. Während Irina die Unterlagen betrachtet, die Bestandsaufnahmen von jetzt und vorher, drängen sie hinein in ihren Körper, ihren Geist, ihre Zeit, ja, Zeit!, die werden sie brauchen. Aber in ihrer Vorstellung ist bereits alles fertig, rekonstruiert und vervollständigt, in der Zukunft gelandet, der heilen Gestalt, die zugleich die Vergangenheit abbildet.

Du kannst Zeitsprünge machen, sagte Jona, da waren sie noch nicht einmal verheiratet, dein Gehirn ist so gebaut, dass es die Vergangenheit spiegelt, als diese noch kein Gestern war, sondern ein Heute.

In diesem Punkt hat er recht, denkt sie und schlägt die Unterlagen zu, mein Gehirn lässt den Ballast der Zeit außen vor und ist deshalb imstande, eine frische Zeit zu gebären, eine gewissermaßen unbelastete Zeit.

Platz für Neuanfänge, für Schönheit auch.

Sie verstaut die restlichen Akten in den zweiten Karton und klebt beide mit doppelseitigem Klebeband zu, um sie im Kofferraum stapeln zu können, geht noch einmal durch das aufgeräumte Büro, zieht den Stecker, kontrolliert auch den Müll, dann wuchtet sie alles durch die Tür und sperrt sorgfältig zu.

Präpariert für den Fall der Fälle.

Irina fährt zu schnell. Sie passiert das Tor, und als sie den Wagen abbremst, kommt er auf dem Schotter ins Schleudern, die Reifen sind nicht mehr die neuesten. Ein Besucher schaut ihr erschrocken nach, sicher vermutet er, jemand liege im Sterben, was sonst könnte diese Eile erklären? Die meisten Leute, die sich dem Altersheim nähern, verlangsamen ihren Schritt und werden still, alle wissen, der Tod lauert in allen Ecken und trifft am Ende alle.

Unverhofft und oft.

Im Flur riecht es nach Urin und dem Versuch, den Gestank mit billigen Desinfektionsmitteln zu überdecken. Zu überpinseln. Hier sind andere Bakterien unterwegs als solche, mit denen Irina während Restaurierungsarbeiten beinahe täglich hantiert, und sie widersteht dem Impuls, umzudrehen und hinauszustürzen, an die frische Luft, ins Leben, immer ins Leben, was um alles in der Welt hat ein zwölfjähriges Mädchen hier verloren?

Der Geruch beschwört Ahnungen herauf, wie die eigene Zukunft aussehen könnte, das eigene Sterben auch. Das Altersheim will Irina in sich gefangen nehmen, sie spürt es ja, es zwingt sie rückwärts, während sie selbst vorwärtsstrebt, vorwärts, immer vorwärts, warum also bleiben sie nicht unter sich, die Alten, lösen Kreuzworträtsel oder trinken aus Schnabeltassen?

Tun, was Alte eben tun.

Sie nimmt sich eine Zigarette aus der frischen Packung und zündet sie an, das Nikotin schmeckt verwegen und lebensfroh, allen Krebswarnungen zum Trotz. Irina schichtet die Zigaretten in das Etui mit den eleganten Goldornamenten, es zeigt eine Blume und strahlt vor Gesundheit, und wirft die aufgedruckten Angstmachereien samt Schachtel in den Müll, wo sie hingehören. Angst hat sich schon immer als eine schlechte Richtschnur erwiesen, Irinas Mutter zum Beispiel hangelte sich die größte Strecke ihres Lebens daran entlang, bis sie vor lauter Angst erstarrte und sich in die Sprachlosigkeit mauerte, die ihr ein Gebäude der Zuflucht zu sein versprach.

Der eisigen Abwehr.

»Haben Sie nicht das Schild gesehen?«, fragt eine Stimme hinter ihr. – »Entschuldigen Sie, bitte«, sagt Irina lächelnd und legt dabei ihren ganzen Charme in dieses Lächeln, sodass die Schwester zurücklächeln muss.

Jona meinte einmal, Irina lächle das Lächeln der vermeintlich Sorglosen, ja, Glückseligen, und habe deshalb so einen Erfolg, weil alle daran teilhaben wollten, an diesem Glück. Erfolg, Erfolg, was, bitte, meinst du mit *Erfolg*?, wendete sie ein, zum Geldverdienen jedenfalls habe sie den falschen Beruf, aber davon ließ sich Jona nicht irritieren: Du nimmst einen Auftrag entgegen, und augenblicklich fühlen sich die Auftraggeber von aller Last befreit. – Ach, tatsächlich? – Ja, es gelingt dir, ihnen weiszumachen, du könntest jede Last in Leichtigkeit verwandeln, deine eigene Schwere bekommt keiner zu Gesicht.

Welche Schwere?

Sie drückt die Zigarette aus, geht den Gang hinunter und öffnet die Tür, ohne anzuklopfen, ihre Mutter kann ohnehin nichts mehr entscheiden, nicht, ob sie offen ist für ein *Herein* oder lieber allein bleiben will mit sich und der Stille, vermutlich macht das keinen Unterschied für jemanden, der stumm dahinvegetiert.

In sich eingeschlossen.

Ihr Innenleben bleibt unergründet, so war es immer schon, und alle Entscheidungen werden ihr abgenommen: So, Frau Kossak, dann wollen wir mal duschen, oder: Frau Kossak, ein bisschen frische Luft wird Ihnen gut tun. Dem eigenen Bewusstsein entzogen, werden ihre Handlungen von außen gesteuert, da gibt es keinen freien Willen, alles, was sie tut, tut sie fremdbestimmt und ohne Einwände zu erheben.

Nur einmal, als Irina eine Schwester anschrie, der klaren Sicht zuliebe doch wenigstens ab und zu ein Fenster zu putzen, nichts als die Trostlosigkeit des Zimmers mit seinen geschmacklosen Stickereien spiegele sich darin, Herrgottnochmal!, da wimmerte ihre Mutter und schniefte, und Irina dachte, die hört mich also doch, seht, seht, stellt sich taub und blind und hohl und belauscht mich dabei unauffällig von hinten.

Seither kommt sie noch seltener, und wäre Zoe nicht auf die Idee verfallen, ihrer Großmutter plötzlich regelmäßig Besuch abstatten zu wollen, wäre sie auch heute nicht hier, es gäbe ohnehin genug anderes zu tun.

Zoe sitzt auf einem Stuhl am Fenster, ihrer Großmutter gegenüber, und redet auf sie ein, aber die Oma regt sich nicht, ein Bauwerk aus Stein, mit einer Schicht aus Jahren überzogen, und was immer diese Jahre in sich geborgen haben mögen, die Fassade wurde von ihnen ruiniert.

»Vergiss es«, sagt Irina, »hat doch sowieso keinen Sinn, und beeil dich, ich bekomme noch Gäste.« Ihre Tochter macht einen Schritt auf die Oma zu, streicht ihr über den Kopf und gibt ihr einen Kuss auf die Wange. Irina hingegen ist es unmöglich, die Mutter anzufassen, also verlässt sie das Zimmer einfach so.
Ohne Gruß und ohne Kuss.

Im Auto pfropft sich Zoe Musik ins Ohr und verkriecht sich damit in sich selbst. Ob sie schon gegessen habe, fragt Irina, und als ihre Tochter nach nochmaligem Fragen den Kopf schüttelt, lacht sie: »Bist ja schlimmer als ich.«
Zoe bleibt ernst, wie meist, der Ernst war immer schon Teil von ihr, ebenso wie die Traurigkeit in den Augen. Hinzu kommen jetzt zweieinhalb Stunden Oma in einem miefigen Zimmer, das dürfte nur wenig erhellend sein für ein kindliches Gemüt, vermutet Irina.
»Ich an deiner Stelle würde lieber eine Freundin besuchen, als im Altersheim herumzuhängen«, sagt sie, »oder was versprichst du dir davon, einmal in der Woche mit einer Beinahe-Toten zusammenzuhocken, plaudert es sich nett mit Großmütterchen?« Und nun schaut Zoe erstmals zu Irina hinüber, zieht sogar den Stöpsel aus dem Ohr: »Ich möchte wissen, wie es früher war, wie sie gelebt hat und so.« – »Trifft sich ja ausgezeichnet bei jemandem, der seit fünf Jahren schweigt«, sagt Irina und denkt, sei froh, wer weiß, was du dir alles anhören müsstest.
»Irgendwann, wenn niemand mehr damit rechnet, wird sie reden«, meint Zoe, »interessiert dich denn gar nicht, wie es ihr geht, was sie erlebt hat, was hinter dem Schweigen ist?« – »Sicher nicht, ich habe mich lange genug mit dem

Vergangenen abgeschleppt, jetzt ist Schluss, vergangen ist vergangen und geht mich nichts mehr an.« – »Na dann.«

Zoe stöpselt sich wieder von ihr ab, und Irina fällt unvermittelt ein, wie sie selbst als kleines Mädchen auf den Schoß ihrer Großmutter geklettert ist: Zeig mir Fotos, Oma, erzähl mir was, und dann kam wieder nichts heraus als ein Seufzen und irgendein Wir-armen-Vertriebenen-Gedudel, an das Irina sich nicht mehr erinnert, die Erzählungen waren zu starr, wie es jetzt die Lippen der Mutter sind.

Starr und unbewegt.

Irina tritt fester aufs Gaspedal, um die Erinnerungen zu überholen, doch sofort gemahnt Zoe zur Langsamkeit, besonnen wie der Vater, darin ähnelt sie ihm. Tempolimit, Haushaltspläne, Jona liebte es, auf mögliche Regeln zu pochen, so als würden sie ihm dabei helfen, sein System zu stabilisieren und eine diffuse Angst zu verbannen, wann immer sie den Abwasch liegen ließ oder die Möbel umstellte oder sich erlaubte, kurzfristig langfristig angelegte Pläne zu verändern.

Wovor hast du eigentlich Angst?, fragte sie ihn einmal. – Jeder hat Angst, auch du, erwiderte er, schichtete ungerührt Zoes Wäsche in den Schrank und sortierte sie dabei nach Farben. – Du würdest einen prima Soldaten abgeben, stichelte sie, aber jaja, bla, bla, du hast recht, was rede ich von Soldaten, nichts verstehe ich davon, warum sollte ich auch?

Wen interessiert schon der Krieg?

»Komm jetzt«, sagt Irina und steigt aus. Sie muss noch die Koffer packen und das Wohnzimmer in einen akzeptablen Zustand versetzen, das wird schnell gehen, die Wohnung ist noch immer beinahe leer, seit Jona seine Tonnen an

Jura-Büchern in den Wagen lud, um Irina für immer von dem Ballast zu befreien, der erst durch ihn und später dann durch vierzig Babystrampler ihr Leben erschwert hatte.

Irina geht sofort in die Küche, um Miso aufzulösen, und fordert auch Zoe auf, ihr ein wenig zu helfen, aber die Tochter lehnt dankend ab. Das Herumwirbeln mache sie nervös, Irina sei die Einzige, die sie kenne, die gleichzeitig Teller decke, Sushi-Platten balanciere und Zeitungen in den Korb räume. Und es stimmt ja, Irina kann dabei sogar noch den Lippenstrich nachziehen und den Reis überwachen und eine Liste erstellen, was sie für Tschechien mitnimmt.

Im Schlafzimmer wirft Irina die Hemden ungefaltet in den Koffer, die Sportschuhe liegen bereit, die Stiefeletten mit den Absätzen können im Schrank bleiben, vermutlich ist das Kaff nicht einmal asphaltiert, aber sie wirft sie dennoch obendrauf, das Unvermutete tritt häufiger ein als allgemein erwartet.

Man kann ja nie wissen.

»Auf der Flucht?«, fragt Zoe, die plötzlich im Türrahmen lehnt, und Irina lacht: »Fliehen, wovor?« Und denkt, vor eingemauerten Müttern vielleicht, vor Kindern und unersättlichen Forderungen nach Mehr, vor neunmalklugen Exmännern und Liebhabern, die nicht kapieren, wenn ich sage: Nein, du kannst nicht mitkommen. – Und warum nicht?

Was soll man auf so eine Frage antworten?

»Sieht leicht überhastet aus, was du da treibst, oder ziehen wir wieder einmal um?«, fragt Zoe und lässt sich auf das Bett fallen. Hängt das bereits mit der Pubertät zusammen, dieser passive Gang? Irina reißt sich zusammen, um nicht an Zoe herumzukritisieren, das wird sich sicher wieder ändern.

Alles ändert sich immerzu.

»Was gibt es?«, fragt Irina heiter. »Alles klar?« – »Kannst du nicht hierbleiben, bitte, nur dieses eine Mal, ich will nicht, dass Frau Büchel auf mich aufpasst, immerzu bastelt sie mit mir und kapiert nicht, dass ich kein Kleinkind mehr bin.« – »Stell dich nicht so an, sei lieber froh, dass wenigstens eine hier mit dir bastelt, ohne Frau Büchel hätten wir nicht einmal Weihnachtsschmuck.«

Irina schließt die Schranktüren und den Kofferdeckel und will an Zoe vorbei ins Wohnzimmer gehen, um Kerzen anzuzünden und eine CD einzuschieben, *Asia lounge,* die fiel ihr gestern beim Tanken in die Hände, rechtzeitig für diesen japanischen Abend, gleich wird es klingeln. Zoe bleibt ihr auf den Fersen, zu nah, immer diesen Tick zu nah.

»Früher«, sagt Zoe, »als Oma noch zu Hause war, konnte ich wenigstens ab und zu bei ihr bleiben.« – »Früher, früher, du redest wie eine alte Frau.« – »Wir könnten Papa fragen.«

»Das fällt dir ja früh ein«, sagt Irina und sieht ihre Tochter gleichgültig mit den Schultern zucken, sie hätten schließlich keine Zeit zum Reden gefunden, und da muss Irina ihr recht geben, es ist wahr, die letzten Wochen waren hektisch: »Das weiß ich, aber ohne gründliche Vorbereitung stünde ich wie eine Vollidiotin da, das habe ich dir doch schon erklärt.« Sie dimmt das Deckenlicht. »Ich verspreche dir, wir finden eine Lösung, fahren muss ich auf jeden Fall.« – »Jaja, schon klar.«

Zoe schlurft aus dem Zimmer, und Irina überlegt, ihrer Tochter hinterherzugehen und ihr über die Haare zu streichen, aber … Außerdem klingelt es, also geht sie zur Haustür, um zu öffnen, und da stehen alle drei im Windfang, wie auf dem Gemälde der drei Grazien, nur dass die

Gestalten in diesem Falle bekleidet sind und zu zwei Dritteln männlich.

»Stell dir vor, was für ein Zufall, wir haben uns alle vor der Tür getroffen«, sagt Henrik dämlich und zerstört den Eindruck von Schönheit und Freude durch die Ignoranz, mit der er an Astrid und Roman vorbei in den Flur und weiter ins Wohnzimmer stapft, als sei er hier zu Hause. *Expandieren*, immer fällt Irina im Zusammenhang mit ihm dieser Begriff ein, er will expandieren, sein kleines idiotisches Ich expandieren, und dafür braucht er andere, mich, in deren Räume er ungefragt seine Invasion starten kann.

Ja, Invasion ist das richtige Wort.

Die Schuhe hat er bereits im Flur abgestreift, jetzt streckt er seine bestrumpften Füße unter den langen Glastisch und gießt sich aus der Karaffe Rotwein ein. Irina wirft Astrid einen Blick zu, aber die hat nur Augen für ihren neuen Gemahl. Seit sie sich kennen, bestimmt er Astrids Denken und Fühlen, und sie interessiert sich noch weniger für die Arbeit, als sie es Irinas Ansicht nach ohnehin je getan hat.

Pass auf, dass du dich nicht von ihm besetzen lässt, sagte Irina, als Astrid das erste Mal von ihm erzählte, von ihm und nur noch von ihm und immer wieder nur von ihm. Du solltest rechtzeitig beginnen, dein Terrain zu verteidigen. – Wieso verteidigen, fragte Astrid, befinden wir uns im Krieg?

Der Krieg ist in uns.

»Bist du gerade eingezogen?«, fragt Roman. »Keine Bilder, keine Fotos, nichts, das sieht ungewöhnlich aus, beinahe unbewohnt.« Ich brauche Platz, denkt Irina und sagt lächelnd: »Ich wohne schon lange hier, zu lange, aber ich liebe Wände, die frei atmen können.« Die Hauptsache sei, dass alle sich wohlfühlen, fügt sie hinzu und bittet ihre Gäste, sich zu setzen.

»Ich war schon mal so frei«, sagt Henrik, und Irina beißt sich auf die Lippen, um sich die Erwiderung zu verkneifen, die ihrem Ärger Luft machen würde. Man muss nicht alles sagen, was einem durch den Kopf schießt, warnte ihre Mutter stets, man muss dies, man muss das, warum willst du die Leute unnötig verprellen? Und jetzt ist sie stumm, die Mutter, das hat sie nun von ihrem Schweigen, und deshalb ...
Ach, was soll's.

Die Sushi-Platten sind beinahe leer, Irina entkorkt den nächsten Wein und deutet die drei leeren Flaschen als Zeichen, dass der Abend gelungen ist. Alle unterhalten sich so unangestrengt und leicht, sogar Henrik schwimmt mit in diesem seichten Fluss, ohne allzu große Wellen zu schlagen.
»Wie muss ich mir das vorstellen?«, fragt Roman. »Es gab darüber kein Dach?« Ihre Schilderungen vom Presbyterium interessieren ihn tatsächlich, seit einer Stunde hängt er an ihren Lippen und fragt Irina über die Arbeit aus, die ihr und Astrid bevorsteht, über das Objekt in Tschechien, das sie restaurieren werden.
»Da war nichts außer einer provisorischen Holzkonstruktion«, erklärt Irina, »das ist ziemlich ungewöhnlich.« – »Keine Malereien?« – »Doch, es gibt eine Wandmalerei an der nördlichen Seite des Presbyteriums, offensichtlich ein Fragment des achtundachtzigsten Psalms, wenn es stimmt, was der Bubi-soundso dokumentiert hat.« – »Bubeniček heißt der gute Mann«, verbessert Astrid, »vielleicht solltest du noch einen Crashkurs in Tschechisch machen.« – »Meinen ersten Satz habe ich mir bereits zurechtgelegt«, sagt Irina, »außerdem erinnere ich mich, dass *pivo* Bier bedeutet.« – »In dem Fall sind wir natürlich auf der sicheren Seite.«

Alle lachen, nur Henrik sagt etwas im Sinne von im Biertrinken seien sie sicher unschlagbar, die Tschechen. »Du weißt nicht, wie sehr das tschechische Team seit Monaten schuftet«, fährt Irina dazwischen, »die Arbeit schreitet voran, sie haben bereits eine zwiebelförmige Haube mit Laterne errichtet, da ein Teil der Konstruktion vom Turm fehlte.«

Das verdient allen Respekt.

Und ist gleichzeitig der Grund für die subtile Angst, die Irina verspürt, seit der Auftrag auf ihrem Schreibtisch liegt. Angst, ob sie gut genug sein und ob ihre Arbeit anerkannt und gemocht werden wird. Da genügen all ihre unbestrittenen Erfolge auf ihrem Spezialgebiet der Mikrobiologie nicht, um den eigenen Leistungen zu trauen.

Und auch keine Lobhudeleien.

Ja, mein Kind, gut gemacht, darum geht es im Leben, schaffe, schaffe, Häusle baue, du machst das schon, wir haben das auch geschafft, pflegte Irinas Mutter zu sagen, was so viel hieß wie: Und deshalb wurden wir aufgenommen in die Gemeinschaft, obwohl wir doch Flüchtlinge waren, hart arbeiten konnten wir, das sahen alle, ohne dass wir es zur Schau stellten.

Nur nicht auffallen.

Und ohne es zu wollen, schmälert Irina ihre Arbeit, die ihr doch so wichtig ist, indem sie jetzt abfällig über ihre rosa Wurzelzwerge spricht, denen ihre heimliche Liebe gilt: »Und während die einen schuften, kümmern die anderen sich um irgendwelche rosa Bakterien, die in Wirklichkeit kein Schwein interessieren.«

»Red keinen Mist, Irina«, sagt Astrid, »ohne deine mikrobiologischen Zusatzkenntnisse könnte niemand auch nur einen einzigen Finger rühren, also was willst du?« – »Bewundert werden«, meint Henrik, und Irina würde ihn gern hinauswerfen.

Mindestens vier Wochen wird sie fort sein, fürs Erste, später vermutlich noch einmal vier, auf diese Art wird sich die Geschichte mit Henrik von selbst erledigen, adieu, meine Liebe, und tschüss.

Was für eine Liebe?

Du kannst nichts anderes lieben als deine Bakterien, sagte Henrik gestern, nachdem sie seinen Plan, sie in Tschechien besuchen zu wollen, abgeschmettert hatte. Und sie dachte, vielleicht ja, mein rosa Glück, dich zumindest übersteigt es.

»Natürlich will ich bewundert werden«, bestätigt sie und lächelt souverän, denn sie wird sich von dem Trottel sicher nicht den Abend verpatzen lassen, »sei froh, kein Narziss ohne Echo, du siehst, ich brauche dich, mein Schatz.« Henrik ist sprachlos, Astrid und Roman lachen, und Irina fällt in das erlösende Lachen ein, das erleichtert die Seele.

So einfach.

Als sie später die Teller wegräumen, öffnet sich die Tür, dort steht Zoe. Typisch, kaum sind alle fertig, da fällt es dem Fräulein Töchterchen ein, auch noch etwas essen zu wollen, Irina hat dieses ewige Auf- und Abdecken immer schon gehasst, und obwohl sie sich besser leiden kann, wenn sie nett ist, immerzu nett, sagt sie schroff: »Pünktlich zum Nachtisch.«

Zoe scheint der Unterton wenig zu beeindrucken, sie schnappt sich ein abgestandenes Sushi-Röllchen, stippt es in ein Schüsselchen mit Sojasauce, kaut und murmelt von irgendeiner Sendung, deren Name Irina nichts sagt. Aber Henrik kennt sich offenbar aus und fragt erstaunt, ob sie derartiges Zeug für zwölfjährige Mädchen tatsächlich geeignet fände. Zoe verdreht die Augen, und Irina beteuert sogleich, dass Zoe kaum fernsehe: »Du weißt, wie großartig sie unser chaotisches Leben meistert, da verdient sie ein bisschen Lockerheit, der süße Wurzelzwerg.«

Spontan streichelt sie Zoe über die Wange, denkt nicht erst nach, tut es einfach, aber ihre Tochter zuckt zurück und wirft mit Schwung und lautem Knall das Schüsselchen zu Boden.

Was für eine seltene und plötzliche Wut.

»Supersüß, ja«, schreit Zoe, »die süße, kleine Zoe schafft immer alles supersüß«, dann rauscht sie hinaus, und Irina steht mitten im Zimmer, erstarrt, stumm, verloren. Was war das denn?, überlegt sie und sieht Henrik grinsen, als freue er sich über ihr Leid, jedenfalls rotzt er seinen vermeintlich heiteren Kommentar ungefragt auf den Tisch: »Impulsiv wie die Mutter.«

Irina möchte etwas erwidern, aber die Worte mäandern in ihrem Kopfinneren, ohne einen Ausgang zu finden, verfehlen den Mund und prallen stattdessen gegen die Kuppel der harten Schädeldecke, die ihnen ihre Bedeutung verbiegt, Zoes Ausbruch kam zu unerwartet.

»Geh ihr hinterher«, schlägt Henrik vor, aber Irina bleibt stocksteif und rührt sich nicht: »Soll Zoe kommen und sich entschuldigen, die spinnt wohl, sich so aufzuführen.« Und sie unterdrückt ihren Zorn, um den Abend zu retten, und nimmt, in sich zusammengehalten, ein Küchenhandtuch aus der Schublade, um den Soja-Matsch wegzuwischen. Und ohne es zu wollen und obwohl sie ihn zu ignorieren versucht, ahnt sie, was Henrik sich zu sagen verkneift, nämlich, dass sie wohl doch nicht alles im Griff habe, wie sie immer behaupte. Er trabt in Richtung Küche, um den Handfeger zu holen, und Irina streckt ihm die Zunge hinterher.

Ja, verdammt.

Erst beim Zähneputzen fällt ihr der Streit wieder ein, war das überhaupt ein Streit, wie nennt sich das, wenn jemand plötzlich und grundlos eine Schüssel zerdeppert? Irina schleicht in Zoes Zimmer, um nach dem schlafenden Kind zu schauen, ausnahmsweise, die Zeiten, in denen sie sich als gute Mama verpflichtet gefühlt hatte, Zoes Atem zu lauschen, bevor sie selbst schlafen ging, sind lange vorbei.

Jona fand das ohnehin immer idiotisch: Was horchst du da, was ist das für ein seltsamer Tick, es wird schon nicht sterben, das Kind. Aber das war kein Tick, sondern eine Gewohnheit, Irina dachte nicht darüber nach, woher und warum, und tut es auch jetzt nicht, warum sollte es für alles einen Grund geben?

Erklärungswahn.

Zoe liegt auf dem Bett, angezogen, ein abgegriffenes, aufgeschlagenes Fotoalbum liegt neben ihr, wo kommt das plötzlich her?, grindig hebt es sich von den neuen Tapeten und weiß gestärkten Bettlaken ab, dennoch kann Irina es sich nicht verkneifen, einen Blick hineinzuwerfen, sie selbst ist dort zu sehen, unbewegt, erstarrt zu einer Fotografie, festgehalten als ein Mädchen von etwa sechs Jahren. Und neben Irina, dem Mädchen, steht die Mutter, vor ihr Irinas Großmutter in ihrem Rollstuhl, und alle starren sie dämlich in drei verschiedene Richtungen, es muss das letzte Mal gewesen sein, dass sie sich zusammen fotografieren ließen, kurze Zeit, bevor ihre Mutter aus unerklärten Gründen mit der Großmutter brach.

Abgespalten.

Irina schlägt das Album zu, beugt sich über Zoe und lauscht der Atmung, ein – aus, aus – ein, alles da, was zum Leben notwendig ist, und erst jetzt ist sie beruhigt, ohne gewusst zu haben, überhaupt beunruhigt gewesen zu sein. Zoe dreht sich im Halbschlaf auf die andere Seite, ohne sie wahrzunehmen.

Oder wahrnehmen zu wollen.

Irina schläft schlecht, immer wieder wird sie wach, und obendrein hat Henrik im Laufe der Nacht das gesamte Bett in Beschlag genommen. Lang ausgestreckt liegt er nackt und aufdringlich quer über der Decke und schnarcht. Sie tritt ihm in die Seite, umbringen könnte sie ihn, obwohl sie in Wirklichkeit eine friedliche Seele ist, solange man sie nur in Ruhe lässt.

Sie tritt noch einmal: »Hör auf zu schnarchen!« Und er wacht auf, um sich sogleich zu beschweren: »Ich habe Schnupfen, da darf ich ja wohl ein wenig verstopft klingen.« Aber Irina findet nicht, dass er das dürfe: »Du machst dir keine Vorstellung davon, wie es ist, die Verantwortung für dieses Projekt zu übernehmen, das ist dir scheißegal, da braucht es meine hundertprozentige Präsenz.« Jedenfalls habe sie keine Lust, an einem Burn-out-Syndrom zugrunde zu gehen, gerade in einem Beruf, in dem die Gesundheit durch die vielen Chemikalien ohnehin zusätzlich belastet sei, müsse sie vorsichtig sein.

Als sie noch für die Firma in Lübeck arbeitete, wurde permanent irgendjemand aus dem Kollegenkreis krank, Restaurierungen sind keine Tätigkeit für ewige Jugend. Meine Hände sehen wie die Hände einer alten Frau aus, denkt

Irina, abgearbeitet und verwelkt, zumindest aber mein Herz soll weiterhin fit bleiben und jung.

Leistungsfähig.

Henrik versucht, sie in den Arm zu nehmen: »Keine Angst, wird schon alles gut gehen«, sagt er, aber das weiß sie ja, nur braucht sie dennoch ihren Schlaf, schwierig genug in der letzten Zeit, und deshalb bittet sie Henrik auf das Sofa im Wohnzimmer und erinnert ihn nebenbei daran, vor dem Frühstück zu verschwinden, damit sie vor ihrer Abfahrt noch einen Moment mit Zoe allein sein könne. Und weil sie seine raumgreifende Art unerträglich findet, aber das spricht sie nicht aus. Die Wahrheit jedoch ist, dass sie seine Anwesenheit am wenigsten zu einem Zeitpunkt erträgt, zu dem sie sich in Ruhe in den Tag hinein verbreiten will, und dann hockt da einer wie Henrik, der gleich nach dem Aufstehen drauflosredet, ohne auf schlaftrunkene Seelensplitter zu achten, die sich nach zerfledderten Träumen mühsam neu formieren, um stark genug zu sein, den ganzen Tag hindurch ihre Fassung zu bewahren.

Und mögliche Eindringlinge abzuwehren.

Der Rest der Nacht verläuft reich an Platz, aber unruhig, und kurz stellt Irina sich vor, wie schön es wäre, einen Arm um sich zu spüren, aber egal, egal, egal, wozu braucht sie einen Arm um sich, und als sie am nächsten Morgen Henriks Stimme aus der Küche dröhnen hört, begräbt sie ihren nächtlichen Wunsch in einer finsteren Grube. Henrik redet, und Zoe lacht, was gibt es am frühen Morgen zu erzählen, das so lustig sein könnte?

Irina würgt ihren Ärger herunter, um nicht den letzten Morgen mit Zoe zu überschatten, geht hinein und streicht um den Tisch herum, in einem eisigen Abstand zu Henrik, an dem er sich erkälten soll. Im Vorbeigehen überlegt sie, Zoe einen Guten-Morgen-Kuss zu geben, etwas in dieser Art, stattdessen greift sie stumm nach der Milchpackung.

»Tolle Stimmung«, sagt Henrik, erhebt sich und marschiert zur Einbauwand, um wie selbstverständlich darin zu kramen. Er schiebt Nudelpackungen und Gläser beiseite, bis Irina aufspringt und alle Türen wieder zuknallt. »Keine Panik, keine Panik«, sagt er und hebt die Arme, »ich suche Kaffee. – »Und warum fragst du nicht?« – »Ich wollte dich nicht bemühen.« – »Aha«, meint sie, allerdings werde sie lieber bemüht, als dass jemand ungefragt bis ins Innerste ihrer Küche eindringe. Und endlich kommen ihr die Worte für den überfälligen Rauswurf: »Ich glaube, du gehst lieber und trinkst deinen Kaffee zu Hause.« – »Schon in Ordnung, aber melde dich mal von Czecki-irgendwas.« – »Jaja«, sagt sie, aber als Henrik sie zu küssen versucht, weicht sie aus.

Raus jetzt!

Als er endlich fort ist und sie allein sind, kann Irina ihrer Tochter in aller Ruhe erklären, dass sie es unmöglich finde, wenn einer herumschnüffle, ohne ein Gefühl für etwaige Grenzüberschreitungen zu entwickeln: »Henrik rückt mir permanent auf die Pelle und weiter noch, durch sie hindurch, das kann ich auf den Tod nicht leiden.« Zoes darauffolgende Frage, warum sie dann überhaupt mit ihm zusammen sei, lässt sie unbeantwortet. »Erklär mir lieber«, sagt sie stattdessen, »was das für eine Nummer sein sollte, gestern Abend«, und jetzt ist Zoe diejenige, die mit den Schultern zuckt. Sie steht auf und sucht schweigend ihre Stifte zusammen: »Ich gehe nach der Schule zu Annette.«

Annette, Annette, Irina kann sich nicht erinnern, wer Annette sein soll, der Name zündet nicht, glimmt nur leicht, und Zoes Gesicht verrät, was sie davon hält, dass Irina keine Vorstellung davon zu haben scheint, wer Annette sein könnte: »Du weißt nicht einmal, wer das ist, richtig, meine Freunde sind dir vollkommen gleichgültig.«

Und tatsächlich interessiert Irina gerade etwas völlig anderes, nämlich, dass sie beide sich nun vor der Abfahrt nicht mehr sehen werden, ohne dass es bisher zu einer versöhnlichen Geste gekommen wäre, und, ohne es geplant zu haben, verspricht sie zu ihrer eigenen Überraschung, Jona zu fragen, ob er Zeit habe, Zoe zu sich zu nehmen, dieses dämliche Versprechen ist das Einzige, was ihr einfällt, um ihre Tochter milde zu stimmen, auf dass sie sich ihr gegenüber wieder normal benähme.

Liebend oder wenigstens zugeneigt.

Aber obwohl sie ihr nun weit, weit entgegenkommt, ist von Versöhnung nach wie vor wenig zu spüren, dabei bedeutete die Änderung der Pläne neben einem unliebsamen Anruf, noch schnell einen weiteren Koffer packen zu müssen. Dazu käme die Odyssee zu Jonas neuem Domizil im Nirgendwo, bevor sie dann endlich nach Tschechien aufbrechen könnte.

Zusätzliche Umwege, zusätzliche Arbeit, wen interessiert das schon, denkt Irina, und Dankbarkeit kannst du auch nicht erwarten dafür, nein, natürlich nicht, Dankbarkeit kann nicht eingefordert werden, schon gar nicht von den eigenen Kindern, ist doch klar. Und dennoch muss Irina sich angesichts dieser Gleichgültigkeit zusammenreißen, um nicht auszurasten: »Wenn Jona einverstanden ist, hole ich dich nach der Schule ab und bringe dich bei ihm vorbei, aber du musst versprechen, zu lernen.« – »Jaja«, sagt Zoe, schnappt den Schulrucksack und geht.

Ohne Kuss, ohne Gruß.

Jetzt sind alle Stühle leer, auf dem Tisch liegt ein Toast mit Butter und Marmelade, von Henrik geschmiert erkaltet er an Ort und Stelle, dort, wo er abgelegt wurde, verlassen nach einem unerwarteten Aufbruch, Irina kann nicht erklären, warum der Anblick sie schmerzt, dieses Überbleibsel, das Zeugnis davon gibt, dass jemand gegangen ist, der noch hatte bleiben wollen, der anzeigt, wie anders der Morgen von dem einen oder anderen Beteiligten geplant war.

Der unwürdige Tod zurückgelassener Dinge.

Mach einen Plan, wenn du Gott zum Lachen bringen willst, sagte Jona oft im Scherz, denn immer kam alles anders, als sie dachten, weil Irina es nicht lassen konnte, von einem Ort zum nächsten zu ziehen, es nicht lassen konnte, die Möbel umzustellen, die Wohnung anzumalen, die Freunde zu wechseln. Nur nicht festlegen, sagte er außerdem, und Letzteres klang schon weniger scherzhaft als vielmehr anklagend, aber niemand weiß, was die Zukunft bringen wird, nicht einmal dieser idiotische Toast, der niemals mehr gegessen werden wird, weil derjenige, der ihn gewollt hätte, rausgeschmissen wurde.

Ab in den Müll.

Irina öffnet eine der Schranktüren, ihr gehören sie, ihr ganz allein, schnappt sich den Kaffee und steckt eine Scheibe Brot in den Toaster, während sie abräumt, Zoes Sachen zusammensammelt und gleichzeitig zwei, drei Artikel im *restauro* und im *Denkmal!* überfliegt, ihr tägliches Pensum und vermutlich der Grund dafür, dass sie in einem branchenmöglichen Maße bekannt ist wie ein bunter Hund,

und das liegt nicht an den bunten Hemden, die sie bei der Arbeit trägt.

Erfolg gehört erarbeitet.

Dann spült sie die Tasse unter fließendem Wasser, fegt die Krümel zusammen, zieht auch hier die Stecker, dreht die Pumpe ab und schließt die Fenster, sodass alles eine Weile unbewohnt bleiben könnte, ohne zu schimmeln, zu vermodern, zu verwesen. Nie wird sie böse Überraschungen erleben, wenn sie zurückkommt, denn sie beugt vor, deshalb wird sie, egal, ob sich die Rückkehr verzögert, was immer leicht passieren kann, nie eine verendete Kuh vorfinden, die sich in die Küche verirrt hat, weil niemand sich um sie kümmern konnte, ja, solche Dinge erzählte man sich in der Familie. Manche Geschichten hocken im Schädel fest, um dort auf immer zu bleiben.

Vertriebenen-Mist.

2

Als Irina gesteht, einen Umweg über Jonas Haus machen zu müssen, weiß Astrid sofort Bescheid. »Welche Schuld versuchst denn du abzutragen?«, fragt sie spöttisch, »deine Anstrengungen kannst du dir sparen, davon lässt Zoe sich sicher nicht beeindrucken.« – »Schade eigentlich.« – »Schlechtes Gewissen?« – »Quatsch«, sagt Irina, »ich habe mich breitschlagen lassen, das ist alles.«

Aber natürlich wird sie immerzu von dem schlechten Gewissen getrieben, zu wenig für das Kind und zu viel für den Beruf da zu sein. Rabenmutter, so denken doch alle, die wissen, dass Irina in regelmäßigen Abständen für eine Weile im Staub der Zeit verschwindet, statt sich den Mutterpflichten zu widmen. Das arme Kind, flüstert es von überall her, und Irina kann dieses Wispern nicht abschalten, irgendjemand oder irgendetwas setzt ihr das vorwurfsvolle Raunen in den Gehörgang und von dort aus ins Gehirn, die Gesellschaft, die Erziehung, Jona, das System, welches System? Ihr eigener Anspruch zerrt an den Nerven, sie halten dem Gequatsche nicht stand.

Tinnitus im Dienste des Genügen-Wollens.

Sie biegt zur Schule ab, um Zoe aufzulesen, die grußlos zu ihnen ins Auto schlüpft. Erwarte niemals Dankbarkeit von deinen eigenen Kindern, dito, Irina selbst war ein undankbares Kind, wenn sie ihrer Mutter Glauben schenken darf, und ist es noch immer, wenn sie Dankbarkeit daran misst, mit welcher Abscheu sie sich zu den wenigen Besuchen im Altersheim aufrafft.

Zoe plaudert angeregt mit Astrid, sie redet und redet, bis sie das Kaff erreichen, in dem Jona seine vorläufige Ruhe zu finden hofft, sein Nest, das zu bauen ihnen gemeinsam nie gelang, und natürlich ist er überzeugt davon, dass Irina die Schuld an diesem Versäumnis trägt, Irina, die Unruhige, Irina, die Flüchtige, so nannte er sie.

Bevor Zoe aussteigt, drückt sie zärtlich Astrids Arm, Irina sieht es wohl. Mit anderen kann ihre Tochter lachen und reden, leicht und normal, nur das Zusammensein mit ihr produziert offenbar immerzu Missverständnisse, zum Beispiel, wenn sie Kosenamen verwendet wie: *Mein süßer Wurzelzwerg.* Astrid hingegen darf sagen, was sie will, und auch Jona gibt ungestraft von sich, was ihm gerade durch den Kopf schießt.

Wie ungerecht ist das?

Langsam folgt Irina der Tochter den Weg zum Haus hinauf, die ungeduldig klingelt, bis Jona endlich öffnet, um sie stürmisch zu begrüßen. Und auch Zoe fällt Jona um den Hals: »Papa!«

Warum können die beiden das, sich umarmen? Immerzu ist er der tolle Papa, es gibt keine Rabenväter, und Mädchen in diesem Alter hängen sich alle an das männliche Geschlecht, während sie die Mutter zum Teufel wünschen, das ist ein offenes Geheimnis, trotzdem steht Irina ratlos neben ihnen und nickt nur kurz in Jonas Richtung, sie müsse weiter, dann geht sie zum Auto zurück, läuft beinahe, schließlich wartet Astrid bereits, um Irina einen Vorwand zu liefern, gleich weiterfahren zu können. Aber sie brauchen keinen Vorwand, denn sie sind ohnehin spät dran, weil Jona eben schrecklich weit draußen wohnt, wie konnte sie sich nur darauf einlassen, hierherzufahren, wer soll es ihr danken?

Dito.

»Wahre Liebe«, sagt Astrid, als Irina einsteigt, aber Irina klemmt sich hinter das Lenkrad und ignoriert ihr Spötteln, ja, solange man frisch verheiratet ist, sind Umarmungen noch normal, da gibt es nicht einmal eine Spur von dieser Kälte, die zwischen zwei Menschen tritt, wenn sie einander vor lauter Nähe nicht länger zu berühren imstande sind, nach soundsovielen Jahren Ehe, soundsovielen Jahren Muttersein, da kann dir diese verdammte Nähe schon mal zu viel werden, Herrgottnochmal!

Sie dreht den Schlüssel im Zündschloss, endlich fort von hier, nur fort, aber jetzt klopft Jona von außen an die Scheibe, und sie muss das Fenster herunterkurbeln, alles andere könnte und würde man ihr als Feigheit auslegen.

»Was gibt es?«, fragt sie, und er schaut sie an, auf diese Art, wie Irina sie von Zoe kennt, ein wenig frech sieht das aus, als machten sie sich lustig über sie, die selbst nie etwas vergisst, wenn sie irgendwohin fährt, denn darum geht es doch sicher: »Hat Zoe etwas liegen lassen?« – »Ihre Kopfhörer«, sagt Jona, »ohne Musik ist Zoe verloren.« Und Irina nickt erbost, das wisse sie selbst, Jona sei nicht der Einzige, der sich mit dem Kind beschäftige. »Pass gut auf sie auf«, sagt sie noch, und für einen Moment fühlt sie sich wie eine Mutter, eine richtige Mutter, Mama, hörst du!, dann legt sie den Gang ein und los.

»Auf der Flucht?«, fragt Astrid, die Frage kommt Irina bekannt vor und trifft haarscharf daneben, entsprechend belustigt lacht sie: »Wie wäre es mit *gern unterwegs*?« Aber darauf geht Astrid nicht ein: »Hast einen schlechten Tausch gemacht, Schätzchen. Jona hat eine andere Größe als Henrik oder Dietmar oder wie sie alle heißen. Ich verstehe ohnehin nicht, was du von Henrik willst.«

»Ich auch nicht«, lacht Irina und fügt hinzu, das Thema habe sich ja nun erledigt, Jona allerdings wolle sie auch nicht zurückhaben, nicht einmal für Geld, und als Astrid fragt, was sie stattdessen wolle: »Frei sein, tun und lassen können, was ich will.«

Ein Kind bindet ohnehin unfreiwillig.

»Was heißt schon frei?«, sagt Astrid und gähnt, und Irina denkt, was weiß Astrid von Freiheit, dieses Küken. Kaum verheiratet lauert in ihr bereits das Familientier, dem die Auswärtstermine im Job zu viel werden, weil es sich dabei kurz einmal von dem lieben Mann trennen muss.

»Statt neugierig in die Welt hinein zu marschieren«, sagt Irina, »sehnst du dich an deinen neuen Herd mit Ceranfeld zurück, bevor wir überhaupt losgefahren sind, ist es nicht so?« – »Und wenn schon, ich bin eben gern mit meinem Liebsten zusammen.« So schnell lässt sich Irina nicht zum Schweigen bringen, fehle nur noch ein Kindlein, meint sie, dann könne sie Astrid nie mehr von zu Hause loseisen.

»Kann durchaus passieren«, sagt Astrid, »wenn ich meiner Mutter Glauben schenke, bin ich längst überfällig, wart nur ab, vielleicht heiratest auch du eines Tages noch mal.« – »Sich noch einmal freiwillig einkerkern? Ich glaube, ich spinne.« Sie wirke möglicherweise ein wenig seltsam, aber verrückt sei sie noch lange nicht.

Astrid zuckt mit den Schultern und lehnt sich vor, um einen Sender im Radio zu suchen. Aus den Boxen erklingt Streichmusik, das Stück kommt Irina bekannt vor, ja, es erinnert sie an die Zeit, in der sie auf Wunsch der Mutter Viola spielen lernen sollte, ausgerechnet Viola, die Außenseiterin unter den Streichern, üb, mein Kind!, ohne Fleiß kein

Preis, aber die Mühe war vergebens, immer vergebens, Irina blieb hinter allen Ansprüchen zurück und gab den Suiten die Schuld dafür, dass es ihr nicht gelingen wollte, sie fehlerfrei zu spielen. Hier aber zittern die Töne sauber gestrichen im Wageninneren, sie kriechen ins Ohr und machen es sich gemütlich, sie breiten sich im Kopf aus und wecken eine seltsame Hitze, die brennt und wärmt zugleich.

Sehnsucht vielleicht, aber wonach?

In die Arme der Musik geschmiegt, hebt Irina den Wagen in die Höhe, um ein Stück des Weges zu fliegen, der Welt enthoben, den Beziehungen, der Schwere, ein Flug in die Zukunft, in der allein das Bild der Kirche existiert, umgeben von Musik, besetzt sie den Platz im Zentrum von Irinas Denken, vom Kinn bis zur Schädeldecke, füllt sie und wächst in ihr heran, um endlich geboren zu werden, in voller Pracht, so, wie sie war, als sie erbaut wurde, unzernagt, unzerbombt, ohne Geschichte und Erbe.

Eine Kopfgeburt, frisch aus dem Ei gepellt.

So leicht ist jetzt alles, leicht und schnell, und Astrid, die kleine, süße Astrid, hat nichts einzuwenden gegen Irinas Fahrweise, ja, vermutlich kontrolliert sie nicht einmal den Tacho. Stattdessen erzählt sie von Roman und dessen Tumorpatienten Herrn von Kahl, obwohl Irina über dessen diverse Krankheitsstadien bereits bestens informiert ist. Das gesamte letzte Jahr hindurch gab es jeden Morgen vor Arbeitsbeginn ungefragt einen kurzen Bericht über den Verlauf der Krankheit, da Roman den armen Herrn in einer Forschungsarbeit zu verwursten versucht.

Astrid ist so stolz auf die Leistungen ihres Gatten, das kann ja nur Liebe sein, denkt Irina und hört dennoch kaum zu, sondern versucht, das Gespräch auf die Kirche zu lenken: »Siehst du sie auch immerzu vor deinem geistigen Auge, unsere Kirche?«

Astrid gähnt und schweigt, natürlich, denkt Irina, für sie ist die Kirche nichts als eine alte Kirche, die Kirche, an der sie arbeiten werden, die Kirche, wie sie auf den Fotos abgebildet ist, eine alte Kirche, nichts anderes als eine alte Kirche, wie einfallslos sie sein kann.

»Ich fürchte, wir haben uns verfahren«, sagt Astrid plötzlich und dreht die Karte auf ihrem Schoß auf den Kopf.

Verirrt.

Wenig später haben sie sich zum dritten Mal verfahren, der Abend bricht bereits an, dennoch lehnt Irina das Angebot ab, sich beim Fahren ablösen zu lassen, obwohl sie es kaum aushält, Astrid beim Kartenlesen zu beobachten. Allein die Art, wie sie den Plan abermals wendet, verspricht nichts Gutes.

»Es gibt Menschen«, sagt Irina, »die können Karten lesen und andere, die sehen nur Striche und Abzweigungen, bitte, dreh das Innenlicht auf.« Astrid tut, wie ihr geheißen, und nach gerade einmal einer Viertelstunde liegt vor ihnen wieder eines der vielen Dörfer, deren Namen Astrid befremden, während Irina in ihnen wiederfindet, was sie suchen, und als sie den Ortskern erreichen, zeichnen sich in der Dämmerung die Umrisse einer gotischen Kirche ab, dieser einen gotischen Kirche, die auf sie wartet, mit der gleichen Sehnsucht wartet, die aus der Suite spricht, die plötzlich wieder aus dem Radio ertönt.

Von Geisterhand gestartet, haha.

Irina bekommt Herzklopfen. Eben noch durchquerten sie nichts als dunkle Wälder, Wildnis, lebendig gewordene

Mythenwelt, und nun, direkt vor ihnen, konkret und lebendig und live und in Farbe liegt das Ziel, ihr Projekt. Langsam fahren sie auf die Kirche zu, bis Irina hält, ungern hält, denn das Fahren brachte sie zum Schwingen, die gefressenen Kilometer entsprachen der Bewegung, mit der sie ihrer ungewohnten Aufregung, in die sie die bevorstehende Begegnung mit der dunklen Kirche versetzt, Ausdruck verleihen konnte, nun aber gibt es kein Ziel mehr, auf das sie zusteuern könnten, nichts, wohin sie noch fahren könnten.

Angekommen.

Irina stößt ihre Wagentür auf, aber Astrid macht keine Anstalten, es ihr gleichzutun, sondern drückt sich an Irinas Schulter, da sie sich fürchte, wie sie zögernd bekennt, es wunderte sie wenig, wenn hier Gespenster hausten, so mitten in der mährischen Wildnis.

»Böhmische Wildnis«, verbessert Irina, »aber mit den Gespenstern könntest du womöglich recht haben.« Kaum ausgesprochen, verstummt das Radio, stattdessen weht ein Zittern oder Wispern zur geöffneten Tür der Fahrerseite hinein, und Astrid klammert sich regelrecht an Irinas Ärmel, kurz nur, aber lang genug, dass Irina es bemerkt, und auch sie erschauert, als eine dunkle Gestalt vor der Windschutzscheibe auftaucht.

»Ein Gespenst in schwarzer Kutte«, flüstert sie, und Astrid nickt erleichtert: »Natürlich, das ist Kašička, der Pfarrer, du weißt schon, er wartet, um die neue Restauratorin, die sich an seiner Kirche vergreifen wird, höchstpersönlich zu empfangen.«

Sie steigen aus, Kašička lächelt, gibt ihnen herzlich die Hand und heißt sie in ausgezeichnetem Deutsch willkommen. Und weil Irina ihn, ausgehend von den Kategorien *gut* und *böse,* auf Anhieb für *gut* befindet, traut sie sich, ihn nach den üblichen Begrüßungsfloskeln sogleich um den Schlüssel zu bitten.

»Noch vor dem Abendessen?«, fragt Kašička irritiert und fügt hinzu, dass er ihnen gern die Zimmer im Pfarrhaus zeigen würde, in dem sie untergebracht seien, aber Irina winkt ab: »Sofort, wenn es möglich ist.« – »Freundlich empfangen werden Sie aber nicht in der Kirche, kalt ist es und dunkel.«

Vor den Kopf gestoßen.

Wie oft schon wurde Irinas Wunsch, als Allererstes das Objekt sehen zu dürfen, missverstanden. Allein Astrid ist inzwischen ausreichend mit den Grundzügen des Rituals vertraut, um begreifen zu können, worum es dabei geht. Aber wie sollen Außenstehende verstehen, was es bedeutet, sich einen Ort aneignen zu wollen, ja, so nennt Irina ihren ersten Besuch, das erste Betasten: *den Ort aneignen*, und es ist wichtiger als alles, was dann folgt. Wie kann sie sich verständlich machen, wie ihre Gefühle teilen, unmöglich ist das, im Gegenteil, nahezu alle fühlen sich abgewiesen von ihrer Bitte, dagegen hilft nur ihr gottgegebener Charme, oder der angeeignete Charme, und deshalb lächelt Irina werbend, als sie erwidert: »Freundlich empfangen worden bin ich bereits.«

Pfarrer Kašička lächelt zurück, reicht ihr den Kirchenschlüssel, und Irina nimmt ihn demütig entgegen, schwer und kalt und gut wiegt der Schatz, schmiegt sich formvollendet in ihre Handinnenfläche. Dies ist der Schlüssel zu einer anderen Welt, ihrer Welt, ihren Bildern, ein Sog geht von ihm aus und zieht sie hinein in die neue Arbeit, fort von ihrem Standort, hundert Meter weiter, den Kieselweg hinauf.

Die Ungeduld treibt sie zur Eile und drückt von innen gegen die Fußsohlen, dennoch fragt Irina noch einmal, ob sie dem Herrn Pfarrer auch nicht allzu unhöflich erscheine, einen schlechten Eindruck will sie schließlich nicht hinterlassen, denk an deine Wirkung, Kind!, und jetzt antwortet er ähnlich charmant wie sie, wenngleich mit einer Spur von Ironie, für ihn sei es mehr als verständlich, wenn eine schöne Frau die alte Kirche einem alten Mann vorziehe.

Und weil aus ihm dabei tatsächlich der enttäuschte Liebhaber spricht, muss Irina lachen, und er fällt in dieses Lachen ein, und auch Astrid kann sich das Lachen nicht verkneifen, also lachen sie nun alle drei, und somit kann der kontaktpflegende Teil der Arbeit Astrid überantwortet werden, eine Freude ist das, wie sie sich plötzlich ins Spiel zu bringen versteht und eine Verbindung knüpft, damit Irina der Verpflichtung entgeht, sich um die Beziehungen kümmern zu müssen, wieso sind Beziehungen für manche weniger anstrengend als für andere?

Weniger auszehrend.

Tatsächlich widmet der Pfarrer sich nun Astrid, sie scherzen, er scheint zufrieden mit dieser Wendung und lässt Irina frei, die den großen, schweren Schlüssel gen Himmel hebt, sich umdreht und die beiden stehen lässt, um zur Kirche hinauf zu gehen, nein, sie rennt bereits und stößt im Rennen beinahe das Schild um, auf dem *Vstup pouze na vlastní nebezpečí* steht, fünf Wörter, vermutlich bedeutet das etwas in der Art von *Hier wird die Kirche restauriert*. Und ebendiese Kirche empfängt sie jetzt mit ihrem kalten Atem, küsst Irina auf die Stirn und flüstert ihr unverständliche Worte ins Ohr.

»Endlich allein«, flüstert Irina zurück, »nur du und ich, ist es nicht so?« Ohne Team, ohne Fragen und ohne Konzepte. Sie blinzelt in die Dunkelheit, die sich eine Spur zu schwarz zeigt, zu schattig, dann folgt sie dem Verlauf der Kabeltrommel und steckt eine Arbeitslampe in die entsprechende Buchse.

Das Licht wirft einen Kegel auf das eingerüstete Presbyterium, das auf zweistufigen Stützen fußt, am Abschluss strahlenförmig überwölbt mit gekehlten Rippen, ein strahlender Engel zwinkert zu Irina herunter, und unter ihm zeigen sich feuchte Wände, von denen der Putz abblättert, obwohl sie in dem Bild, das der Blick auf die Zukunft erzeugte, cremefarben aussahen.

Cremefarben und plan.

Die Zukunft beginnt mit dem Moment, in dem Irina mit ihrer Arbeit fertig und alles wieder heil sein wird, die Gegenwart hingegen zeigt barocke Malereien in desolatem Zustand, während große Teile vom Gewölbe bereits saniert wurden. Irina geht näher an eine der Darstellungen heran und stolpert, weil der Boden an einigen Stellen aufgerissen ist, dann stellt sie sich dicht an die Wand, berührt die Malerei beinahe mit der Nase, muss alles ertasten, riechen, in sich aufnehmen.

Den Körper des Gebäudes kapern.

Irina schreitet weiter durch den Raum, in der aufrechten Haltung derer, die sich zu Hause wähnt, und ihr eigener Körper vibriert vom Zittern der Besitzenden, die Kirche ist mein, und sobald dir etwas gehört, gibt es keine Rücksicht mehr und keine Grenzen, da kannst du dich ausbreiten in die Tiefe des Raumes und auch die Kordel zum Altarraum überschreiten.

Ja, nun gehört das Gebäude ihr, sie wird es durch die Zeit tragen, dem Verfall den Erhalt entgegensetzen, dem Alter das Neue, Narben cremen, Wunden heilen, es behandeln wie ein

Kind, wie Zoe, die sich allen Cremes zum Trotz dennoch nicht verjüngte und Irina hassen würde für den Vergleich von Kirche und Kind, für die Anmaßung, in Zusammenhang mit ihr von Besitz zu reden, obwohl es ja ein offenes Geheimnis ist, dass Kinder sich selbst gehören und Kirchen …
Je nachdem.
Du bist mein, denkt Irina abermals, in sich versunken und allein in der Zeit, so glaubt sie, aber noch im selben Moment schrickt sie zusammen, als sie unerwartet fremde, tschechische Worte hört, die ihre Illusion, diese Welt mit niemandem teilen zu müssen, in sich zusammenfallen lässt. Die Worte klingen der Melodie nach wie ein Gebet, und tatsächlich, als Irina in dem ärmlichen Licht die vier einzelnen Kirchenreihen entlang späht, die noch stehen gelassen wurden, da sieht sie einen Mann in der ersten Reihe knien. Er betet, ohne sich stören zu lassen, bleibt weiterhin bei sich, ohne sie zur Kenntnis zu nehmen oder nehmen zu wollen.
Dem Allein-Sein ergeben.
Irina lässt sich von der Ignoranz dieses Eindringlings nicht abschrecken, der sich ungefragt in ihre Zweisamkeit mit dem neuen Kind drängt, sondern setzt ihn weiterhin ihren Blicken aus, auf dass es ihm unmöglich werde, sich weiterhin unbeobachtet zu geben. Und tatsächlich schaut er auf, kurz nur, aus schmalen Augen schickt er einen Gruß in Irinas Richtung, schmale Augen in einem ebenmäßigen Gesicht, aus dem hervorsticht, was Irina spontan als *slawische Wangenknochen* tituliert.
Als sei nichts geschehen, senkt er die Lider sogleich wieder und fährt mit seinem Gebet fort: »*Sedí po pravici Boha, Otce všemohoucího; odtud přijde soudit živé i mrtvé.*«

Das *Vaterunser*, vermutet Irina und wundert sich, dass es sich in dieser fremden Sprache mit einem Mal auf unerklärliche Weise erhebend anhört, während es auf Deutsch in ihren Ohren stets unsinnlich und leer klang. Im Tschechischen aber scheint sich ein Zittern in die Worte zu mischen, möglicherweise ist es der Nachhall ihres eigenen Zitterns, mit dem sie die Kirche genommen hat. Die Erregung war es auch, die ihr den Grund zum Verweilen lieferte, nun jedoch zieht sie sich zurück und verpufft.

Gestörte Beziehungsfelder.

Stockdunkel ist es draußen, und auch wenn sich Irinas Augen durch den Aufenthalt in der Kirche bereits an das Dunkle gewöhnen konnten, so legt sich die schwarze Nacht dennoch schwer auf ihre Schultern. Eine vergleichbare Finsternis gibt es weder in München noch auf dem Lande, wo Jona wohnt, an den meisten Orten bleibt die Stadt stets spürbar, nur hier nicht, umgeben von böhmischen Wäldern, die wirken, als seien sie aus der Zeit gefallen. Und als Irina die Tür vom Pfarrhaus aufstößt, schließt sie instinktiv die Lider, das Licht der Neonröhren blendet, und kurz wundert sie sich darüber, dass sie sich in einer Ära befindet, in der die Elektrizität bereits erfunden wurde.

Willkommen in der Gegenwart.

Um den robusten, großen Holztisch in der Mitte sitzen einige Männer, zwischen ihnen Astrid und der Pfarrer. Kaum sieht er Irina, springt Kašička auf, eilt ihr entgegen und rückt einen Stuhl zurecht. Sie nickt den anderen zu, setzt ihr souveränes Lächeln auf und betet den vorbereiteten Text herunter, mit dem sie sich vorstellt, unterstützt von Kašička, der ihr als Dolmetscher zur Seite steht. In knappen

Sätzen versucht sie in ihrer kleinen Rede, vorhersehbare Bedenken, mögliche Kritik und Ressentiments vorwegzunehmen, um zu zeigen, dass sie imstande sein wird, ins Team einzusteigen, ohne sich über die Dinge zu erheben, ohne die präpotente Deutsche zu sein, die allen zu erzählen versucht, was wie zu sein hat.

Demütig.

Ihr vermeintlicher Eigenhumor scheint die anderen zu erfreuen, und auch ihr Aussehen erweist sich wie gewöhnlich als hilfreich, Irina kennt die Wirkung und spiegelt sich immer wieder gern in den Blicken der anderen, die bestätigen, was sie bereits weiß: Hier steht die schöne Amazone. Und um die Gunst der Stunde zu nutzen, schickt sie gleich noch einen Satz hinterher, den sie sich auf Tschechisch zurechtgelegt hat: »*A kdo jste vy pánové?* – Und wer sind Sie, meine Herren?«

Ihre Aussprache ist ungelenk und klingt vermutlich wenig tschechisch, also erntet sie wie geplant wohlgefälliges Gelächter und ein Durcheinander aus für sie unverständlichen Worten, die sie mit einem Lachen quittiert und der abermaligen Demut, zuzugeben, dass sie spätestens jetzt lieber wieder auf die Hilfe ihres Dolmetschers zurückgreifen wolle.

Kašička aber lacht nur und schenkt ihr stattdessen einen Begrüßungsschnaps ein. Er reicht ihr das Glas, und Irina trinkt in einem Zug, auch das wird von ihr erwartet, und sie ist geübt genug, dass sie nicht ohne Weiteres Gefahr läuft, die Kontrolle über sich zu verlieren. Das Glas ist bereits wieder voll, Irina greift nach einer Scheibe Brot und lässt sich von Kašička über die Identitäten der anderen aufklären, oder zumindest über deren Funktionen, aber im

Großen und Ganzen dachte sie sich bereits alles so oder ähnlich, nämlich, dass diese Männer nur die Handwerker aus Budweis sein können.

»Prost«, sagt Irina und erfährt unversehens doch noch weitere Neuigkeiten, nämlich, dass die Gemeinde ein unvermutetes kleines Unterbringungsproblem habe, da der Restaurator Bubeniček eine Woche früher als geplant aus Prag zurückgekehrt sei, und dann seien da noch die vielen Handwerker von außerhalb, das wäre so nicht abzusehen gewesen. Kašička lächelt bedauernd, es ist ihm anzumerken, wie peinlich ihm die Geschichte ist, als er fortfährt, die Sache sei die, dass aus diesem Grund vorübergehend ein Zimmer im Haus fehle.

»Ich habe mit ihrer Assistentin schon gesprochen«, sagt Kašička und schaut hilfesuchend zu Astrid, »aber das ändert natürlich nichts an der Tatsache.« Und Irina schmiert sich Schmalz auf ihr Brot, streut Salz darüber und kippt ihr drittes Glas Schnaps, bevor sie anbietet, sie könne ja in ein Hotel gehen.

Absentieren.

Das Wort Hotel wird von den anderen offensichtlich verstanden, denn es löst allgemeine Heiterkeit aus. Und bevor Irina begreift, warum die anderen lachen, zaubert Kašička wieder ein entschuldigendes Lächeln auf sein Gesicht, als er erklärt, sie seien froh, überhaupt das Nötigste instand halten zu können.

»Ein Hotel hatten wir hier noch nie«, sagt er, »und ich glaube kaum, dass in nächster Zukunft eines gebaut wird, dafür fehlt das Geld.« Es grenze bereits an ein Wunder, endlich etwas für die Kirche tun zu können, bevor sie ganz auseinanderfalle. Und obwohl Irina aufgrund der

unangenehmen Überraschung des Abends unter Schock steht, noch kann sie nicht abschätzen, was dieses *Es fehlt ein Zimmer* für sie bedeuten wird, setzt sie ebenfalls ein Lächeln auf und sagt das einzig Richtige, was ihr zum Thema Wir-können-etwas-für-die-Kirche-tun einfällt: »Vielleicht war da ja Gottes Hilfe im Spiel.«
Bingo.
Kašička lächelt ihr dankbar zu: »Ihre Sichtweise gefällt mir, die meisten Leute glauben nur an das, was sie sehen, alles andere verstehen die nicht.« – »Wir werden einfach zusammenrücken«, sagt Irina, um Kašička Freude zu bereiten und das leidige Zimmer-Thema abzuschließen, »nicht wahr, Astrid?« Und auch Astrid nickt, obwohl sie offensichtlich irritiert ist, dass Irina so schnell einer Lösung zustimmt, die nicht zu ihr passen will, denn gewöhnlich besteht sie auf einem Einzelzimmer, egal wo und gleichgültig auch, wie knapp das Budget sein mag, was eher oft als selten der Fall ist in ihrem Job.
Irina beugt sich zu Astrid: »Ein hübscher Mann wäre mir zwar lieber gewesen, aber zur Not nehme ich eben dich.« Und Astrid legt kichernd den Zeigefinger auf ihre Lippen: »Doch nicht vor einem Gottesmann!« – »Hauptsache, du schnarchst nicht«, flüstert Irina und kichert nun ebenfalls, unauffällig, um nicht zu albern zu wirken, schließlich steht sie nach wie vor unter Beobachtung und ist sich dessen bewusst, und tatsächlich erweist sich ihre Achtsamkeit als klug, denn nun geht die Tür auf, und ein Mann kommt herein, mit *slawischen Wangenknochen*, harmonisch gebaut, wie der Klang, mit dem sie ihn beten hörte.
»Der da zum Beispiel«, entfährt es ihr spontan, und nur Astrid weiß, worauf ihre Bemerkung zielt, nämlich, dass Irina einen Mann im gemeinsamen Zimmer bevorzugt hätte,

was so auch wieder nicht stimmt, denn am liebsten schläft sie allein, und den Spruch erlaubt sie sich allein deshalb, um die frisch vermählte Astrid zu schockieren, die noch an die Liebe glaubt.

Die hehre Liebe.

Irinas eigene Liebschaften hingegen waren wenig berauschend in letzter Zeit, wenn sie es genau bedenkt, obwohl Henrik zunächst so forsch und wohlschmeckend riechend daherkam, dass sie einfach nicht *Nein* sagen konnte, denn er verkörperte die leibhaftig gewordene Hoffnung, nach diesem Idioten Dietmar, der außer dem Bau einer Schrankwand wenig zu bieten hatte, endlich wieder ihre Wildheit ausleben zu dürfen. Wenigstens diese Hoffnung enttäuschte Henrik nicht, das war es, mehr ist nicht möglich zwischen ihnen, und Irina stellt erstaunt fest, dass sie an ihn bereits als an etwas abgeschlossen Vergangenes denkt, vermutlich sollte sie es ihn bald wissen lassen.

Um Komplikationen zu vermeiden.

»Da ist er ja«, sagt Kašička, »darf ich vorstellen? – Tomáš Bubeníček.« Ja, natürlich ist das Bubeníček, wer sonst hätte das sein können? Dennoch freut sich Irina über die Bestätigung ihrer Annahme, dass dieser Bubeniček hier der gesuchte Bubeniček ist, denn mit einem wie Henrik oder Dietmar oder Jona an ihrer Seite könnten die drei Monate, die sie an dem Projekt voraussichtlich gemeinsam arbeiten werden, zur Hölle werden. Und dank ihrer weisen Voraussicht, die Schnäpse trotz der inzwischen ausgelassenen Stimmung noch immer zählen zu können, statt betrunken unter dem Tisch zu liegen, ist es Irina möglich, sich ohne nennenswerte Probleme zu erheben.

Königlich.

Sie streckt Bubeniček ihren Arm entgegen und drückt ihm, der angenehmen Überraschung des Abends, die Hand, eine warme Hand ist das, rau von der Arbeit, ebenso wie die ihre. Im Grunde genommen sind ihre gesamten Handinnenflächen ein Grauen, angegriffen von Chemikalien und Handwerkszeug, verhornt und verschorft, schlimmer noch, als es die Hände einer Bäuerin je sein könnten, vermutet Irina. Aber diese geschundene Hand in der Hand eines ebenso Geschundenen, das wiederum ergibt Sinn. Rau und rau fassen ineinander und formen sich zu einer Einheit.

Bubeniček löst ihren Händedruck, gießt sich einen Pfefferminztee auf und setzt sich neben sie. Er nippt an der Tasse, pustet in den Dampf und sagt dann in lupenreinem Deutsch: »Schön, dass Sie da sind, Irina, ich darf doch Irina sagen?« – »Natürlich, ja.«

Willkommen in der Vertrautheit.

3

Mit einem Ruck erwacht Irina mitten in der Nacht und begreift sofort, was sie geweckt haben muss. Unter ihr schnarcht Astrid, Irina hat es befürchtet und gleichzeitig gehofft, nur Männer würden schnarchen, was für ein alberner Gedanke, aber sie teilt ja selten das Zimmer mit Frauen, ihre Mutter duldete es nicht, gemeinsam zu schlafen.

Als Kind, damals, gab es das gemeinsame Zimmer mit den anderen Mädchen im Landschulheim und später das gemeinsame Bett mit Zoe, als diese noch klein war und in Irinas Bett kroch, wann immer sie schlecht träumte, von Krieg und Dingen, die ein Mädchen in diesem Alter nicht kennen kann. Irina nahm sie auf und tröstete sie, dennoch störte es sie zunehmend, das Bett mit ihr teilen zu müssen, sie brauchte ihn immer schon, den eigenen Raum in der Nacht.

Am Tag auch.

Warum nur hat sie sich dazu bereit erklärt, sich in dieses Etagenbett zu quälen, aus Nettigkeit wahrscheinlich, oder aus dem Wunsch heraus, sympathisch zu wirken. Bloß nicht anecken, so wurde es ihr beigebracht. Früher, im Landschulheim, ja, da konnte sie für kurze Zeit in Etagenbetten liegen und kichern und andere schnaufen hören, aber als erwachsene Frau? – Nein, danke.

Schluss mit den Zugeständnissen.

Irinas Zehen betasten das kalte Metall des Gestänges, sie liegt zu weit oben, zu weit entfernt von dem, was sie *den festen Grund unter den Füßen* nennt, und obendrein war es nur ihrer eigenen dämlichen Idee geschuldet, im oberen Bett zu schlafen, vermutlich verdrängten dabei mögliche Hierarchiegründe das Wissen darum, wo es sich am besten schlafen ließe, gut, besser, am besten, wie soll man unter jämmerlichen Bedingungen froh werden?

Das Schnarchen geht gleichmäßig dahin. Schnarchen erreicht eine Lautstärke bis zu neunzig Dezibel, so stand es in einer Illustrierten, die Irina beim letzten Arztbesuch durchgeblättert hatte, es beeindruckte sie, dass der menschliche Körper während des Schlafens einen derartigen Lärm zu produzieren imstande ist, einem Lastwagen vergleichbar, der mit voller Ladung über die Landstraße brettert.

Oder einem Presslufthammer.

Astrids Schnarchen liegt bei circa dreißig Dezibel, schätzt Irina, aber dann reißt dieses Schnarchen plötzlich ab, die Stille klingt unheimlich, und da das Schnarchen nicht wieder einsetzen will, an Schlaf jedoch so oder so nicht zu denken ist, wühlt sich Irina aus der Decke heraus und steht auf, ohne zu versuchen, dabei besonders leise zu sein. Soll Astrid aufwachen, warum muss sie auch schnarchen in ihrem zarten Alter, denkt Irina und fällt dabei fast die wackelige Leiter herunter.

In dem Pfarrheim werden gewöhnlich die Konfirmanden auf ihrer Ausfahrt untergebracht, hatte Kašička erklärt, als er ihnen die Zimmer zeigte, und nun hört Irina all diese Mädchenstimmen, die während der vergangenen Jahre nicht zur Ruhe kommen konnten oder wollten, und genau dieses Gefühl teilt sie jetzt mit ihnen.

Das Nicht-zur-Ruhe-Kommen.

Mit einem Satz springt sie auf das abgeschabte Linoleum, gleich neben den Giebel der Kirche, der als Schatten über den Boden fällt und ein Mondlichtbild zeichnet. Vor dem Schrank liegen ihr Rucksack und der noch immer gepackte Koffer. Sein aufgeklappter Deckel präsentiert ein unsortiertes Innenleben, kreuz und quer liegen die Kleidungsstücke übereinander, weil Irina nach drei weiteren Schnäpsen mit Bubeniček nur schnell ihr Schlafshirt herausfischen wollte. Die Suche erwies sich als vergeblich, also musste sie in Unterwäsche zu Bett gehen, während Astrid bereits mit geputzten Zähnen und im Pyjama in tiefem Schlummer lag, ihre übrigen Sachen ordentlich sortiert im Schrank.

Dadurch dass etwas Mondlicht ins Zimmer fällt, findet Irina ihren Blazer sofort, sie hängt ihn sich um die Schultern, das Zimmer ist kalt, trotz der sommerlichen Temperaturen, die draußen herrschen. Die alten Mauern lassen keine Wärme hindurch und kein Licht, sie grenzen aus, was draußen ist, und bleiben unter sich.

Irina stöbert nach ihren Zigaretten, dann setzt sie sich aufs Fensterbrett und steckt sich eine an, obwohl auch hier ein unübersehbares Rauchverbotsschild prangt, aber das stört sie ebenso wenig wie die schlafende Astrid. Sie reibt einen Kreis in den Schmutz der Fensterscheibe und späht als heimliche Voyeurin des nächtlichen Geschehens hinaus. Die auf diese Art observierte Kirche zeigt sich schwarz und unbelebt, sie lässt die Blicke an sich abprallen und scheint sich nicht zu fürchten vor Irinas Absicht, sie durchdringen zu wollen, zu durchschauen.

Wer durchschaut hier wen?

Das ist tatsächlich die Frage, denn nun spürt Irina noch etwas anderes, Augen, die sich in ihren Rücken bohren wollen, ja, sicher, da ist jemand, also ist nun sie diejenige, die heimlich unter Beobachtung steht, verdammt. Und sie wirbelt herum, aber da ist nichts, natürlich nicht, nur das Bett, in dem die jetzt mundtote Astrid liegt, und in das Geräusch ihres regelmäßigen Atems schlägt die Kirchenuhr, dreimal schlägt sie und klingt dabei wie das Pochen eines Herzens.

Ein lautes Herz ist es, das hier tönt, denkt Irina, ein Herz, das noch den letzten Ungläubigen aus dem Müßiggang reißt, warum habe ich es bisher nie gehört? Der Klang muss im Lärm der Ankunft untergegangen sein, zumal sie nicht mit ihm rechnete, sondern annahm, die Glocke stünde aufgrund der andauernden Arbeiten in der Kirche still. Dass sie nach wie vor geläutet wird, lässt auf die Starrköpfigkeit des Pfarrers schließen, sich trotz der Restaurierung, oder gerade deswegen, weiterhin um Kontinuität bemühen zu wollen.

Um das Voranschreiten der Zeit.

Irina zieht den Blazer fester um sich, auf dem blanken Stein des Fenstersimses ist es noch kälter als ohnehin, also klettert sie wieder ins obere Bett und wickelt sich zwischen die rauen Decken, wo sie eine zweite Zigarette raucht. Einen Rauchmelder gibt es nicht in diesem Zimmer, dafür verfügt Irina über ausreichend Erfahrung mit dem verbotenen Qualm, und da der Mond gerade hinter einer Wolke verschwindet, ist die Glut ihrer Zigarette der einzige Lichtblick. Der Rauch schwirrt durch Irinas angenehm benebelten Kopf, der Tabak knistert, sie riecht das muffige, alte Gemäuer und erkennt den Geruch wieder, woher kennt sie den?

Aus einem vergangenen Leben.

Damals an der Côte d'Azur, auf einem ihrer Streifzüge, die sie ohne Jona unternahm, um hinauszukommen, da lag sie ebenfalls auf einem vergleichbaren Bett, unter Laken rauchend, und dachte an ihn, den zurückgelassenen Frischvermählten, und in diese Gedanken drängte sich etwas anderes, das sie nicht zuordnen konnte. Etwas Fremdes und Vertrautes zugleich, der Wunsch, bei ihm zu sein und gleichzeitig woanders, möglichst weit weg, um ihn nicht zu verlieren. Über diesem Paradoxon schlief sie schließlich ein und brannte beinahe ab.

Das wenigstens kann ihr heute nicht widerfahren, zu verlieren gibt es gegenwärtig nichts, außerdem ist sie hellwach, ja, das könnte eine weitere schlaflose Nacht werden, aber der Gedanke jagt Irina keine Angst ein, das war einmal, ihr Problem besteht eher darin, wie sie all ihre Energie noch rechtzeitig umsetzen kann, bevor sie stirbt.

Was für ein Problem?

Das Einzige, was ihr je die Kraft geraubt hat, waren die ersten Monate mit Zoe gewesen, das Babygeschrei in der Nacht, die durchwachten Stunden, losgelöst vom eigenen Rhythmus. Von jemandem in den Wachzustand gezwungen werden kommt einer Kriegserklärung gleich, auch Schnarchen zählt dazu, und es wundert Irina wenig, dass manche Frauen aus purer Verzweiflung ihrem Baby Gewalt antun, auch wenn es ungeheuerlich sein sollte, so zu denken.

Verfang dich nicht in bösen Gedanken, sagte Irinas Mutter manchmal, wenn Irina düster dreinschaute, aber an ihre Mutter will sie jetzt nicht denken und ist froh, als unvermutet Astrids Wecker schrillt, den diese gestellt haben muss, damit sie nicht den Beginn dieses ersten Tages verschlafen, wer was warum, das wäre ohnehin nicht geschehen, Irina kann sich nicht erinnern, jemals zu spät gekommen zu sein, nicht einmal während der langen Schulzeit. Nein, niemals würde sie unpünktlich sein, denn so lautete das Gebot der Familie: Sei pünktlich, mein Kind, den Letzten beißen die Hunde.

Ein Leben für die Pünktlichkeit.

Im unteren Bett wühlt Astrid sich aus den Laken und huscht rücksichtsvoll leise zum Schrank, sodass sich Irina einen Spaß daraus macht, ohne Vorwarnung den Kopf vom Etagenbett baumeln zu lassen, »buh!«, und sich darüber zu freuen, wie Astrid zusammenzuckt, bevor auch sie herunterklettert.

»Du schnarchst ja doch«, sagt sie, noch immer schadenfroh über Astrids erschrockenes Gesicht. – »Darüber hat sich Roman noch nie beschwert, ich war müde, vom Schnaps, das muss es sein.« Froh, eine Erklärung gefunden zu haben, streift sich Astrid unbeschwert das Nachthemd ab: »Aber wenn ich dir etwas verraten darf, du schnarchst auch, meine Liebe.« – »Das ist erstunken und erlogen«, protestiert Irina, »du hast die ganze Nacht geratzt, während ich erst spät zu Bett gegangen bin, um dann vorwiegend wach zu liegen.«

Doch die Vorstellung, wie sie beide, übereinandergeschichtet, ein Schnarchkonzert geben, ist erheiternd genug, um ihre Laune zu heben, und überhaupt, heute geht es los, das Warten auf den Beginn der Geschichte findet ein vorläufiges Ende, und dank der durchwachten Nacht hatte Irina ausreichend Zeit, noch einmal in Ruhe überlegen zu können, wie sie sich den Vertretern vom Denkmalamt verständlich machen würde.

In kompetenten und zugleich einfachen Worten.

Auf dem abgeschabten Teppich bügelt Irina ihr knallgrünes Hemd, das den Overall ein wenig aufheitern und dem

Staub der Kirche etwas Schillerndes entgegensetzen soll, und etwas Neues, das auch, zieht sich an und folgt Astrid in die Küche, wo der Kaffee bereits auf dem Tisch steht und die Erinnerung an die schlaflose Nacht ertränken wird.

»Bist du sehr müde?«, fragt Astrid besorgt, als Irina sich zum dritten Mal nachschenkt, aber Irina schüttelt den Kopf: »Wenn es darauf ankommt, arbeite ich drei Nächte durch, das weißt du doch.«

Und zwar ohne eine Spur von Erschöpfung auf meinem Gesicht, fügt sie in Gedanken hinzu, Arbeit bedeutet Erholung, bedeutet das Geschenk, konzentriert auf eine Sache bleiben zu dürfen und vollständig darin zu verschwinden, ohne Hausaufgaben betreuen zu müssen oder Auseinandersetzungen über Freunde oder Computerspiele zu führen, verpatzte Schularbeiten, was auch immer, das raubt ja jeder Mutter den Verstand, jeder, Herrgottnochmal!

Die totale Symbiose.

Irina betritt die Kirche als Farbfleck inmitten des grauen Staubs, dem der vertraute Geruch nach Ammoniumcitrat beigemischt ist, und augenblicklich befindet sie sich im Mittelpunkt ihrer Welt. Oben auf der Leiter steht Bubeníček. Er trägt eine Wollmütze, auch in der Kirche ist es kalt, aber womöglich will er sein Haar schützen, das volle, dichte Haar, in das sich die Finger angenehm vergraben ließen.

Sie winkt ihm flüchtig zu, aber bevor sie zu ihm hinaufklettert, muss sie noch die Erstbesprechung hinter sich bringen. Sowohl Toupalík, der Leiter des Amtes für Denkmalpflege, als auch Špale, in seiner Funktion als Vertreter der Diözese, die gemeinsam die Bauleitung innehaben, hängen, wie sie es auch von anderen gewohnt ist, an ihren

Lippen, vor allem Špale ist unverhohlen angetan von Irina, aber auch das ist nichts Neues. Wo immer sie auftaucht, scharen sich die Männer um sie, aufgrund dieser bestimmten Mischung aus Lockerheit und Distanz, die sie in sich vereint und die sie zugleich interessant wirken lässt, wenn sie Jona Glauben schenken soll.

Interessant und dennoch ungefährlich.

Da du dich immer ein wenig bedeckt hältst, behauptete Jona einmal, eignest du dich möglicherweise hervorragend als Projektionsfläche für männliche Fantasien, und fügte hinzu: Und vermutlich kommt dir das ohnehin entgegen. Er war immer der Meinung, die Vorstellung, es könne tatsächlich einmal jemand tiefer in sie hinein vordringen wollen, wäre für sie nur schwer zu ertragen. So oder ähnlich formulierte es auch Henrik.

Sollen sie quatschen, denkt Irina, bla bla bla, das sind nichts als hirnrissige Vermutungen, zudem von zwei Männern, zu denen ich ohnehin niemals vordringen wollte, nachdem der erste Rausch verflogen war. Wie einfach es ist, anderen Beziehungslosigkeit vorzuwerfen.

Allen die Beziehung, die sie verdienen.

Irina zwinkert Špale zu, er lächelt zurück, aber in diesem Moment wummert jemand an das Kirchenportal, nicht ein Einzelner, mehrere müssen das sein. Draußen ist ein gereiztes Rufen zu hören, auf Tschechisch, aggressiv und ungestüm, und Irina schreckt ungewollt zusammen.

»Was war das?«, fragt sie und erschrickt mehr noch über ihre erschrockene Stimme. Špale winkt ab: »Das kennen wir bereits, irgendwelche Jugendliche, die zu viel Energie zu haben scheinen und nicht wissen, wohin damit.« – »Dann ist es ja gut«, meint Irina und klingt ungewollt erleichtert, sodass Špale sich offenbar dazu veranlasst sieht, sich bei ihr zu entschuldigen, falls der unerwartete Vorfall ihr Angst gemacht habe, aber da ist Irina schon wieder gefasst und lacht den Schrecken fort.

»Nein, nein, kein Problem«, sagt sie und beteuert, dass sie so schnell nichts zum Fürchten bringe. Sie drückt Špale vertraulich den Arm und bindet ihn durch die Berührung vorsätzlich an sich, dann bittet sie Astrid, die Aufzeichnungen der Mikroskopie zu erläutern, was eine Fleißarbeit bedeutet, die Irina nur allzu gern delegiert. Noch einmal drückt sie Špales Arm, dann klettert sie auf das Gerüst, um mit der Reinigung der ersten Wandmalerei zu beginnen, und wird sogleich von Tomáš Bubeniček empfangen.

Ob sie sich das einmal anschauen könne, fragt er: »Ich habe noch nicht entschieden, wie wir mit der Farbergänzung der Fehlstellen verfahren.« Und Irina lässt sich nicht zweimal bitten, sondern geht mit ihm zu dem Fresko, an dem er gerade arbeitet, der Darstellung des achtundachtzigsten Psalms. Hier oben, aus der Nähe betrachtet und bei Tageslicht, präsentieren sich die figurativen Abbildungen noch desolater als auf den Fotografien, die ihr nach München geschickt wurden, wirken die ohnehin verzerrten Gesichter vermodert, verwest, tatsächlich in die Grube gelegt, wie es so oder ähnlich in dem Psalm lautet.

»Einladend sehen die nicht aus«, sagt Irina und verzieht das Gesicht, »verbuddelt in der Zeit, oder wie heißt das in dem Psalm?« Und wie kaum anders erwartet, zitiert Bubeniček den Vers, in gekonntem Deutsch, fehlerfrei und geläufig, als sei dieses alte, verquaste Bibeldeutsch seine eigentliche Sprache: »*Du hast mich hinunter in die Grube gelegt / in die Finsternis und in die Tiefe.*«

»Das macht es auch nicht besser«, sagt Irina, und Bubeniček lacht, wie beabsichtigt, bereits gestern im Pfarrhaus fiel ihr sein kehliges Lachen auf, es klingt auf eine Weise *männlich*, seit wann bloß interessieren sie solche Kategorien?

»Stimmt«, meint er, weiterhin lachend, »aber schauen Sie, die hier war bestimmt einmal eine Schönheit.« Und er weist auf das entstellte und zersetzte Gebilde von etwas, das einmal ein Gesicht gewesen sein muss. – »Davon bin ich überzeugt«, sagt Irina, »aber wollten Sie nicht Irina zu mir sagen?« – »Irina, ja, und ich heiße Tomáš.« – »Weiß ich doch.«

Zärtlich fährt sie mit der Hand über eine Fratze, das Anfassen ist tabu, aber Bubeniček ignoriert die verbotene Berührung, vielleicht kennt er dieses Verlangen nach direkter Fühlung mit dem Objekt, die danach strebt, sich anzueignen, mit wem oder was sie es da zu tun haben. Mit etwas Fantasie zeigt das Gebilde das Gesicht einer Frau, denkt Irina, während Bubeniček neben ihr steht und ihre Hand inspiziert, oder stößt er sich an den abgewetzten Fingernägeln?

Die Bedeutung der Außenwirkung.

»Zumindest hatte die Gute einen besseren Nageldesigner als ich«, sagt Irina, und Bubeniček nickt: »Ja, fragen wir sie nach seiner Telefonnummer.« Er legt seine eigene Hand dicht neben die ihre, und seine Fingernägel sind ebenso abgerissen und zerschrunden, sie sollten ineinander fassen, erneut, die Einheit bilden, nach denen die Hände streben.

Wie füreinander geschaffen.

Gegen Mittag gehen sie gemeinsam zu der einzigen Gaststätte am Ort, weil es immer gut sei, von jemandem begleitet zu werden, der Tschechisch könne und weniger fremd auf die heimische Bevölkerung wirke als Irina, wie Tomáš überzeugend erklärt. Und kaum betreten sie die Wirtsstube, da ruft er auch schon gekonnt heimisch nach dem Kellner, und mit dieser Sprache verändert sich sein Gesicht, es löst sich in Vertrautheit auf, ja, leuchtet. Das Tschechische steht ihm gut, der Klang der Worte korrespondiert mit seinen Augenbrauen, besonders mit der rechten, die so hübsch nach rechts oben schwingt wie ein *čárka*. Da ist etwas, das zusammengehört, der Mann und die Laute aus seinem ebenfalls sehr hübsch geschwungenen Mund.

»Schade«, sagt Irina, »dass die tschechische Sprache so schwer zu erlernen ist. Klingt irgendwie anziehend.« Und da lacht Tomáš abermals, genau wie sie, überhaupt lachen sie viel, als bewegten sie sich jenseits von allem anderen, irgendwo in einer Parallelwelt.

Die pure Erholung, so dachte Irina bereits heute Morgen, der Aufenthalt gleicht tatsächlich einer Fahrt ins Landschulheim, immer ist ein wenig Landschulheim dabei, in diesen intensiven Phasen von Arbeit, die alle Beteiligten für eine Weile zusammenschweißt, denn sie alle begegnen sich in diesem Außerhalb der für jeden und jede wie auch immer gearteten gewöhnlichen Welt, in der das sogenannte normale Leben zurücktritt.

In einer Zeit außerhalb der Zeit.

Die Gaststätte, in der sie sitzen, trägt die Züge einer alten Mühle und riecht vertraut, und als das Essen aufgetragen wird, schmeckt Irina die Semmelknödel und die Bratensoße, der Geschmack gleitet über ihre Zunge, auch er mutet auf eine Weise vertraut an, aber die geschmackliche Erinnerung liegt weit zurück, wann und wo schmeckte es ähnlich?

Natürlich, vor dreizehn Jahren, als sie sich mit Jona in der *Starý Mlýn* einquartierte, ebenfalls eine umgebaute alte

Mühle und ebenfalls in Tschechien. Frisch verliebt waren sie, dennoch schob sich in der Nacht im Bett etwas zwischen sie, ein erstes Hindernis, das Irina nicht deuten konnte, ja, schon damals, in dieser alten Mühle, gab es plötzlich ein Gefühl von Kälte.

Von Fremdheit.

»Was meinen Sie, Herr Bubeniček?«, erkundigt sich Irina. »Zweimal war ich in Tschechien, und zweimal lande ich ausgerechnet in einer alten Mühle. Kann das Zufall sein, oder haben alle Tschechen ein Faible für alte Mühlen?« – »Vielleicht stehen einfach viele alte Mühlen in der Gegend herum«, sagt Bubeniček, »weil noch niemand das Geld hatte, neue Mühlen zu bauen, aber warum nennst du mich nicht Tomáš?« Und an Zufälle, fügt er hinzu und lacht sein kehliges Lachen, an Zufälle glaube er ohnehin nicht: »Lass es dir schmecken.«

Ja, Tomáš.

Nach dem reichhaltigen Mahl rauchen sie eine Zigarette miteinander, schweigend, bis er wissen will, aus welchem Grund es Irina das letzte Mal nach Tschechien verschlagen habe.

»Ein Projekt?«, fragt er, aber Irina schüttelt den Kopf und erzählt ihm, wie sie mit ihrem Mann in der Nähe von Prahatice gewesen sei, wobei sie gleich korrigiert: »Ex-Mann«, als sie Tomáš' Blick auffängt, der so schwer zu deuten nicht ist. »Freunde von uns haben sich dort eine alte Mühle umgebaut«, sagt sie, »ähnlich wie diese, erstaunlich ähnlich, vielleicht wurde sie von einem Ort an den anderen verpflanzt.«

Bevor Tomáš nachhaken kann, kommt der Kellner zurück, und Irina gewinnt Zeit, während Tomáš zahlt und sich weigert, Irinas Geld anzunehmen, als sie ihren Teil begleichen will.

»Danke«, sagt Irina und lächelt, und Tomáš lächelt zurück, und gemeinsam lächelnd erheben sie sich und gehen hinaus, in die Wärme, die sich wohltuend ausnimmt gegen das Innere der Mühle, offenbar sind hier alle Gemäuer eine Spur zu kalt.

Kalt und alt und voll.

Irina fährt mit dem Finger in ein Einschussloch, das sie an der Außenmauer entdeckt, sie liebt dieses Anfassen, ob Ding oder Mensch, und so, wie sie am Morgen nach Špales Arm griff, legt sie auch jetzt unvermittelt ihre Handfläche auf das Schulterblatt von diesem Mann mit Mütze, von Tomáš, der neben ihr steht und ihre Untersuchung von etwaigen Einschusslöchern und Rückenverläufen amüsiert verfolgt.

»Die Gebäude tragen noch sichtbare Spuren von Zerstörung«, sagt sie, »so etwas sieht man bei uns kaum noch.« – »Für eine Sanierung reicht das Geld nicht«, wiederholt Tomáš, »aber das birgt auch Vorteile, sieh es so, dadurch erhalten wir die Ahnung von dem, was einmal geschehen sein muss.« Es klingt trotzig, wie er das sagt, aber davon lässt Irina sich nicht beirren: »Und das ist gut, oder was?« Sie selbst habe wenig Lust, ständig daran erinnert zu werden, was längst der Vergangenheit angehöre.

»An deinen Ex-Mann zum Beispiel?«, fragt Tomáš , aber da schüttelt Irina den Kopf, und auf die darauffolgende Frage, wie lange sie denn schon geschieden sei, nennt sie nicht allein die Zahl der Jahre, fünf sind es, sondern fügt hinzu: »Gerade noch rechtzeitig, bevor ich zu atmen aufgehört hätte.«

Tomáš scheint sich nicht damit zufriedengeben zu wollen, Irina stört sich an diesem Ernst, der sich in ihr heiteres Beisammensein drängt, und als Tomáš sie fragt, ob es denn nicht schmerze, versucht sie es mit einem Witz: »Seitdem ich mich getrennt habe, nicht mehr.«

»Ich stelle mir das schwer vor«, sagt er. – »Das ist verjährt«, wiederholt sie, »und ein Mensch ist härter als jedes Gemäuer.« Da gebe es so schnell keine bleibenden Wunden, die Seele zu restaurieren sei weniger mühselig als das, was sie in Bezug auf die Kirche in Angriff zu nehmen hätten: »Glaubst du nicht?« – »Die Zeit heilt alle Wunden, meinst du das?« – »Nenn es, wie du willst«, sagt sie und wundert sich dennoch, dass er diese Redewendung kennt.

Die Zeit heilt alle Wunden.

»Da hast du ja gelungene Arbeit geleistet«, meint Tomáš, es klingt spöttelnd, und Irina ärgert sich darüber, aber vielleicht ist der Eindruck auch nur seinem Unterwegs-Sein in einer ihm fremden Sprache geschuldet, beim Übersetzen können Nuancen verloren gehen, und Missverständnisse schleichen sich noch einmal schneller ein, als es bei Worten ohnehin der Fall ist. Statt etwas zu erwidern, das unvermutet zu weiteren Missverständnissen und Missklängen führen könnte, entscheidet sich Irina fürs Schweigen, ein kurzes Schweigen, damit es nicht wirkt, als sei sie beleidigt, denn dafür gibt es keinen Grund, und das findet Tomáš offenbar auch, als er fragt, ob Irina nicht Lust habe, hier vor der Mühle kurz auf ihn zu warten, er müsse schnell einige Besorgungen machen.

»Sicher«, sagt sie, und als er davonzieht, sieht sie ihm nach, beobachtet, wie sein Lächeln hinter ihm her weht, als unsichtbares Band, das bis zu ihr, Irina, gespannt bleibt, und nun muss auch sie wieder lächeln, aber dann entschwindet er, womöglich in einen Laden, obwohl sie bisher nichts entdecken konnte, das einem Laden geglichen hätte. Wie sehen die aus, die Läden in Tschechien? Besorgungen machen, so sagte er, aber was in aller Welt lässt sich wohl hier besorgen?

Warten auf das Vergehen von Zeit.

Um eben diese Zeit sinnvoll zu nutzen, zieht Irina ihr Handy heraus und entdeckt drei Nachrichten von Henrik, die kann sie später abhören. Lieber wählt sie Zoes Nummer, so spät war es gestern und sie in Gedanken schon bei der Arbeit, dass sie sich noch nicht bei ihr hat melden können, und insgeheim hält sie es ohnehin für einen ausgemachten Blödsinn, dieses Sich-melden-Müssen mit den Worten: *Ich bin da*, denn natürlich ist sie da, wo sollte sie sein als eben da? Aber als Mutter muss man das eben tun, wie albern das auch immer ist.

Man muss dies, man muss das.

Nur in den Fällen, in denen Zoe irgendwohin fährt, erwartet Irina natürlich doch einen Anruf dieser Art, das muss an diesem Mutter-Gen liegen und ist vermutlich einer vererbten Geschichte geschuldet, sich zu sorgen und stets mit dem Schlimmsten zu rechnen, wenn sich das Kind dem Blickfeld entzieht, wie auch Tomáš sich gerade entzogen hat, aber das eine lässt sich mit dem anderen kaum vergleichen.

Kind bleibt Kind, und Gefahr bleibt Gefahr.

Aus Problemen Luft machen, sagte Jona, ja, so machst du das, aber jetzt nervt diese Luft um Irina, still wie sie ist und schweigend, und niemand hebt ab, nur die Mailbox schaltet sich ein. Und Irina spricht ihre Nachricht in das Gerät, in ein Unbestimmtes hinein, sendet die Sprache in ein unheimliches Nichts, in irgendeinen Zeitzwischenspeicher, der später abgerufen werden kann, in der Zukunft ein Jetzt, das längst der Vergangenheit angehört, die Vorstellung ist ja zum Verrücktwerden.

Dieses verfluchte Zeitalter, denkt sie, hier gehöre ich nicht hinein, Reproduktion ist nicht das meine, ich lebe von der Rekonstruktion des Originals.

Dem Greifbaren, dem Sichtbaren.

»Süße«, sagt Irina, »hier ist Mama. Bin heil gelandet, melde dich, wenn du wieder auf Empfang bist«, und ärgert sich dennoch, dass Zoe nicht abnimmt. Es gibt keinen Grund, das Handy abzuschalten und sie in die Unsicherheit zu verbannen, ihre Tochter weiß, dass Irina sich wohler fühlt, wenn sie die entscheidenden Worte hört: Alles bestens.

Ist es doch, Liebling, oder, alles bestens?

Das fragte sie eine Zeit lang so häufig, bis Zoe ihr die Frage ein für alle Mal verbat: Bist schließlich sonst auch keine Glucke, natürlich ist alles bestens, Mama. Sie glaube schließlich auch nicht, Irinas Auto rutsche in den Graben, während sie zu ihren ollen Steinen fahre.

Olle Steine, ja, so nennt Zoe Irinas geliebte Objekte. Mit welcher Verachtung ihre Arbeit dadurch abgekanzelt wird, würde sie unter normalen Umständen niemals dulden, normal, normal, was immer das heißt, aber das schlechte Gewissen, die Familie zertrümmert zu haben, lässt sie mehr hinnehmen, als gut wäre, in gewisser Weise hat Astrid also recht, wenn sie sagt: Welche Schuld versuchst denn du abzutragen? Dennoch sollte Irina nicht zu viel verlangen von dem Kind, eine alte Familienkrankheit, sich alles abverlangen zu müssen, als hinge die Existenz davon ab.

Eine Erblast.

Das Handy verschwindet in der Blazerjacke, und Tomáš bleibt nach wie vor verschwunden, vermutlich ist er irgendwo zwischen olle Steine gerutscht. Die Stille ist so laut, als versuche sie dadurch, über ihr Schweigen hinwegzutäuschen. Weiter vorn stemmen sich die wuchtigen Mühlsteine in die Höhe, aber auch sie stehen still, die Straße schweigt mangels Mensch, und auf den wenigen Höfen, die rechts und links liegen, ist niemand am Arbeiten, nur eine verlorene, einzelne alte Frau werkelt weiter unten in ihrem Garten, das ganze Land wirkt aufgeladen.

Mystisch auf eine Weise.

Irina hätte nicht einwilligen sollen, auf Tomáš zu warten und sich damit die Möglichkeit zu vergeben, die eigene Zeit selbst einteilen zu können, die ja nichts anderes als verbleibende Lebenszeit ist, denn nun steht sie hier dumm herum, zur Untätigkeit verdammt, obwohl es in der Kirche genug Arbeit gäbe, die wiederum auf sie, Irina, wartet und sinnvoller ist, als es das Unkrautzupfen der alten Frau je sein könnte, die den Wettlauf mit der Zeit so oder so verlieren wird. Andererseits ist der größte Held der Weltgeschichte immer noch Sisyphos, und gleichgültig, ob das Unkraut wiederkommen wird, bald schon, wenigstens muss die Frau nicht unschlüssig herumstehen und auf etwaige Wunder warten, Herrgottnochmal!, ungewollt einsam macht das, dieses Warten.

Und Irina holt das Handy wieder heraus, um Jona anzurufen, aber als sie die Ziffern auf dem Display sieht, packt sie eine plötzliche Abwehr vor dieser Zahlenfolge, und wenn sie es recht bedenkt, ist es nicht nötig, mit ihm zu sprechen, Zoe ist alt genug, zu alt, als dass die Mama mit dem Papa darüber konferieren müsste, was das Kind gerade tut und soeben getan hat. Nur warten will Irina auch nicht länger, also marschiert sie die Straße entlang, hübsch übersichtlich liegt sie vor ihr, lädt Augen und Füße ein, darauf spazieren zu gehen, in Richtung des Gartens, in dem die alte Frau mit gebeugtem Rücken die Erde nach unerwünschten Wurzeln durchpflügt.

Wie ein Küken, das die Schlange sucht, denkt Irina unvermittelt und erinnert sich daran, dass die Küken bei der Schlangenfütterung in Afrika immer ausgerechnet zu demjenigen hüpfen, der sie mit Sicherheit fressen wird. Auf der Suche nach dem wärmenden Körper ihrer Mutter, der Geborgenheit eines anderen atmenden Wesens, setzen sie sich direkt auf den Körper der Schlange, sodass diese nur noch zuzuschnappen braucht, ohne sich selbst zu rühren und wertvolle Energien zu verschwenden.

Warte nur, und das Futter kommt von allein zu dir.

Was für eine Geschichte, seltsam, dass ihr die ausgerechnet jetzt, ausgerechnet hier, in den Sinn kommt. Aber Tschechien ist eben das Land der Geschichten, so hat es jedenfalls irgendjemand einmal voller Überzeugung behauptet, genau, Jona ist das gewesen, Irina erinnert sich. Nachdem sie sich nach ihrer Ankunft in der *Starý Mlýn* geliebt hatten, machten sie zur Abkühlung einen Spaziergang durch den Böhmerwald, bis sie sich verirrten, vermutlich aufgrund der zwei Flaschen Sekt, die sie zuvor genossen hatten. Es dämmerte bereits, die Wildschweine grunzten, und nach dem ersten erotischen Kick, den die Vorstellung ihnen gegeben hatte, beim erneuten Beischlaf zwischen Bäumen von Wildschweinen überrannt zu werden, begannen sie, sich zu fürchten, und Jona fabulierte irgendwelche Märchen, um sie abzulenken. Woher kennst du die?, fragte Irina, aber Jona wusste es nicht. Vermutlich ist dies das Land der Geschichten, sagte er, sie passen zur Gegend, deshalb.

Ja, damals war es für kurze Zeit leicht gewesen zwischen ihnen, aber schon wenig später warf sie ihm eine Flasche an den Kopf, um ihn abzuwehren, ihn und seine Grenzüberschreitungen und unerwünschten Einmischungen in alles, was sie oder ihre Familie betraf, für die sie selbst sich nie interessiert hat. Seine Nähe war ihr plötzlich unerträglich und bedrängte sie in einem Maße, dass sie sicher war, er würde sie zerstückeln und irgendwo in der alten Mühle einmauern. Das Gefühl kehrte auch später häufiger zu ihr zurück, sodass sie sich immer mal wieder in einer, wenngleich unerklärlichen, Notwehr-Situation wiederfand und ihn mehrere Male beinahe ernstlich verletzt hätte. Darüber erschrak sie vermutlich mehr als er selbst.

Lang ist es her, lang genug, um zu vergessen.

Irina bleibt vor einem zerfallenen Gehöft stehen, das mehr einer Ruine gleicht als einem Haus. Und als sie die alte, kunstvoll gearbeitete Inschrift entdeckt, die über der Tür des ehemaligen Haupthauses eingelassen ist, weiß sie, dass es kein Zufall war, ausgerechnet hier innegehalten zu haben, das Gehöft lud sie zu sich ein.

Die Schrift wirkt fremd, ein Überbleibsel aus einer anderen Zeit. Dort zwischen den bröckeligen Mauern, auf denen kein Stein mehr über dem anderen liegt, dient sie als einzig unversehrter Verweis auf etwas Gewesenes und lässt Irina unversehens durch die Auffahrt in den ehemaligen Innenhof treten. Sie tritt näher an die Inschrift heran und hebt, ihren Gewohnheiten gemäß, bereits die Hand, um die Buchstaben zu betasten, muss dann jedoch erkennen, dass sie nicht an sie heranreicht.

Vor dem kaputten Haupthaus steht eine morsche Bank, daneben höhnen ehemalige Stallungen dem Hof ihre Leere entgegen. Was mochte dort gehaust haben, Pferde oder Kühe, womit mögen die Landwirte hier ihr Geld verdient haben, Milchwirtschaft, Fleischwirtschaft, vermutlich gab es damals noch keine Festlegung auf einen bestimmten Wirtschaftszweig. Was für eine Wirtschaft, pflegte Irinas Mutter zu sagen, wann immer es unordentlich war, selten genug, denn sie duldete kein Chaos.

Immer hübsch übersichtlich.

Irina steigt auf die Bank, um die Schrift genauer betrachten zu können. Das morsche Holz unter ihrer Stiefelette knirscht, der Absatz ist ungnädig zu der alten Kiefer und hinterlässt Kerben. Um sich abzustützen, geht Irina in die Hocke, doch im selben Moment bewegt sich ein zerschlissener Vorhang in dem rechten, zersplitterten Fenster des Haupthauses. Ertappt springt Irina von der Bank herunter und entfernt sich hastig, ihre Flucht ist irrational, die Vorstellung, dass hier jemand wohnen könnte, ohne ein Dach über dem Kopf, grotesk, nein, niemand schert sich um sie, niemand scheucht sie fort, wie es früher die Nachbarn taten, in dem grässlichen Wohnviertel, das bereits die Großmutter ausgesucht hatte, um dort ihre Tochter großzuziehen.

Der Wind, der Wind, das himmlische Kind.

Land der Geschichten nannte Jona dieses Tschechien, in dem sie für kurze Zeit glücklich waren, aber Irina konnte das Geschichten-Erzählen noch nie ausstehen, sehr zu Zoes Verdruss, die nicht zu bitten aufhörte: Komm, Mama, erzähl mir eine Geschichte. Und jetzt: Komm, Oma, ich will etwas erfahren. Alle Kinder betteln um Geschichten, weil in ihnen die Erkenntnisse über sie selbst verborgen liegen, über das Mensch-Sein, wenn es stimmt, was gesagt wird, aber Irina ist beinahe sicher, dass die Liebe zum Geschichten-Erzählen nicht allen zu eigen ist, ja, sie zum Beispiel hasste es bereits als kleines Mädchen, soweit sie sich erinnert. Das beweist wenig, sie erinnert sich ohnehin kaum an ihre Kindheit.

Außer an grässliche Wohnviertel.

Plötzlich sicher, dass der Vorhang sich tatsächlich bewegt haben muss, wagt Irina einen Blick zurück. Glaubte sie an Geister, fiele die Erklärung für diese unvermutete Bewegung leicht, allein, der Glaube fehlt. Also muss es sich bei dem wehenden Vorhang vielmehr um eine Sinnestäuschung handeln, oder der Stoff dient einem Tier als Quartier, das sich herrlich als Schaukel benutzen lässt, wie wahrscheinlich ist das, verglichen mit Vorhängen, die über ein Eigenleben zu verfügen scheinen?

Geister, Geister, Geister, hämmert es in Irinas ausgesetztem Verstand, und obwohl die Sonne wärmend auf sie herabstrahlt, schaudert es sie, nein, es ist nichts geschehen, nichts geschehen, nichts geschehen, dennoch geht sie vorsichtshalber ein wenig zügiger.

Fort von hier.

Sollte es trotz besseren Wissens etwaige Geistwesen geben, wäre es ratsam, in Bewegung zu bleiben, Geister erwischen dich nur, solange du stillstehst, das weiß doch jedes Kind, oder vielleicht nicht, nein. Bereits eine Sekunde später wird der vermeintliche Erfahrungsschatz in Bezug auf die Geisterwelt infrage gestellt, denn kaum wendet Irina der Auffahrt den Rücken zu, hört sie in ihrem Rücken ein dumpfes Hühnergackern, so vage und entrückt, dass es hinter dem Geräusch ihres Herzens zurückbleibt.

Geflügelwirtschaft, durchzuckt Irina ein allererster Gedanke, aber wieso Geflügelwirtschaft, hier, auf diesem Hof, heute, jetzt, das ist doch eine Ruine, und in Ruinen gibt es keine Haus- und Hoftiere, das lebende Leben beschränkt sich erfahrungsgemäß auf Asseln und Mäuse.

Falsch gedacht.

Als sie sich langsam umdreht, sieht Irina die Hühner bereits aus dem Augenwinkel, da laufen sie und picken nach Körnern, eine idyllische Szene ist das, die sich dort zeigt, braun gesprenkeltes Federvieh vor der Fassade eines Hauses, die in dem Zeitraum eines Lidschlags soeben instand gesetzt worden sein muss, dieses Bild erinnert an ein Gemälde, und überhaupt, das könnte eine mögliche Erklärung für den unvermuteten Anblick liefern, ja, Irina muss sich in einem Gemälde verlaufen haben, sicher, auch das Licht der gespenstischen Szenerie steht in der Luft, scheint angehalten, in Öl gemalt.

Ein Still-Leben.

Genau genommen aber stellt das Bild kein Still-Leben dar, sondern ein Tierstück, denn neben den Hühnern gibt es zudem Kaninchen, kleine Löwenköpfchen, die in den zusammengezimmerten Drahtgestellen neben den Stallungen vor ihren Raufen hocken, aus denen das Heu quillt. Alle Teile und Tiere des Hofes wirken gepflegt und versorgt und genährt, auch die Fensterscheiben sind intakt, in Fensterrahmen, die es zuvor nicht gab.

Irina taumelt einige Schritte nach vorn, vielleicht sollte sie ein Huhn anzufassen versuchen, damit es sie pickt und aus dem Traum erwachen lässt, der sie in ein Gemälde hinein geschickt hat, als wäre es ein begehbarer Ort, aber in dem Augenblick, in dem sie noch darüber nachdenkt, was zu tun sei, schlendert unerwartet eine junge Frau über den Hof und macht das Tierstück durch ihre Anwesenheit zum Menschenstück. Ihre Schritte knirschen dumpf auf den Kieseln, ebenso entrückt wie das Gackern der Hühner, von weit, weit weg arbeitet sich der Klang zu Irina hinüber, als müsse er eine Entfernung überbrücken, für die er nicht geschaffen sei, oder weil Bilder tonlos sind.

Und unbewegt obendrein.

Die junge Frau jedoch untergräbt auch dieses Gesetz, keineswegs bleibt sie unbewegt und kunstvoll arrangiert, stattdessen streut sie Futter für die Hühner aus dem Korb, der über ihrem Arm baumelt, quicklebendig sind ihre Bewegungen, lebendiger als all die Bilder und Worte, die erstarrt in Irinas Kopf festhängen, selbst die wenigen tschechischen Vokabeln, die sich vor langer Zeit per Zufall in ihrer Gehirnmasse einnisteten, und die sie jetzt bestens gebrauchen könnte, sind dort zu Bruchstücken eines unsichtbaren Still-Lebens geworden.

Festzementiert.

Irina schüttelt sich, damit das fein säuberliche Arrangement in ihr durcheinandergewürfelt wird, und findet auf diese Art das Wort für *Entschuldigen Sie* wieder, zumindest glaubt sie, dass *Prominte Entschuldigen Sie* heißt, und zwar in dem Sinne, wie sie es gebrauchen möchte.

»*Prominte* ...«, sagt sie leise, es klingt merkwürdig, als sie es ausspricht, aber das könnte an dem harten Akzent liegen, den man der deutschen Sprache nachsagt, das kann Irina selbst nicht beurteilen, sie hört sich nicht mit den Ohren anderer, sondern immer nur in ihrem eigenen Kopf und mit der eigenen Beschränktheit, die ihr unter anderem die Erklärung versagt, was hier wohl vor sich geht, und noch immer bleibt sie mit der Frage auf sich allein zurückgeworfen, die Frau antwortet nicht, und zudem liegt die Ruine jetzt so still da wie ehedem, ohne Gackern und ohne die knirschenden Schritte der Frau über dem Kieselgrund, der längst bemoost ist und staubig, und auch der Vorhang hängt erschöpft hinter dem milchigen Glas, ohne dass der Wind ihm einen Anstoß geben könnte. Stattdessen lacht der Wind leise in Irinas Haar, als mache er sich über sie lustig, und dabei klingt sein Lachen wie ihr eigenes Lachen, aber nach Lachen ist ihr nicht zumute.

Was war das? War was?

Irina lehnt sich an den Torpfosten, er hält ihrem Gewicht stand, und redet sich ein, soeben einer Fata Morgana aufgesessen zu sein, einem physikalischen Phänomen, das sich die Farben eines Malers aneignet, der ihr nicht einfallen will, die vielen Bilder in ihrem Kopf spielen ein bisschen verrückt nach der schlaflosen Nacht und den am Abend zuvor konsumierten tschechischen Obstlern, die sicher halluzinogen wirken und weniger harmlos sind, als sich Irina in ihrem Elan heute Morgen einreden wollte.

Luftspiegelungen in Tschechien.

Sie wischt mit der Hand über die Stirn und fühlt den schweißigen Film, der Haaransatz ist feucht, obwohl es so warm nun auch wieder nicht ist, außerdem schwitzt Irina überhaupt selten, also schließt sie die Augen und atmet aus, um den Kreislauf zu beruhigen, und als sie die Lider wieder aufschlägt, da überquert Tomáš gerade die Straße, auf deren gegenüberliegender Seite es tatsächlich ein Fenster gibt, in dem Brot ausliegt, gebacken aus dem gemahlenen Korn stillgelegter Mühlen.

Tomáš winkt mit einem Laib Graubrot, und Irina läuft ihm, jedweder Gewohnheit zuwider, entgegen und hakt sich unter, nur leicht, nicht, dass sie eine Stütze suchte, die Berührung schon.

»Hast du ein Gespenst gesehen?«, fragt er, und Irina streicht sich durch die Haare, während sie überlegt, was für einen Eindruck sie wohl nach außen macht, dass er so etwas fragt.

»Sehe ich aus, als würde ich an Gespenster glauben?«, fragt sie einigermaßen gefasst zurück und spürt dabei das Gehöft in ihrem Rücken, auch wenn sie zunehmend sicher ist, dass es nun so schön ruiniert und ruhig daliegt, wie die Zeit es zurichtete und zurückließ, oder etwa nicht? Und auf die Gefahr hin, zu Stein zu erstarren, riskiert sie unauffällig einen Blick zurück, ja, da liegt das Gehöft, normal verfallen, einer Ruine gemäß, und ahnt nicht länger von seinem vermeintlichen, ehemaligen Glanz.

Nichts als heiße Luft.

4

Es gelingt ihr nicht, aufzuhören, nein, sie will nicht, trotz des langen Tages, der hinter ihr liegt, der langen Nacht, der ein langer Tag vorausging, ganz zu schweigen von der langen Fahrt und dem mittäglichen Knick in der Optik. All das scheint jetzt gleichgültig, Irina brennt von dem Feuer der Leidenschaft, das nur wenige teilen, wenn es um die Arbeit geht, aber insgeheim verachtet sie natürlich diejenigen, die ihr Werkzeug weglegen und von Feierabend faseln, von Essen oder anderen profanen Dingen. Sollen sie nur gehen, diese anderen, und die kontemplativen Stunden ihr allein überlassen, die Stunden der Konzentration, die Stunden von Ich und Du.

Zwischen Ohr und Objekt.

Mein, du bist mein, denkt Irina wieder, und dort, wo andere Arbeit sehen, fühlt sie die Beziehung, die sie mit der Kirche eingegangen ist, eine Beziehung, innerhalb derer mögliche Außenstehende nur stören und zu lästigen Leuten mutieren, die ihr den alleinigen Anspruch streitig machen könnten. Sie braucht kein Publikum bei dem, was sie tut, in diesen einsamen, ekstatischen, dunklen Phasen zu zweit, ja, so fühlt es sich normalerweise an.

Diese Kirche hingegen macht Irina das Leben schwer. Sie atmet zu laut und lässt sie nicht an sich heran, stößt sie von sich weg, als gäbe es in ihr einen unerkannten Widerstand, etwas, das sie in den Wänden verwahrt und dabei verschweigt, und dieses Verschwiegene senkt die Bereitschaft, in die Gegenwart vorzurücken und ins Licht. Sie geriert sich wie ein störrisches Kind, ein renitentes Kind, das nicht zu durchschauen ist.

Mystisch.

Der Begriff fiel Irina bereits heute Mittag ein, während sie allein im Dorf herumstand und noch bevor ihr das seltsame Bild begegnete, an das zu denken sie sich in der Zwischenzeit verboten hat. Und tut es jetzt doch. Ohne zu wollen vergegenwärtigt sie sich dieses dämliche Gehöft, was war da los?, die Hühner, die Frau, wie soll sie es benennen: der ungewollte Schock, und zu dem Bild gesellen sich nun obendrein diese Geräusche ohne Ursprung, von denen die blöde Kirche durchzogen ist. Anders, als andere Kirchen es tun, atmet sie und flüstert und schnauft und verbiegt mit ihrer Unruhe Irinas plastisches Vorstellungsvermögen.

Die meisten Kirchen halten die Schnauze und fühlen sich insgesamt irgendwie leichter an, von zahlreichen Touristen-Füßen durchlüftet und ausgespült, nur diese Kirche hier wiegt schwer. Stumpf sitzt sie mit ihrem fetten Hintern auf einer unentdeckten Jauchegrube, zusätzlich beschwert von diesem ekelerregend imposanten Altaraufbau, der sich dem Betrachter, der Betrachterin geradezu ins Auge drängt, als wolle die Kirche alle Außenstehenden zwingen, irgendetwas etwas zu spüren, gleichgültig, was es ist. Wispern und protzen aber ist immer eine verdächtige Kombination.

Da heißt es: vorsichtig sein.

Hier gibt es ein Zuviel an Leben, das über die Zeit hinweg nicht verschlossen wurde, sondern noch immer atmet. Unentwegt flüstern die Wände vor sich hin und steigern ihre Lautstärke mit jedem ungehörten Wort, sodass jeder Versuch, daran vorbeihorchen zu wollen, zum Scheitern verurteilt ist. Stattdessen lenkt die Kirche dich direkt in die *ollen Steine* hinein, und diese ollen Steine sind ebenfalls durchtränkt von diesem geradezu unheimlichen Unsinn.

Grund genug für ein gewisses Unbehagen.

»Schluss jetzt«, flüstert Irina und verflucht die Schatten, die über den defekten Boden wandern, über die Wände und über die Reste der barocken Putten, die unverschämt zu ihr hinüber feixen und sie auslachen, schon wieder auslachen, was ist daran so komisch?

Sie leckt den Staub von den Lippen, klettert vom Gerüst herunter und versucht, ihr Unwohlsein abzuschütteln, indem sie sich in Ärger flüchtet, den Ärger darüber, dass die Kirche ihr die Stunden des Alleinseins verdirbt mit ihrer Penetranz, die an das Schnarchen von Henrik erinnert. Und da ihr jetzt Henrik in den Sinn kommt, fällt ihr außerdem ein, dass er sich heute Abend nicht noch einmal gemeldet hat, offenbar hat er sich bereits mit ihrem Rückzug abgefunden.

Schneller als erwartet.

Mit einem Satz überspringt Irina die letzten Sprossen und landet auf dem Boden, wo sie in die Stiefeletten schlüpft, die sie zum Arbeiten abstreift. Die bestrumpfte Restauratorin, witzelte Tomáš vorhin, und sie trat ihm mit ebendiesem Strumpf auf den robusten Schuh, durch den er vermutlich nicht einmal einen Hauch des Tritts spürte.

»Blöde Kirche«, sagt Irina laut und hört, wie kindisch sie klingt, aber sie wünscht ihr dennoch den Tod an den Hals, noch nie hat sie bisher einen solchen Groll gegen ein unschuldiges Objekt verspürt. Mit entschlossenem Schritt geht Irina auf das Portal zu, als ihr Absatz plötzlich ein ungewohntes Geräusch hinterlässt, tock!, einen Klang, der auf etwas anderes verweist.

Auf ein Darunter.

Unter einer der Platten des von den Maurern halb abgetragenen Bodens muss ein Hohlraum sein, vielleicht die Schatzkammer, die in den Aufzeichnungen erwähnt wurde, ohne eingezeichnet zu sein. Und Irina kniet auf dem fragmentarischen Mosaik, während sie versucht, ihre Fingernägel in die Ritze der Steinplatte zu graben, dafür ist es ja da, das körpereigene Werkzeug, aber die Platte ist schwer, zu schwer, wie alles hier am Ort schwer wiegt, ein Zentnergewicht, und Irina muss einen Schraubenzieher nehmen, um den Stein verrücken zu können.

Sesam, öffne dich.

Dann ist der Zugang endlich frei, und sie nimmt eine Arbeitsleuchte, um hinabzusteigen, hinunter in ein Gewölbe, das einer Gruft ähnelt. Der schwache Strahl der Lampe zeigt nur ausschnitthaft, wie der Putz von der Decke blättert. An den Wänden breiten sich Wasserflecken von für ein Restauratorinnen-Auge unzumutbarem Ausmaß aus, und als Irina die Lampe schwenkt, fällt das Licht auf … Gesichter! Sie gehören zwei Statuen, maroden Schönheiten, die vermutlich ausgemustert wurden und nun auf eine neue Bestimmung warten. Das muss Irina Astrid erzählen, hoffentlich ist sie noch wach. Die Kirche ist doch ein Schatz, zumindest birgt sie noch unerkannte Möglichkeiten.

Unverhofft versteckte Zugänge.

Als Irina schmutzig und im Arbeitsoverall die Küche des Pfarrhauses betritt, sieht sie Astrid in einem Wörterbuch *Tschechisch – Deutsch* blättern und gähnen, was nicht gerade für ihren Lerneifer spricht, aber die gute Absicht ist es, die zählt, ist es nicht so?

Astrid schaut sofort auf, als habe sie wie eine sorgende Mutter auf Irina gewartet: »Wieder kein Ende gefunden?« – »Ich habe eine sensationelle Entdeckung gemacht«, sagt Irina, »es gibt eine Gruft, vermutlich die versteckte Schatzkammer des Bistums, von der wir gelesen haben.« – »Mit oder ohne Schatz, und wenn ja, männlich oder weiblich?«, hakt Astrid nach, um sich dann übergangslos zu erkundigen, ob Irina nicht hungrig sei.

Irina geht zum Herd, schaut in den Topf und entdeckt etwas, das wie Suppe mit Sauerkraut aussieht, auch gut, nicht alle müssen in Begeisterung über die tschechische Küche verfallen, und nicht alle müssen ihre, Irinas, Begeisterung für versteckte Grüfte teilen.

Oder für olle Steine.

»Ein toller Raum«, versucht sie es noch einmal, nimmt einen Teller aus dem Hängeschrank und schöpft eine Kelle Suppe darauf. »Leer beziehungsweise fast leer.« – »Mit Schatz fände ich deinen Fund sensationeller«, sagt Astrid und fügt mit Blick auf Irinas Essen hinzu: »Dürfte inzwischen kalt sein.«

Sie gähnt noch einmal und will gehen, aber dann bleibt sie, vielleicht, weil Irina unbeholfen mit dem Finger auf einen Krautzipfel tupft, der aus der Brühe in ihrem Teller ragt. Die Geste muss einen verwirrten Eindruck vermitteln, jedenfalls fragt Astrid sogleich, ob alles in Ordnung sei. Und obwohl Irina einen Löffel in den Mund schiebt und versucht, über den Geschmack der Suppe zu albern, lässt Astrid nicht locker, bis Irina zu erzählen beginnt, wie sich das heute verhalten hat, mit diesem Bild, das sich ihr plötzlich zeigte: »Es lässt mir keine Ruhe, auch wenn ich es beiseitezuschieben versuche.« – »Was für ein Bild?«

Tja, das wüsste Irina selbst auch nur allzu gern. »Nennen wir es *eine Erscheinung*«, sagt sie und versucht dabei, so lässig wie möglich zu wirken, da hilft das Sauerkraut in ihrem Mund, das vermeintlich starke Worte zerfleddert. Der gewünschte Effekt stellt sich ein, Astrid grinst, als sie die Gegenfrage stellt, ob Irina womöglich über fliegende Untertassen spekuliere. »Genau«, sagt Irina, »mit potenten Scheinwerfern, von denen die Leute hier nur träumen können.«

Licht ins Dunkel bringen.

Sie nimmt einen großen Schluck aus der offenen Schnapsflasche, die auf dem Tisch steht, und lacht, aber das Lachen klingt in einem solchen Maße künstlich, dass Astrid sogleich nachfragt, ob sie sich Sorgen machen müsse.

»Kleine, frisch verheiratete Astrid«, scherzt Irina, »eine gute Mutter würdest du abgeben, ehrlich, aber um mich musst du dir erst Sorgen machen, wenn ich gar nicht mehr auftauche, dann stecken die Aliens gerade Schläuche in mich, um herauszufinden, wer ich wirklich bin.« Sie löffelt erneut von der Suppe, die so schlecht nicht schmeckt wie zunächst angenommen, und gibt Astrid den Laufpass: »Geh schlafen.« – »Das solltest du auch, Schlafmangel löst Halluzinationen aus, habe ich einmal gelesen, übrigens ebenso wie erhöhter Alkoholkonsum.«

Und dass hier etwaige Halluzinogene mit im Spiel sein könnten, denkt Irina ja auch, oder zumindest versucht sie, so zu denken, also beginnt sie zu sticheln, wer denn wohl dafür verantwortlich zeichne, wenn sie zu wenig Schlaf bekomme: »Rate mal, Astrid, na, wer wohl?« Und sie ahmt ein Schnarchen nach, für den unwahrscheinlichen Fall, dass Astrid nicht begreift.

»Sehr witzig«, sagt Astrid und verschwindet endgültig Richtung Schlafraum, die Tür klappt hinter ihr zu, und Irina lässt den Löffel in die Suppe fallen. Schlafentzug, ja, das wird es sein, zu lange wird sie nun schon davon geplagt, und jetzt trifft sich die Erschöpfung heimlich mit Irinas in Bildern funktionierendem Gehirn, das es ermöglicht, sich nicht existente Dinge real vorstellen zu können, und beide verstehen sich auf Anhieb, verschmelzen fröhlich miteinander und halten sie zum Narren.

Herrgottnochmal!

Das Hühnergackern wird lauter, tiefer auch und klingt seltsam nasal. Recht bedacht, hört es sich wie Schnarchen an, wie ein unberechenbares, nervtötendes, allzu menschliches Schnarchen, und noch im Traum springt Irina auf, um Astrid den Teller Sauerkrautsuppe ins Gesicht zu schütten, bevor sie kerzengerade in ihrem Bett sitzt, knapp unter der niedrigen Decke des Pfarrhauses.

Entgegen ihrem Vorsatz, diese Nacht unten zu schlafen, liegt sie abermals im oberen Bett, dabei wollte sie doch genau für diesen Fall vorbereitet sein, dass sie wieder aufwacht und lieber herumgeistern würde, als wartend im Bett liegen zu müssen, denn das Warten birgt immer auch die Gefahr, unerwünschte Zwischenräume zu öffnen.

Wütend klettert Irina vom Bett und kramt nach dem Zigarettenetui, um ihren Platz am Fenster einzunehmen, dann überlegt sie es sich anders, stopft die bereits herausgeholte Zigarette in die rechte Blazertasche und zieht sich eine Hose und ein Hemd an. Ohne Rücksicht auf Astrid zu nehmen, die ohnedies geschützt in ihrem Geräuschraum aus Schnarchlauten liegt, leert Irina ihre Kleidungsstücke aus dem Rucksack und stopft stattdessen Kissen und Wolldecke in ihn hinein, dann geht sie mit geschnürtem Säckchen hinaus.

Sich einen Raum zum Schlafen mit jemand anderem teilen zu müssen, engt die eigene Seele ein, da können die Leute sagen, was sie wollen und Astrid noch so nett sein, das Geschnaufe und Geschnarche, der Atem, die Anwesenheit eines zweiten Körpers sind einfach zu viel des Guten.

Zum Flüchten, genau!

Irina denkt an die Schätze des Bistums und an den einen wahren Schatz, der in ihrer linken Blazertasche liegt und so schwer wiegt wie am ersten Tag. Sie nimmt den Kirchenschlüssel heraus, tritt aus dem Pfarrhaus und stapft über den Weg, die kurze Entfernung bis zur Baustelle, schließt auf und geht in die Kirche hinein, ohne zu wissen, was sie dort tun wird, aber alles ist besser, als sich schlaflos von der einen Seite auf die andere wälzen zu müssen und womöglich noch düstere Gedanken zu hegen, die kaum erhellt werden dürften in diesem verfluchten Kaff.

Auch die Kirche ist nach wie vor von Schatten erfüllt, obwohl die Arbeitsleuchten dagegen ankämpfen, es ist ihre Aufgabe, für Licht zu sorgen, damit das Team auch nachts arbeiten kann oder könnte, wenn es nur befeuert genug wäre. Aber wenigstens gibt es hier ausreichend Platz, Platz im Überfluss, und damit die Möglichkeit, sich auszubreiten in den Raum, ohne sich an einem anderen menschlichen Wesen stoßen zu müssen.

Irina setzt sich auf die vordere Bank, auf der Tomáš vor zwei Tagen betend kniete. Es ist kaum mehr vorstellbar, dass sie zu dem Zeitpunkt noch nie mit ihm gesprochen hatte, nun taucht sein Gesicht neben ihr auf, als stünde er tatsächlich dort, und das ist gut, an ihn denkt Irina gern, ja, solange sie an ihn denkt, ergibt das Nicht-Schlafen beinahe Sinn, zumindest versüßt wird es.

In die Decke gewickelt starrt Irina auf die schäbigen Malereien und wünscht, die Arbeit wäre bereits fortgeschritten, und ärgert sich gleichzeitig darüber, dass sie stets zielgerichtet auf den Abschluss der Arbeiten zustrebt, wie sehr sie auch den Prozess selbst zu lieben versucht, wie dumm ist das? Nur ist das Angebrochene, das Kaputte eben schwer auszuhalten, wenn im Kopf bereits alles herangereift und schließlich ausgewachsen ist und bereits ungeduldig auf die Geburt wartet.

Die endgültige Ankunft.

Die Augen der Toten auf dem abgebildeten Psalm blicken durch das Dunkel düster und beunruhigend auf sie zurück, starren aus den Tiefen der Vergangenheit herauf oder herab, was für eine dämliche Idee, sie abbilden und an das Licht zerren zu wollen und fortan jeden Menschen, ob er will oder nicht, damit zu konfrontieren. Dass die Toten einen anstarren, wenn sie ausgegraben werden, von irgendeinem ahnungslosen Künstler des Barocks, wundert Irina nicht, niemand sollte sich darüber wundern, aber solche in diesem Maße eindringliche Blicke hat sie bisher nur selten erlebt, obwohl sie schon so oft in die Dunkelheit künstlerischer Fantasie blicken durfte, zum Beispiel auf Jesus-Gestalten, die aus allen erdenklichen Körperteilen bluteten.

Aus Wunden aller erdenklichen Größenordnung.

Darauf hatte schon ihre Mutter keine befriedigende Antwort gewusst, wenn Irina, das Kind, fragte: Warum sind die Bilder von Christus so schrecklich? Die Wunden unterwanderten ihre Träume und verwandelten sie in Albträume.

Und noch immer, gerade jetzt, in diesem Moment, findet Irina, dass die Kirchen der Erbauung dienen und Sätze wie *Findet Frieden* oder etwas in der Art absondern sollten.

Verdrehte Welt.

Irina zieht die Knie an ihren Körper und kauert auf der Kirchenbank, nicht mehr als einen halben Meter über dem Boden, aber diese leeren Gesichter, die sie von schräg oben beobachten, werfen sie dennoch aus dem Gleichgewicht. Und weil sie es satt hat, sie noch länger anzuschauen und es ebenso satt hat, angeschaut zu werden, angelt sie ihr Handy, das sie immer mit sich trägt, aus der Blazertasche. Eine Verbindung zur Außenwelt wird ihr gut tun, außerdem hat sich Zoe noch immer nicht gemeldet, wie Irina jetzt einfällt, obwohl sie eine Nachricht hinterlassen hat für das Kind.

Im Mitteilungseingang befindet sich abermals eine SMS von Henrik, nun doch, brav, brav, die sie ungelesen löscht, ansonsten herrscht gähnende Leere, also tippt Irina Zoes Nummer ein, wie gewöhnlich muss wieder sie diejenige sein, die nachhakt und sich um alles kümmert. Abermals meldet sich lediglich die Mailbox, natürlich, es ist mitten in der Nacht. »Ich warte auf deinen Anruf«, wiederholt sie, »du willst das zwar nicht hören, aber langsam mache ich mir Sorgen, ja, das gibt es.«

Die Einsamkeit des Wartens.

Irina legt das Handy neben sich und streckt sich auf der Bank aus, die hart ist, da hilft auch keine Wolldecke, aber ein wenig Schlaf täte ihr sicher gut und ließe gestaltgewordene Psalme in der wachen Wirklichkeit zurück. In weiser Voraussicht hat sie ein Schlafmittel eingesteckt, sie schluckt es trocken hinunter und schließt die Augen, kurz nur, dann öffnen sie sich jäh wieder, denn die Glocke schlägt fünf Uhr morgens und schlägt Irina ihr Herz um die Ohren. Dies ist kein Ort für eine geruhsame Nacht, sie flucht, ergibt sich der höheren Gewalt und schlüpft in die Schuhe, die abgestreift auf dem Betbänkchen stehen, als wäre dies ein Garderobenregal.

Als ein Eingangsbereich wohin?

Vor der Tür wird Irina von der Morgendämmerung begrüßt, jetzt ist die Stille im Dorf berauschend, das Licht betörend, ja, malerisch, und Irina erinnert sich an eine Ausstellung in Berlin, in der sie vor Bildern von Edgar Ende stand und es kaum aushielt, sie zu betrachten, weil das Licht und die Farben sie in etwas hinabzogen, etwas Dunkles, Unklares, das für lebende Augen unsichtbar bleiben sollte, und nun weiß sie, an welches Gemälde sie denken musste, als sie gestern Hühner und Frau zu sehen glaubte, die Farben, das Licht, so malte er, vor der Welt verkrochen, den Blick in das eigene Dunkel gerichtet.

Auf mögliche Halluzinationen.

Irina schüttelt die Erinnerung an das Gehöft ab und richtet ihren Blick auf die reale Landschaft, die vor ihr liegt und sich in diesem ersten Strahl des Tages präsentiert, mit Grabhügeln bestückt, aus Kreuzen und steinernen Erhöhungen zusammengesetzt, die Silhouette des Friedhofs, der an den Kirchenhof anschließt.

Die Gräber ziehen Irina an, sie kann sich nicht erinnern, wann sie zuletzt einen Friedhof besucht hat, vermutlich war das anlässlich der Beerdigung ihrer Oma. Sie wusste selbst nicht, warum sie als Einzige aus der Familie dorthin gehen wollte, um dabei zu sein, verschwieg es sogar der Mutter gegenüber, obgleich sie sich schäbig fühlte deswegen, vermutlich hatte Jona ihr den Gang zum Friedhof eingeredet, in einer seiner nicht rechtzeitig von ihr abgewehrten hobbypsychologischen Anwandlungen.

Erzähl von früher, Oma, bitte, erzähl etwas.

Irina tritt durch das kleine Pförtchen, das den von Restaurierungsarbeiten aufgeworfenen Boden von einem intakten Areal aus Erde und Gras trennt, in dem die Toten ungestört und unangetastet schlummern dürfen, ungeachtet des Lärms oder der Erschütterungen durch etwaige verändernde Maßnahmen.

Es gibt einen Beruf, bei dem Tote restauriert werden, denkt Irina, nur heißt es in diesem Falle *präpariert*, was für ein absonderlicher Gedanke, ein Präparator verändert mehr als wir mit weniger Effekt, dem Objekt Leben einzuhauchen bleibt ihm unmöglich.

Tot ist tot ist tot.

Obwohl sie von Grab zu Grab geht und dabei die Sterbedaten studiert, bleibt sie eigentümlich unberührt von der Gegenwart der Verstorbenen, hier gibt es allein Steine, darunter zerfallene Gebeine, die nicht wieder hervorgeholt werden, anders als die Toten auf den Bildern, anders auch als die Geschichten der zahlreichen Kirchen, die nicht zuletzt durch Irinas Mitwirkung bereits wiederhergestellt werden konnten.

Instand gesetzt.

Der Friedhof ist allem Anschein nach weniger alt als das Gemäuer, das über ihn wacht, hier gibt es keine Toten, die vor 1945 gestorben wären, und die Namen klingen alle wunderbar entrückt, klingen so, wie Tomáš spricht.

Irina versucht auszusprechen, was sie liest, möglichst schnell hintereinander, ohne Pause zwischen den Worten, als sage sie einen Kinderreim auf, und tatsächlich klingt das Gemurmel wie ein heiteres Wiegenlied, dessen Bedeutung Irina nicht entschlüsseln kann. *Zátopek, Železný, Jágr, Hašek, Nedvěd.* Der fremde Klang lullt sie ein, und irgendwann schleicht sich der Name *Bubeniček* mit in die Litanei, der Gedanke an ihn muss in einem Maße präsent sein, dass er sich sogleich in einer Form zu manifestieren wünscht.

Was für Geschichten!

In den Grabstein, an den sich Irina lehnt, wurde tatsächlich der Name *Bubeniček* gemeißelt, ein gutes Zeichen, findet Irina, ein Zeichen für wen oder was? Sie kramt in ihrer Blazertasche nach der einzelnen, nunmehr zerquetschten Zigarette, die begraben unter dem Handy liegt, und richtet das gute Stück wieder auf, doch als sie ein Streichholz anzündet, meint sie abermals etwas in ihrem Rücken zu fühlen und wendet sich ertappt um. Vor ihr steht kein Rauchdetektor, sondern eine alte Frau, sie kommt einen Schritt näher und lächelt, die Zigarette interessiert sie nicht, wohl aber Irina.

»Noch eine Frühaufsteherin«, sagt die Alte, und es klingt mehr nach einer Feststellung als nach einer Frage. Irina nickt, ohne zu wissen, was sie darauf sagen soll, lieber nimmt sie ein paar Züge und inhaliert den Rauch in ihr vernebeltes Gehirn.

»Ich habe Sie schon gestern Nachmittag gesehen«, fährt die Frau fort, und jetzt erkennt Irina in ihr das Weiblein aus dem Kräutergarten, obwohl alte Frauen einander ja ziemlich ähneln, zumal, wenn sie Kittelschürzen tragen und braune Schuhe und gemusterte Kopftücher.

Die Frau steht ruhig da, die Hände über dem Bauch gefaltet, und lächelt noch immer, während sie offenbar darauf wartet, dass Irina sich vorstellt, aber als diese stumm bleibt, fühlt sie sich bemüßigt, selbst weiterzureden, es falle eben auf, wenn jemand Fremder hier auftauche, ob Irina auch an der Kirche arbeite. Wieder nickt Irina und stimmt der Frau außerdem zu, als diese meint, dass die Kirche etwas ganz Besonderes darstelle: »Ich mochte sie schon als Mädchen, ein Jammer, hoffentlich kriegen Sie die wieder hin.«

»Das ist unser Beruf: wieder hinkriegen«, sagt Irina, weil sie sich angesprochen fühlt, und auch, um die Frau zu beruhigen. Oder sich selbst. Aber wider Erwarten wünscht ihr die Alte jetzt nicht *Frohes Schaffen weiterhin* oder dergleichen, sondern fragt: »Beruf oder Berufung?«, und beweist damit einen feinen Sinn für die Details der deutschen Sprache.

Und für das sprachlose Leben obendrein.

Überrascht drückt Irina die Zigarette mit dem Absatz aus, dann lässt sie sich auf die steinigen Stufen zu einer Gruft sinken, die an das Grab des verstorbenen Bubeničeks grenzt, und fragt: »Und woher sprechen Sie so gut Deutsch?«

»Vor beinahe neunzig Jahren bin ich in diesem Ort geboren«, sagt die Alte, Hilgertová heiße sie, wenn sie sich vorstellen dürfe, und holt aus, um unaufgefordert ihre Geschichte zu erzählen, die damit beginnt, dass ihre Eltern zu den wenigen Tschechen gehörten, die sich hier kurz nach Gründung der CŠR angesiedelt hätten: »Alles habe ich erlebt, CŠR, dann die Anbindung ans Deutsche Reich, den Anfang des Krieges.« An der deutschen Sprache habe kein Weg vorbeigeführt, aber das wisse Irina sicher.

Wenn sicher auch unbeabsichtigt, beschämt ihr kurzer Bericht Irina, er ertappt sie dabei, sich wieder einmal nicht mit der Geschichte des Ortes beschäftigt zu haben. Wie

meist beschränkt sie ihre Arbeit mit der Vergangenheit auch in diesem Falle auf die Baugeschichte des Objekts, und Irina erinnert sich an diesen Auftrag in Luxor, bei dem sie sich schließlich unwiderruflich mit dem Projektleiter überwarf, weil er ihr dieses Versäumnis, und dies nicht zum ersten Mal, als unakzeptable Ignoranz auslegte, aber, Herrgottnochmal!, die Arbeit an einer Kirche erfordert nun einmal die einzigartige Sicht auf das Bauwerk als solches, und diese Sicht beherrscht sie besser als alle anderen zusammen, zudem steht der Beweis dafür noch immer aus, ob es tatsächlich ein Muss sein sollte, sich einen Kanal frei zu halten für politische Geschichte, die letzten Endes doch immer nur vorübergehend ist, ohne Bleibendes zu hinterlassen, bestimmt allein von einigen Witzfiguren, die sich wichtig nehmen, und alle sogenannten historischen Ereignisse unterliegen einer Halbwertzeit von etwa drei Monaten.
Wenn überhaupt.
Und immer reden alle vom Krieg, der Krieg, der Krieg, darauf scheint alles hinauszulaufen. Woran Irina auch arbeitet, am Krieg kommt sie offenbar nicht vorbei und niemand scheint sie außerdem vorbeilassen zu wollen, ja, auch hier lauert er bereits wieder, in den Augen der alten Frau.
Krieg gab es immer und überall, denkt Irina und sagt es auch und fügt hinzu: »Doch nun ist er Gott sei Dank vorbei«, aber jetzt huscht abermals ein Lächeln über das Gesicht der Alten und eine weitere Spitzfindigkeit über ihre Lippen: »Was heißt das schon: *vorbei*, alles hinterlässt Spuren, Sie sehen es ja an der Kirche.«
Nicht einmal im Traum hätte Irina damit gerechnet, morgens um halb sechs eine selbstberufene Philosophin auf einem Friedhof im Nirgendwo zu finden, eine Philosophin

in Kittelschürze, ein philosophierendes Kräuterweiblein, das aussieht, als wäre es hier nicht nur aufgewachsen, sondern neunzig Jahre auch nie woanders gewesen.

Festgewachsen.

»Wir haben Arbeit genug«, sagt Irina, »das stimmt.« Und da dem nichts hinzuzufügen ist, will sie gehen, hundemüde fühlt sie sich plötzlich, aber die alte Frau will sie offenbar nicht ohne Weiteres ziehen lassen, nein, sie kennt noch weitere Geschichten, hörst du, Jona, du hattest recht, das hier ist das Land der Geschichten, aber du hast mir verschwiegen, dass sie dich überfallen, ob du willst oder nicht, damals erzähltest du mir Märchen, weil ich dich darum gebeten hatte.

Im gegenseitigen Einverständnis.

Die Hilgertová aber erzählt unaufgefordert und wenig märchenhaft von ihrer Tochter, zwölf Jahre sei sie erst gewesen, als sie auf einen Blindgänger getreten sei: »Etwas bleibt immer und versehrt später irgendwen, Helenka war sofort tot.«

Die Pointe trifft Irina unerwartet irgendwo zwischen den Rippenbögen, sie zuckt zusammen und greift nach ihrem Handy, was idiotisch ist, aber ein Reflex und deshalb nicht zu steuern, aber der alten Frau entgeht die Geste nicht und messerscharf kombiniert sie, dass Irina wohl auch Kinder habe.

»Eine zwölfjährige Tochter habe ich«, sagt Irina und hätte beinahe *ebenfalls* hinzugefügt, was sie sich jedoch im letzten Moment verkneift. Außerdem will sie ohnehin nicht über Zoe sprechen und fragt stattdessen, ob die alte Frau noch weitere Kinder habe.

»Meine Helenka war meine Einzige«, sagt die Hilgertová, nimmt das Kopftuch ab und wischt sich damit über die

Stirn, ihre Haare sind kurz und dünn. »Nun gibt es nichts mehr, was von mir fortleben wird, meine Geschichte endet mit meinem Tod.« Sie macht eine Pause, kurz wirkt es, als sei eben jetzt der Augenblick gekommen, tot darniederzusinken, dann greift die Alte unerwartet nach Irinas Hand, die unachtsam herunterbaumelt und dem Griff deshalb nicht schnell genug ausweichen kann.

»Das war ein Unfall«, fährt die Hilgertová fort, »ein Unfall meiner kleinen Helenka, entschuldigen Sie, ich wollte Sie nicht erschrecken.« Jetzt wird Irina das Gespräch, die Berührung, das ganze alte Weib mit seinen ganzen alten Geschichten zu übergriffig, und zusätzlich ärgert sie sich darüber, dass sie plötzlich besonders schreckhaft auf andere zu wirken scheint, ein Quatsch ist das, schreckhaft, aber nein, wieso schreckhaft, das war sie doch noch nie.

Außer im Traum.

»Wirke ich tatsächlich so ängstlich?«, fragt sie unwirsch und entzieht ihre Hand mit einem Ruck, der so grob ausfällt, dass es ihr leid tut, denn die Alte meinte es sicher nur gut, aber zu viel ist eben zu viel, sollen die Alten sie in Ruhe lassen mit ihren Geschichten und mit ihrer Vergangenheit, was um Himmels willen hat Irina mit dem Krieg zu schaffen? Und ein Blindgänger, der ein kleines Mädchen zerreißt, ist in der Tat nichts anderes als ein Unfall, ein Unfall, weiter nichts, sie hätte genauso gut von der Rutsche fallen können.

Tragisch genug.

»Niemand«, flüstert die Hilgertová, »der selbst Kinder hat, hört gern, dass man sie auch verlieren kann«, und damit hat sie wirklich recht, also soll sie bitte endlich den Mund halten, so denkt Irina und sucht dennoch nach einer nachträglichen Erklärung für ihre Grobheit, die niemand verdient, schon gar niemand, der eine Tochter im Alter von zwölf Jahren verlieren musste, was über fünfzig Jahre her sein dürfte, aber der Schmerz um ein Kind verjährt womöglich äußerst langsam oder nie, Irina ist nicht erpicht darauf, das zu überprüfen.

»Ich mache mir keine Sorgen um meine Tochter«, sagt sie, »mich macht es nur ein wenig nervös, wenn ich einige Zeit nicht mit ihr gesprochen habe, der ganz normale Mutter-Schwachsinn, das verstehen Sie sicher.« Aber Letzteres hätte sie nicht sagen dürfen, warum sagt sie so etwas, sie hätte sich denken können, dass die Alte auch in diesem Punkt eine dezidierte Meinung vertritt: »Mütterliche Gefühle sind kein Schwachsinn.« – »Nein, vielleicht nicht, das ist nur so eine Redensart.«

Was für eine Art, so zu reden.

»Ihr wird schon nichts passiert sein«, sagt die Hilgertová, als habe sie nicht zugehört, und wieder hört Irina vermeintliches Mitgefühl aus der Stimme, das ist ja zum Wahnsinnigwerden: »Natürlich ist nichts passiert, wir haben uns ein bisschen gestritten, deshalb wollte ich sie anrufen.« Und sie wendet sich zum Gehen, aber sofort wird sie von der alten Frau am Arm festgehalten, und wieder ist dies eine Berührung zu viel.

Ein erneuter Übergriff.

»Es ist immer traurig«, fährt die Hilgertová ungefragt fort, »wenn etwas zwischen zwei Menschen tritt, die sich lieben, ich kenne das, furchtbar fühlt sich das an, und trotzdem habe ich manchmal so geschimpft mit der kleinen Helenka, wie leid tut mir das jetzt.«

Für wen sagt sie das, denkt Irina und begibt sich innerlich bereits auf den Weg über den Friedhof, durch die Pforte,

Richtung Pfarrhaus, aber dann traut sie sich nicht, einfach die Flucht anzutreten.

»Es muss schwer gewesen sein, damals«, sagt sie versöhnlich, »gut, dass wir jetzt in einer anderen Zeit leben.« – »Ich war überfordert und manchmal verzweifelt über das, was mit uns geschah, und Verzweiflung wird immer auch weitergeleitet an das Kind, obwohl es nichts dafür kann, vergessen Sie das niemals, Sie müssen Ihrem Kind alle Liebe geben.« – »Natürlich vergesse ich das nicht«, sagt Irina, »einen schönen Tag wünsche ich Ihnen.«

Und tschüss.

Aber die Hilgertová lässt noch immer nicht locker, sondern fragt nach, was das denn für ein Streit gewesen sei, und da wird Irina unbeabsichtigt abermals brüsk: »Streit klingt etwas dramatisch.« – »Haben Sie seither miteinander gesprochen?« – »Keine Zwölfjährige telefoniert ständig freiwillig mit der Mutter«, sagt Irina, sie jedenfalls werte diesen Umstand als Zeichen geistiger Gesundheit, und sie lacht und will tatsächlich endlich gehen, aber zuvor greift nun sie nach der abgearbeiteten Hand der alten Frau, wenngleich mit leichtem Widerwillen. »Das mit ihrer Tochter tut mir leid«, sagt sie, dann stapft sie über den Weg, die Frau in ihrem Rücken, und dreht sich nicht mehr um.

Die ungebetene Schwere auf den Schultern.

Gleich wird es an der Zeit sein, mit der Arbeit zu beginnen, ja, möglicherweise haben die Budweiser bereits begonnen, und tatsächlich stehen vor dem Kirchenportal zwei der Arbeiter und rauchen. Irina grüßt mit einem Lächeln und einem *Ahoj*, dann geht sie in die Kirche, um hastig die Wolldecke zurück in den Rucksack zu stopfen und auch das Kissen. Und da sie das seltsame Paket nicht an den Arbeitern vorbei zum Pfarrhaus tragen will, steigt sie bepackt in die Gruft hinunter und wirft ihr Bündel in die Ecke.

Ich könnte den Raum herrichten, schießt es ihr durch den Kopf, und noch bevor sie den Gedanken zu Ende gedacht hat, kehrt sie bereits den gröbsten Schmutz beiseite. Ohne die Absicht dahinter zu kennen, muss sie es einfach tun. Die Gruft ist finster, deshalb verlegt Irina Stromkabel, dann holt sie eine Lampe, verrichtet eine Tätigkeit nach der anderen, weiter, immer weiter, Schritt für Schritt, auf eine Weise zwanghaft, obwohl das Gewölbe auf ihre Brust drückt.

Es trägt den Namen *Helenka* und wiegt schwer.

Als Irina gerade eine Lampe mühsam an einem vergessenen Nagel an der Wand befestigt, wird sie von Astrid aufgestöbert: »Hier steckst du also, ich dachte schon, du wurdest wirklich entführt.« – »So kannst du das auch ausdrücken: entführt in eine schlaflose Nacht«, sagt Irina und spürt Astrids skeptische Blicke, als sie den Schalter der Lampe testet.

»Was soll das werden?«, fragt Astrid. »Oben gibt es genug zu tun.« Sie wolle nur schauen, was hier unten so los sei, meint Irina, dafür brauche sie Licht, und um weiteren Fragen zuvorzukommen, fügt sie hinzu: »Zum Beispiel für den Fall, dass ich etwaigen Sägen entkommen muss, ich glaube, du verstehst, was ich meine.«

In Astrids Protest mischt sich der kehlige Klang von Tomáš' Lachen, gefolgt von seinem Gesicht oberhalb der Treppenstufen, und mit seinem Anblick fällt die Schwere, die das Gespräch mit der Hilgertová in Irina hinterlassen hat, von ihr ab. Befreit fällt sie in sein Lachen ein und lacht umso mehr, als Astrid sich über die Denunziation ihres nächtlichen Geheimnisses zu empören beginnt: »Hauptsache, ihr habt euren Spaß.«

»Kann ich Irina entführen?«, fragt Tomáš. »Ich brauche sie kurz an meiner Seite.« – »Die Erlaubnis kann nur ich dir geben«, sagt Irina, »und die Antwort lautet *Ja*«, und als er sie daraufhin zur Treppe zieht, ist sie plötzlich froh, ihm nach oben folgen zu können, die Gruft den Toten, was um alles in der Welt hatte sie vor? Soll Astrid Licht in das Dunkel bringen, ihre Fantasie hält sich in Grenzen und erschafft keine Bilder, die es nicht gibt, und auch keine Räume, in denen du aus Versehen verschwinden könntest.

Ans Licht. Immer ans Licht.

Beim Arbeiten auf dem Gerüst spürt Irina Tomáš in ihrem Rücken, seine Anwesenheit stärkt sie, auch ohne dass sie miteinander reden müssen, und mit dem Gefühl der Stärke und stummen Solidarität scheint auch die Kirche zugänglicher zu werden.

Beinahe offen.

Tomáš bleibt hinter ihr, während sie ihre Handschuhe überstreift, und hinter ihr, als sie die Wand einstreicht, diese Art der Rückendeckung hat Irina selten erlebt, am wenigsten innerhalb ihrer Familie. Aber nun ist er da und strahlt sein Da-Sein zu ihr hinüber, als rückwärtiger Spiegel, der alle Bewegungen reflektiert. Seine Anwesenheit ist aufregend und beruhigend zugleich. Statt Irina abzulenken, hilft sie ihr sogar dabei, in der Konzentration zu bleiben, denn auch Tomáš ist konzentriert und atmet seine Konzentration im gleichen Takt aus, wie sie die ihre einatmet.

Synchronisiert.

Nur einmal stoßen beide versehentlich mit den Ellbogen zusammen und müssen einander festhalten, um nicht vom Gerüst zu fallen, nein, müssten sie nicht, die Planken sind breit genug und gut gesichert, dennoch greifen ihre beiden Händepaare zu, und nun steht Irina Tomáš direkt gegenüber, statt Rücken an Rücken Brust an Brust, sodass die Begegnung ihrer Augen unausweichlich wird, sie nehmen das Angebot, sich ineinander zu versenken, dankbar an.

Dem Spiegel seine Mehrdimensionalität.

»Ich bin froh«, sagt Tomáš unvermittelt, »dass du mit im Team bist, selten habe ich mit jemandem zusammengearbeitet, der ebenfalls bereit ist, in die Wände hineinzuschlüpfen.« Und da kann Irina ihm nur beipflichten: »Danke, Kompliment retour, ich freue mich, dass du so eine hohe Meinung von mir hast.« – »Da hast du tatsächlich Glück, meine Großeltern jedenfalls machen heute noch einen Bogen um alles Deutsche, die Vergangenheit ist ein weites Feld.«

Ein finsteres Feld.

Irina drückt sanft Tomáš' Hand, beinahe zärtlich, und kennt die Antwort bereits, als sie fragt: »Und? Hegst du auch noch irgendwelche Ressentiments, von denen ich besser unterrichtet sein sollte?« Er schaut sie nach wie vor an, zu lange schaut er, und als er sich zu ihr beugt, mit einer winzigen Bewegung, denn er ist kaum größer als Irina, da erschrickt sie, was wird das jetzt, das wirkt wie der Plan zu einem Kuss, so beginnt es meist, mit einem Herunterbeugen. Doch statt sie zu küssen, streift Tomáš nur leicht Irinas Ohr, als wolle er etwas flüstern, unterlässt es dann aber und richtet sich wieder auf, um zu fragen, ob Irina nicht Lust habe, mit ihm essen zu gehen, am Abend.

»Ja, natürlich«, sagt sie, ein bisschen zu schnell für ihren Geschmack, außerdem ist ihre Zustimmung natürlich alles andere als *natürlich*, denn *natürlich* essen sie für gewöhnlich alle zusammen im Pfarrhaus, außer in der Mittagspause, da ist der Gang ins Gasthaus selbstverständlich und eine Verabredung nicht vonnöten. Den Abend miteinander verbringen zu wollen aber heißt, Zeit miteinander verbringen zu wollen, und wenn jemand Spiegel sein kann und lippenloser Kuss, dann ist ein Rendezvous nur die logische Fortsetzung davon.

Bevor sich Verlegenheit zwischen sie schieben kann, schließlich halten sie sich noch immer an den Händen, dringt Astrids Stimme von unten zu Irina empor, um sie daran zu erinnern, dass sie noch mit dem Bürgermeister verabredet sei: »Vergiss es nicht, Irina, hörst du?« – »Jaja.«

Selbst nach zwei schlaflosen Nächten und einer Halluzination würde ich niemals meine Arbeit vernachlässigen, denkt Irina, dann beugt sie sich zu Tomáš, in derselben Art, wie er es tat, zum Kuss, ohne zu küssen, und drückt noch einmal seine neunzigjährige Hand Mitte dreißig. Dabei nimmt sie über ihre Fingerkuppen Fühlung mit dem Darunter auf: »Schätze, ich muss gehen, bis nachher also.« – »Ja, bis nachher.«

Die Zukunft kann kommen.

5

Es dürfte unmöglich sein, sich im Dorf zu verlaufen, so klein und verloren liegt es in der Landschaft, nur ein kurzes Stück die Straße hinauf verliert es sich bereits wieder in weite Gerstenfelder, die noch nicht abgeerntet sind und Irina ihre Ähren golden entgegenstrecken, als sie sich ihnen nähert. Sie wäre sicher, die Strecke bereits einmal gegangen zu sein, wenn sie nicht gleichzeitig wüsste, dass sowohl der Gasthof als auch das Gehöft mit den gackernden Hühnern, wie Irina es insgeheim nennt, am anderen Ende des Ortes liegen, die Wege nach hier und nach dort wiederholen sich.

Befreit von dem Gewicht der Kirche und ihrer schwerwiegenden Religiosität, lockert sich Irinas Gang allmählich und wird mit jedem Meter Abstand beschwingter, ja, beinahe heiter, schon liegt das Rathaus der Gemeinde vor ihr. Direkt an das hintere Ende des Hauptplatzes geklatscht, ist es nicht zu übersehen.

Irina überquert den Platz, der durch seine Leere weiter wirkt, als ihm der Größe nach an Wirkung zustünde, und steuert auf das Gebäude zu, das umso schäbiger anmutet, als die Haupttür unübersehbar neu verglast worden ist, eine geschmackliche Verirrung, die sich im Zusammenspiel mit der Gesamterscheinung des Rathauses eigenartig stilpluralistisch ausnimmt. Sie tritt näher und entziffert das Hängeschild auch ohne besondere sprachliche Kenntnisse dahingehend, dass das Rathaus geschlossen hat.

Allerorts nichts als verschlossene Türen.

Astrids mahnende Stimme ist schuld daran, dass Irina abermals zum Stillstand verdammt ist, und auch die Verlegenheit der nicht geteilten Küsse, beides zusammen trieb sie zur Eile, um sie jetzt auszubremsen, und augenblicklich verschlechtert sich Irinas Laune wieder, warten, immerzu warten, die Zeit in diesem Ort gehorcht offensichtlich anderen Gesetzen als dem kontinuierlichen Fortlauf der Geschichte.

Widerstrebend setzt sich Irina auf einen Blumenkübel mit vertrockneten Hortensien und lässt den Blick über den freien Platz gleiten, die Leere lastet auf ihm, lastet wie ein unsichtbarer Fluch, und er wirkt, als leide er darunter. Und sie wünscht sich München herbei, dort wäre eine derart unbeschriebene Fläche von Cafés flankiert und gestützt, überall stünden Stühle und Bänke, und die Menschen lachten und tränken Cappuccino oder Aperol-Spritz. Fühlt sich so Heimweh an?

Ein bisher unbekanntes Gefühl.

Wo sind die Einheimischen? Vielleicht gibt es hier niemanden außer einer alten Frau und anderen irrealen Erscheinungen, oder, sicher, die Leute gehen ihrer Arbeit nach, einer Arbeit in der nächstgrößeren Stadt. Oder aber sie sind alle mit einem Schlag verstorben, ausgestorben, dem Erdboden gleichgemacht, so sagt man doch.

Was nicht alles so dahergeredet wird.

Und plötzlich tauchen die Grabsteine vor Irinas geistigem Auge auf, die Gräber nach 1945, in denen sie womöglich begraben liegen, die Bewohner und Bewohnerinnen des Ortes, die es im Leben nicht mehr zu geben scheint. Ausgerottet von den Nachwirkungen des Krieges wie die kleine Helenka, liegen sie anklagend in ihren Gräbern und lassen sich von der Hilgertová versorgen, denn sie allein überlebte all die verborgenen Blindgänger, die hier in jeder Bodenspalte lauern, die Kirche ausgenommen, dort wagte sich kein Kriegsgerät hinein, sonst hätten die Arbeiter aus Budweis es wohl längst aufgespürt.

Und das ganze Team gleich mit.

Die Stille ist nervenzehrend, das Warten zeitraubend und sinnlos, also angelt Irina ihr Handy heraus, um die Mailbox abzuhören, tatsächlich, es gibt eine Nachricht, Henriks Stimme, die sie mit Vorwürfen betäubt. Er platze vor Eifersucht und bitte darum, ihm endlich ein Liebeszeichen zu übermitteln oder wenigstens ein Lebenszeichen.

Irina schiebt den Rückruf auf und versucht ihr Glück abermals bei Zoe, wieder hebt niemand ab, also bleibt ihr nichts anderes übrig, als es bei Jona zu versuchen, um sich nach ihrem Befinden zu erkundigen, vorsichtshalber und um sich zu beruhigen, diese blöde Helenka-Geschichte lässt sich nicht abschütteln, warum nur ist sie auf einmal so ängstlich geworden?

Aber auch unter Jonas Nummer meldet sich niemand, dieser Vollidiot, nie ist er greifbar, wenn sie ihn braucht. Ungeduldig wendet Irina den Kopf zum Rathaus, in der Hoffnung, es könne jemand hineingegangen sein, ohne dass sie es bemerkt hätte, aber nein, das ist albern, wie sollte es Menschen aus Fleisch und Blut gelingen, einen leeren Platz zu überqueren, ohne dabei entdeckt zu werden?

Andererseits ist alles vorstellbar, Wunder geschehen immer wieder, zumal in diesen böhmischen Gefilden, und tatsächlich zeigt sich das Wunder, schneller als erwartet und schneller als erhofft, mit einem flüchtigen Blick auf das Rathaus-Portal. In der Glastür, gleich unter dem

Geschlossen-Schild, spiegelt sich der leere Platz, doch durch die vermeintliche Leere tummeln sich Leute, der leere Platz ist zum belebten Platz mutiert, viele Leute sind unterwegs, wo nur kommen die plötzlich her? Bei einer solchen Erscheinung kann es sich nur um die Rache eines Glases handeln, das dort unfreiwillig hineinmontiert wurde.

In falsche Zeitzusammenhänge.

Langsam wendet Irina den Kopf, um sich von dem zu überzeugen, was nicht sein kann, von einer weiteren böhmischen Fata Morgana, mit und ohne Obstler, heiß genug wäre es, um eine Spiegelung der Luft zu erzeugen, aber leider, leider befinden sich auch ohne reflektierendes Glas leibhaftig Menschen auf dem Platz, und nun kann Irina nicht länger an Luftspiegelungen glauben, denen sie ohnehin nie Glauben schenken konnte.

Die Leute stehen in Grüppchen beieinander, in aller Selbstverständlichkeit stehen sie dort, schließlich liegt hier das Zentrum des Ortes, und dennoch gehören sie nicht hierher, findet Irina und weiß gleichzeitig, es liegt nicht in ihrer Befugnis, zu entscheiden, wer wo hingehören sollte, die machen, was sie wollen, diese Leute. Ungefragt steigen sie in ihren Kleidern aus Leinen und grober Wolle zu Irina hinauf oder hinab und zwingen sie durch diesen Umstand unfreiwillig, rückwärts durch die Zeit zu marschieren, um irgendwo zu landen, außerhalb der Wirklichkeit, ja, so viel scheint gewiss, denn so sehen keine Rathausangestellten aus, und heutzutage schon gar nicht, die dem Herrn Bürgermeister bei seinem Termin mit der neuen Restauratorin beistehen wollen, außerdem ist Irina diejenige, die Beistand bräuchte.

Und zwar dringend.

Sie erhebt sich und schleicht an den Menschen vorbei, die sie ohnehin nicht beachten, und auch ihre Gespräche bestehen aus nichts als undefinierbarem Rauschen. In der Mitte des Platzes steht plötzlich eine Büste, auch sie stand ganz sicher vorhin noch nicht dort, und Irina geht darauf zu, um sich daran festzuhalten, an diesem steinernen Kopf mit Bart und Halbglatze, *Masaryk* steht auf dem Schild. Namen sind in beiden Sprachen gleich, und mit dem Verstehen des Namens scheint sich die Vermutung zu bestätigen, dass der Platz zurück in die Vergangenheit gerutscht ist.

Ja, so muss es sein.

Und erst jetzt bemerkt Irina das ganze Ausmaß der Veränderung, ja, alles um sie herum ist verändert, neben ihr, hinter ihr, unter ihr und auch über ihr gibt es diese Veränderung, die allein in der Art, wie sich der Himmel präsentiert, bereits vertraut scheint: als ein gemalter Himmel, der unter Verwendung farbiger Pigmente Wirklichkeit vortäuscht. Und dieses Bild von Himmel überpinselt alles, was unter ihm vorgeht, und zwingt dem Leben eine für die Ewigkeit bestimmte Starre auf, wie es sie nur auf Fotografien gibt oder auf Gemälden, in der Bewegung ausgebremst.

Eingefroren zur späteren Betrachtung.

Verflucht sollen sie sein, denkt Irina, mögen alle Bilder verfallen, abblättern und zeigen, dass die Wirklichkeit nicht zum Anhalten gedacht ist, sondern für die Zukunft bestimmt. Die Zeit im Ort schlingert, sie ist in sich verschoben, bewegt sich vorwärts und rückwärts, gedehnt und beschleunigt zugleich, die Frau mit den Hühnern, auch sie muss in andere zeitliche Zusammenhänge gehören, die Zeit hat offenbar einen Riss bekommen, und Irina stand zufällig daneben und glitt dort hindurch und befindet sich gestern wie heute irgendwo und irgendwann am Ende der Dreißigerjahre des zwanzigsten Jahrhunderts. Wie hilfreich es wäre, bei klarem Verstand zu sein.

Denken zu können.

Irinas eigenes Herzklopfen dringt von außen an ihr Ohr, sie selbst ist körperlos, aber irgendwo zu finden. Von der Büste und dem regen Leben auf dem Platz wirft sie erneut einen hastigen Blick zum Rathaus, in der Hoffnung, die Glastür möge sich öffnen, der Bürgermeister rufen und dem Spuk ein Ende bereiten. Aber das Rathaus ist fensterlos, ohne Glasscheiben, die Tür stilimmanent aus Holz, die eben noch schäbige Fassade frisch gestrichen.

Wenn jedoch sogar der Himmel den Zugang in die Wirklichkeit verwehrt, dann gibt es nur wenige Wege aus einem Bild hinaus, ja, dann ist Irina darin gefangen, und alle Möglichkeiten zum Handeln reduzieren sich allein auf Bewegung als solche, gern auch ziellos, und sie beginnt zu eilen, eilt durch die Straßen, weiter und weiter, durchs Dorf hindurch, wenn möglich über den Bildrand hinaus, aber die Anstrengung stellt sich als vergebens heraus, das Bild bleibt allgegenwärtig und umfassend und die einzige Wirklichkeit, die Irina zurzeit zur Verfügung steht.

Wo seid ihr, wo bin ich?, denkt sie, dann folgt sie ihrem Herzschlag, der schneller wird und sie zu dem Gehöft treibt, und kaum biegt Irina zur Auffahrt ein, sieht sie bereits die Hühner, die pickend über den Hof stolzieren, sieht außerdem die Kaninchen, hinter Draht mümmelnd, wie schön wäre es, sich selbst in ein Kaninchen verwandeln zu können, aber nicht einmal die Gestalt eines aufgescheuchten Fluchttiers steht ihr zur Verfügung, um sich darin zurückziehen zu können, nein, sie muss weiterhin als Irina durch die Gegend laufen, mit Narben und Hornhaut an den Händen.

Alles wie gehabt.

Allein das andere, das Drumherum, spielt unentwegt Streiche, vielleicht fühlt es sich so an, wenn du unter dem Einfluss bewusstseinsverändernder Drogen stehst, überhaupt lieferten chemische Prozesse eine noch bessere Erklärung für unerwünschte Trips, als Luftspiegelungen es könnten, und augenblicklich überlegt Irina, was ihrem Schlafmittel, das sie vergangene Nacht schluckte, an Inhaltsstoffen zugesetzt worden sein könnte. Sie muss sofort den Beipackzettel studieren. Wenn es ihr doch nur gelänge, dorthin zurückzukehren, an diesen Ort, an dem Dinge wie Beipackzettel existieren, sprich: in ihr Zimmer im Pfarrhaus oder in die Gegenwart von Astrid und ihrem praktischen Rat oder in die hilfreiche Nähe von Tomáš, wo nur halten die beiden sich auf?

Was ist real?

Der Hof lockt, und ferngesteuert folgt Irina, indem sie einen Schritt durch die Einfahrt setzt. Von irgendwoher dringen Gesprächsfetzen an ihr Ohr, in dieser harten Sprache, die ihr so vertraut ist, ihrer Muttersprache. Aber obwohl Deutsch gesprochen wird, versteht sie nichts, der Ton ist abermals dumpf, er quillt aus einem Dahinter, eingeschlossen in das Mauerwerk der einst ruinierten Wände, wie sie zukünftig sein werden.

Flüchtige Stimmen, die Herzschläge umso lauter.

Aus der Scheune heraus riecht es nach frischem Heu, wohin nur soll Irina gehen, wohin?, es treibt sie wieder hinaus, doch gerade will sie durch die Hofeinfahrt zurück zur Straße laufen und weiter zum Bäcker auf die gegenüberliegende

Bürgersteigseite, wenn es ihn nur gibt, da biegt ein Fuhrwerk mit Saatgut in die Auffahrt ein und versperrt ihr den Weg.

Die geplante Flucht.

Der junge Mann, der das Fuhrwerk steuert, scheint Irina nicht zu bemerken. Er hält an, springt vom Wagen herunter und ruft einem unbestimmten Adressaten etwas zu, mit unverkennbar tschechischem Akzent, so glaubt Irina, aber jedes Idiom ist nur mehr Kauderwelsch und die Stimme weiterhin kaum mehr als ein gehauchter Ton und die Panik zu groß, der fremde Mund zu leise, die Worte werden von Angst verschluckt.

»Ist dort jemand?«, wiederholt der junge Mann seine Frage, und dieses Mal meint Irina, die Worte trotz der miserablen Tonqualität, die dieser misslungene Film hier zu bieten hat, zu verstehen, oder sie findet in ihnen allein die eigene Fragestellung wieder: Ist dort jemand?

Allein, die Antwort bleibt aus, und selbst wenn dort jemand wäre, wer könnte das sein?

Irina zwingt sich, ruhig zu bleiben, flüchten ist ohnehin vergebens, in einem Bild bleiben die Dinge und Menschen, wo sie sind, verlassen den Ort niemals mehr, und jede wahrgenommene Bewegung ist allein der Sinnestäuschung geschuldet, die der Maler, die Malerin oder Filmemacher, Filmemacherin oder wem immer sie den Aufenthalt in einem Bild, oder was auch immer, zu verdanken haben mag, herzustellen versucht.

Mangels Ausgang fügt sich Irina in ihren Part als unauffälliges Menschenmotiv und lässt sich ergeben auf die intakte Holzbank sinken, auf der sie bereits ihre Spuren hinterließ, nur lassen sich keine Kerben von etwaigen Absätzen mehr finden. Tadellos steht die Bank dort vor dem Haupthaus, knapp unter dem Fenster, seit siebzig Jahren unverändert auf ein- und demselben Platz.

Jetzt, wo sie innehält, kann Irina das Gesicht des jungen Tschechen besser erkennen, weniger verwaschen, nur er selbst sieht weiterhin über Irina hinweg, während er direkt neben ihr an der Doppeltür des Haupthauses rüttelt. Als niemand öffnet, läuft er zu seinem Fuhrwerk zurück und lädt die Fracht allein ab. In aller Ruhe zerrt er die abgeladenen Säcke zur Scheune und geht dann selbst hinein.

Ich folge ihm, denkt Irina, auf ihrer Bank sitzend, und während sie denkt, geht sie bereits, und während sie geht, hört sie die Streichmusik aus dem Autoradio, das es an einem anderen Ort zu einer anderen Zeit einmal gegeben haben muss, ja, was sie hört, ist das *Molto sostenuto* der ersten Suite von Max Reger in G-Moll, jetzt fällt es ihr wieder ein.

Ihre eigenen Finger hatten das Stück verflucht, und nach zwei Jahren unermüdlichen Übens zerlegte sie an einem Nachmittag im Mai die Viola in ihre Einzelteile, an den konkreten Auslöser erinnert sie sich nicht, wohl aber an den Genuss, den sie beim Anblick der zerrissenen Saiten empfand und auch an das Gefühl von Wut, das plötzlich wieder zum Greifen nahe scheint, ja, dort drüben liegt es.

Auf der Schwelle zur Scheune.

Irina tritt näher, wagt einen Blick in die Scheune hinein und sieht dort, auf einem Ballen Stroh, die junge Frau sitzen, die gestern den Hof durchquerte, um die Hühner zu füttern oder die Kaninchen oder ihre Seele. In sich versunken streicht sie ihr Instrument, und anders als die Geräusche dieser Welt, dieser Zeit, dieser fremden Wirklichkeit kann Irina die Musik vollkommen klar hören, die Töne schweben weit über dem Herzgeräusch und überwinden unversehens jegliche Mauer der Zeit. Mühelos schlüpfen sie von hier nach dort und stellen eine Brücke her, über die Irina eine Verbindung herstellen kann, eine Möglichkeit, zum anderen Ufer zu gehen.

Sie bleibt auf der Schwelle stehen, lehnt sich gegen die Zarge des Scheunentors und sieht den jungen Mann, auch er beobachtet das Schauspiel, das sich ihm bietet. Die Säcke abgestellt, verharrt er regungslos vor dem Anblick seiner Vision, ja, so muss sie ihm sich darstellen, die Frau mit der Bratsche, Irina jedenfalls denkt, hoppla, das kann nur eine Vision sein, was sonst könnte diese Bratschenspielerin erklären, und in diesem Moment verhaken sich die Augen ebendieser Bratschistin in die Augen des Mannes, wie es auch Irinas und Tomáš' Augen taten, heute, auf dem Gerüst.

Welches Gerüst?

Die beiden Fremden in der Scheune lächeln sich zu und für einen Moment hält das Verstreichen der Zeit inne, dann geht alles unerwartet schnell, eine weit entfernte, dumpfe Stimme schiebt sich in die möglich gewordene Durchlässigkeit der Zeitfelder und zwingt die Töne zur Landung.

Ausgegeigt.

Irina hört ein aufgebrachtes Rufen, möglicherweise bedeutet es etwas wie: Hast du schon wieder nichts Besseres zu tun? Sie kann die Worte nur erahnen, denn anders als die Musik, ihres Zeichens zeitlos, kann die gesprochene Sprache die Barriere zwischen Vergangenheit und Gegenwart nur mühsam überwinden, so viel meint Irina inzwischen begriffen zu haben, wobei sie von einem tatsächlichen Begreifen dessen, was hier geschieht, weiter entfernt ist als je, und ohnehin bleibt keine Zeit dafür, ein Mann stürzt durch das Scheunentor, dem Alter nach könnte er der Vater der jungen Frau sein, und stößt Irina in seiner Hast versehentlich zu Boden, sodass ihr Hinterkopf schmerzhaft auf dem Scheunenboden aufschlägt.

Vom Schreck geblendet, muss sie die Lider schließen, der Teppich aus Stimmengeräusch verstummt, das Bratschenspiel ebenso, und es wird still, so still, dass Irina fürchtet, ihr Trommelfell sei geplatzt. Und als sie die Augen wieder öffnet und zum Dach hinauf blinzelt, glaubt sie einen Moment lang, sie habe nicht allein das Gehör eingebüßt, sondern sei zudem erblindet, aber nein, es ist die Sonne, die ihre Netzhaut quält, hier über ihr gibt es kein Scheunengebälk mehr und auch keine gemalten Wolken, allein der blanke Sommerhimmel knallt erbarmungslos auf Irina herunter.

Durch das zerbrochene Dach hindurch.

Unter Irinas Achseln bricht der Schweiß hervor, ihre Hände zittern, die Fragen kehren zurück und schlagen mit solcher Heftigkeit gegen ihre Schädeldecke, dass der dumpfe Schmerz am Hinterkopf von der aufbrechenden Angst verdrängt wird. Irina rappelt sich hoch und läuft hinaus, läuft durch die Straßen und weiter in Richtung Kirche und kann es nicht lassen, sich immer wieder umzuschauen, ein Blödsinn, von wem oder was sollte sie verfolgt werden, von jungen Frauen und jungen Männern vielleicht?

Von Bratschen auf Stelzen.

Das Dorf liegt da wie gehabt, wie damals, als sie ankamen, was heißt damals, erst zwei Tage sind seither vergangen, ein böhmisches Dorf im Jahre Zweitausendundetwas, ergriffen von der Landflucht und zur Restaurierung von Kirchen bestimmt. Statt Fuhrwerken fährt ein vereinzeltes

Auto die Straße herunter, das jetzt am Seitenstreifen hält, zwei junge Tschechen steigen aus, die schlaksigen Beine in Jeans, wie sonst sollten sie gekleidet sein?

Nur wenige Meter weiter vorn prangt bereits der Kirchturm mit seinem neuen Dachstuhl, er wacht über Zeit und Zeitgeschehen und dient Irina nun als Boot, ja, so hieß der Ort, an den sie sich als Kinder während des Fangen-Spielens retteten, denn *Boot* bedeutete, dort darf mich niemand kriegen, nicht einmal anfassen, der einzig sichere Hafen in diesem Spiel, warum nennt sich ein Hafen *Boot*, egal, Hauptsache, Irina erreicht die Kirche, und zwar schnell.

Ihr kriegt mich nicht!

Mit vollem Schwung nimmt sie die letzten Schritte über den Kiesweg, rennt auf das Portal zu und stößt mit Astrid zusammen, die gerade aus der Kirche tritt. Der Zusammenprall wirft Irina abermals zu Boden, und sie schlägt mit dem Hinterkopf an dieselbe Stelle, dieses Mal stellt er sich ein, der erwartete Schmerz, dennoch verspürt Irina eine willkommene Erleichterung über den unvermuteten Stopp, dieses unerwartete Zusammentreffen von Körper und Körper, die Rückführung in die Normalität, die dem Lauf ein jähes Ende zu finden hilft.

In dem kläglichen Versuch, sich zu sammeln, atmet Irina aus und findet über Astrids Anblick den Alltag und damit die Hoffnung wieder, etwas auf dem Beipackzettelchen ihres Schlafmittels finden zu können, Nebenwirkung: Halluzinationen im Stile von Edgar Ende, Häufigkeit gering, aber bei Auftreten sofort einen Arzt verständigen und das Medikament absetzen.

Das ist witzig, denkt Irina, aber ihre Hände finden die Idee weniger lustig, sie zittern noch immer so hinterhältig und vereiteln es somit, sich die ersehnte Kontrolle zurückerobern zu können, nur Astrid scheint das Zittern nicht zu bemerken, sie reibt sich die geprellte Schulter und hilft Irina hoch.

»Tut es sehr weh?«, fragt sie. »Statt mich über den Haufen zu rennen, solltest du lieber zusehen, dass du endlich ins Rathaus kommst, mein Schatz.« Die Anrede kann die Missbilligung, die in Astrids Stimme schwingt, nicht verbergen: »Verprell mir bloß nicht den Herrn Bürgermeister. Wenn der sich für den Wiederaufbau weniger stark gemacht hätte, wäre das Projekt längst gestorben, und bitte melde dich bei Henrik, er bombardiert mich mit Anrufen und macht mich wahnsinnig.«

Alle reden vom Wahnsinn, aber niemand weiß, was das ist.

»Das Rathaus hat geschlossen«, sagt Irina und wundert sich über ihre nüchterne Stimme, die ihr wohlgesonnener ist, als die Hände es sind, aber dann rechnet ihr Astrid vor, dass Irina wohl kaum innerhalb von einer Minute feststellen könne, ob es geschlossen sei oder nicht, denn niemand, nicht einmal sie, schaffe es, in dieser Zeit zum Rathaus hin- und wieder zurückzupilgern: »Also lüg mich nicht an und lauf.«

Was kann das heißen, *eine Minute*, denkt Irina und atmet auf, denn wenn tatsächlich so wenig Zeit vergangen sein sollte, seit sie vom Gerüst heruntergestiegen ist, um sich auf den Weg zu machen, dann fand die Geschichte von dem Fuhrwerk, dem Tschechen, die Geschichte von der Scheune und der Bratsche, der ganze Zauber, den das Gehöft für sie veranstaltete, nur in ihrer Einbildung statt, warum und wieso wird sie später klären.

Mit oder ohne die Hilfe des Beipackzettels.

»Lass dich von heimlichen Treffen bitte nicht von der Arbeit abhalten«, sagt Astrid unvermittelt, wieso weiß sie von der Verabredung mit Tomáš, die Verabredung liegt Dekaden zurück und unwichtig ist sie außerdem, nein, ist sie nicht, im Gegenteil wird sie plötzlich im höchsten Maße wichtig, ja, am allerwichtigsten ist sie, denn hier bietet sich eine Vorstellung, auf die sich fokussieren lässt und bei der das Zittern eine Resonanz in der Gegenwart findet: Essen, Tomáš, Tomáš, essen, alles wie gehabt, alles wie zuvor.

Aus einer Zeit vor dem soeben Erlebten.

»Was meinst du mit *heimlich*?«, fragt Irina unfreundlich. »Ich habe eine harmlose Einladung zum Essen erhalten und Punkt.« – »Ein harmloses Essen im Kornfeld, meinst du das?«, erwidert Astrid und zieht einen Strohhalm aus Irinas Haar, der sich bei dem Sturz in der Scheune dort festgehakt haben muss. Der Strohhalm, der Sturz, die Scheune, da sind sie wieder, die Geschichte stimmt also doch, Stroh im Haar kann keine Einbildung sein.

Ein Erleben zwischen Vorstellung und Wirklichkeit, oder was oder wie?

Unauffällig späht Irina in die bunte Scheibe eines der wenigen intakten Kirchenfenster, entdeckt einen weiteren Strohhalm in ihrem Haar, und das Zittern, das für kurze Zeit von dem Gedanken an den bevorstehenden Abend mit Tomáš auf eine akzeptable Ursache gelenkt und beruhigt werden konnte, kehrt zu Irina zurück und überlässt die Hände endgültig der Auflösung aller Zugriffsmöglichkeiten. Sie zieht den unerwünschten Beweis heraus, kaum kann sie ihn halten, er vibriert zwischen ihren zerschmolzenen Fingern, ein Strohhalm wie ein Pfeil, abgeschossen aus einer Zeit vor dieser Zeit.

»He, Süße, ist was?«, fragt Astrid und scheint erst jetzt den desolaten Zustand zu bemerken, der Irina gefangen hält. – »Ich sehe Dinge, Dinge, die es nicht geben kann, so wirklich, so da.« – »Also doch Halluzinationen«, meint Astrid in einer Weise besorgt, dass sich Irinas bisher zurückgedrängte Unruhe mit einem Mal unverhohlen in ihr Bewusstsein schiebt.

»Irgendetwas geschieht, aber ich weiß nicht was, hast du so etwas schon erlebt?«, fragt Irina, und in dieser Frage schwingt die Hoffnung, dass Astrids Antwort lauten wird: »Natürlich, das kenne ich gut. Als meine Mutter in die Wechseljahre kam, da ging es ihr genauso.« Etwas in dieser Art möchte Irina hören, denn dafür sind Mütter doch bestens geeignet: Kinder dadurch zu beruhigen, dass sie bereits alles selbst einmal erlebt haben und dieses *Alles* zudem überlebt werden kann, ja, womöglich sogar einen guten Ausgang nehmen wird.

Was heißt *Alles*?

Statt jedoch ihre Mutter zu bemühen, mustert Astrid Irina mit beunruhigend dunklen Pupillen, und die Sorge, die in diesem Blick liegt, paart sich abermals mit Irinas eigener Beunruhigung, verschmilzt als Mann und Frau, junger Tscheche mit junger Deutscher, Tomáš mit Irina, aber stopp, Tomáš ist kein Liebhaber, was nicht ist, kann noch werden, ja, das klingt nach einer guten Idee, sich liebende Körper helfen, in die Normalität zurückzukehren, um sich dort zu verankern.

»Sag mir etwas Nettes«, bittet Irina, und Astrid versucht, ehrlich bemüht, die Dunkelheit abzustreifen, die ihr ohnehin nicht steht, und ihre Kampagne zu starten, indem sie laut überlegt, ob Irina möglicherweise überarbeitet sei: »So, wie du dich immer in alles hineinstürzt, zu viel ist zu viel, ein bisschen schlampiger sein würde dir nicht schaden.«

Ja, das ist ein möglicher Ansatz, denkt Irina, bevor sie langsam nickt und sich allmählich wieder in die Fassung schraubt, die ihr eine Form geben soll, bevor sie verglüht.

»Ich könnte Roman fragen«, sagt Astrid außerdem. »Vielleicht kennt er jemanden, der sich mit solchen Phänomenen beschäftigt.« – »Bist du verrückt?« Das fehle Irina gerade noch, fremde Pferde scheu zu machen, so sage man doch. Man sagt dies, man sagt das und meint: Das fehlt mir gerade noch, mich vor jemandem beschädigt zu zeigen, aber Letzteres geht niemanden etwas an.

»Nur fragen«, insistiert Astrid, doch Irina bleibt eisern: »Unter gar keinen Umständen.« – »Und wenn es ein Hirntumor ist?« Vergeigt ist vergeigt, nun hat das Wort einen Platz in der Welt, und auch, wenn es sicher unbeabsichtigt herausgerutscht sein sollte, wer mit einem Mediziner zusammenlebt, sollte insgesamt vorsichtiger sein, wenn es um die Wahl der Worte geht, Irina wundert es wenig, dass Astrid längst infiltriert ist von Gedanken an alle nur erdenklichen Gräuel, die den verwundbaren Menschlein so widerfahren können.

Der Verfall in all seinen Variationen.

Und dann geistert dieser ganze Mist in dem von derartigen Krankenhausgeschichten besetzten Gehirn umher und wartet nur auf den allerersten Impuls, um endlich ausgespuckt werden zu können, ohne zu berücksichtigen, was er damit zu schüren imstande ist.

Eine neue Art der Angst.

»Na, bestens«, sagt Irina, bemüht, diese auftretende Angst in Sarkasmus umzuwandeln, »wie gut, dass ich nicht hypochondrisch veranlagt bin, dennoch danke für die aufmunternden Worte.«

Astrid presst die Lippen aufeinander, die Übeltäter, die dem unerlaubten Wort den Weg über ihre Schwelle ins Außen öffneten, obwohl Irina doch eindeutig um Besänftigung bat, und entschuldigt sich sogleich, was sie jedoch nicht davon abhält, weiter auszuführen, dass sie ja nur an Herrn von Kahl habe denken müssen, den Patienten von Roman, Irina wisse schon, und selbstverständlich weiß Irina, wovon Astrid redet, sie erinnert sich zudem an jedes Detail der Kahl'schen Erkrankung, die Astrid und Gatte akribisch verfolgten, um Romans hehrem Forschungsanspruch gerecht zu werden, aber was hat sie mit Herrn von Kahl zu schaffen, jetzt und hier?

Zu diesem Zeitpunkt.

»So etwas kann immer auch organisch sein«, insistiert Astrid. – »Schon verstanden«, sagt Irina, »aber nun tu mir den Gefallen und schweig, vermutlich bin ich tatsächlich überarbeitet, einen Hirntumor habe ich jedenfalls nicht, Punkt.« Und da der Punkt als ein abschließender Punkt gesetzt ist, als eine Grenze ohne Durchlass, hinter der nichts mehr weitergehen kann, schweigt Astrid tatsächlich und widerspricht auch nicht, als Irina vorschlägt, endlich zurück an die Arbeit zu gehen: »Es gibt genug zu tun, das hast du selbst gesagt, oder etwa nicht?«

Doch statt selbst ins Innere der Kirche zu verschwinden, taumelt Irina Richtung Pfarrhaus, denn dort wartet der Beipackzettel und mit ihm mögliche Alternativen zu etwaigen

Tumorbildungen im Gehirn. Außerdem erfordert ihr jetziger Zustand eine Rundumerneuerung, niemand ist darauf eingerichtet, unerwartet ins Stroh gestoßen zu werden.

Waschen, kämmen, schminken, das klingt machbar, also betritt Irina entschlossen und einigermaßen vergnügt das Bad, um sich instand zu setzen, bis sie aussieht, als sei nichts geschehen, aussieht wie vor dem Nachdem, ja, Astrid hat wieder einmal recht, immer stürzt sie sich in alles hinein, als ginge es um Leben und Tod, als existierte außerhalb des Tuns kein Sein, und deshalb ist es kein Wunder, dass sie plötzlich in unerklärliche Merkwürdigkeiten hineinschlittert, das kennt vermutlich jeder zweitklassige Manager, dass ihm die Sinne kurzfristig entgleiten, zerdrückt von der Last der Verantwortung, dem Schlafmangel und Leistungsdruck, das sagte ich doch bereits: Ich habe keine Lust, an einem Burn-out-Syndrom zugrunde zu gehen.

Die ich rief, die Geister, werd' ich nun nicht los.

Irina verriegelt die Tür von innen und tritt entschlossen vor den Spiegel, vor dem sie augenblicklich wieder zurückschreckt. Wie schnell kann jemand innerhalb eines halben Tages altern? Die Irina-Augen des Spiegelbildes starren ihr ernst entgegen, mit Fragezeichen, auf die es keine Antwort gibt und die ihre Leichtigkeit umschlingen und ihr die Luft abschnüren, diese vermeintliche Unbekümmertheit, die Jona so liebte und Dietmar und Henrik und allen voran sie selbst. Jetzt wurde sie im Stroh versenkt, bei einem Stoß von einem Unbekannten in unbekannter Umgebung zu unbekannter Zeit, das darf nicht sein.

Überarbeitung hin oder her.

Das Vlies des Kulturbeutels ist innen ein wenig herausgerissen, auch das passt zu dem derangierten Gesicht, in dem Irina nur unwillig das eigene erkennt, und sie muss ihre Schleusen zuspachteln, um nicht zu heulen, denn der Beutel ist neu, sie kaufte ihn vor einem halben Jahr erst auf ihrer Reise nach Berlin, genäht aus hochwertigem Wachstuch und verstärkt mit Volumenvlies. Und dennoch wirkt er bereits vergammelt, abgewetzt, in der aufgerissenen Naht des Futterals mischen sich Kajal-Schmiere und Parfumreste, und es wütet ein Tohuwabohu.

Ein unvermuteter Riss im Ganzen.

Aufgrund der häufigen Reisen gebraucht sie ihre Kulturtäschchen häufig, ja, das schon, und manchmal packt sie die Sachen auch zu Hause nicht aus, sondern bedient sich in ihrem Bad direkt aus dem Necessaire, ohne die einzelnen Artikel erst in dafür vorgesehene Schubladen zu sortieren. Dass sie so ungern auspackt, ist der gleichen Idee von Freiheit geschuldet, die sie auch daran hindert, jemals Rückfahrkarten zu kaufen, und sie dazu ermunterte, Dietmar in dem Moment zu verlassen, in dem er vorschlug, endlich zusammenzuziehen.

Jederzeit zum Sprung bereit.

Neben dem Flakon mit Parfum liegt die Packung mit Schlafmitteln, aus der bereits dreizehn Tabletten herausgedrückt wurden. Irina kann sich nicht erinnern, wann sie die alle genommen haben soll, andererseits leidet sie nun schon eine ganze Weile unter Schlafunregelmäßigkeiten, auch wenn sie die bisher nicht als Problem wahrgenommen hätte.

Außer Benommenheit sind unter Nebenwirkungen auch Konzentrationsstörungen aufgelistet, aber darunter leidet Irina sicher nicht, unter Schwindel dagegen schon. Sie liest, dass von verschiedener Seite von Lichtempfindlichkeit der Haut berichtet wurde, außerdem von Änderungen des Blutbildes, Erhöhung des Augeninnendruckes und sogenannten paradoxen Reaktionen wie Ruhelosigkeit, Nervosität, Erregung, Angstzuständen und Zittern, aha, Letzteres beschreibt in einer Weise tatsächlich die Reaktionen auf ein totes Gehöft, das lebendige Hühner beherbergt und Streichmusik, und enthält zudem einen Hinweis auf paradoxe Lichterscheinungen.

Wie in den Bildern von Edgar Ende.

Das ist immerhin schon mehr als erwartet, findet Irina, und die Puderdose ist auch heil, warum sollte sie schließlich zerbrochen sein, lächerlich, dem bisschen aufgescheuerten Vliesfutter, das sich in einen nagelneuen Beutel verirrt, übergeordnete Bedeutung beimessen zu wollen, nein, Irina ist nicht schreckhaft. Und sie klappt die Dose auf, um in den kleinen Innenspiegel zu schauen, in der Hoffnung, er möge ihr anderes zurückwerfen als das Bild, mit dem der große Spiegel sie verhöhnte.

Ein weiterer Halm steckt in ihrem Haar, aber wer durch Scheunen kriecht, verfängt sich im Stroh, logisch, und die Ringe unter den Augen sind den durchwachten Nächten geschuldet, kein Grund zur Beunruhigung, für solche Fälle gibt es Abdeckcreme, also gemach, gemach, nach wie vor ist sie die Schönste in diesem Kaff hinter den sieben Bergen, und Irina muss plötzlich lachen, ja, zum Lachen ist das, sich von Stroh im Haar Angst einjagen zu lassen. Sie zieht den Halm heraus und lacht noch einmal, und ihr Lachen hallt von den gekachelten, schweigenden Wänden zurück, die nicht über sich selbst hinaus verweisen, sondern einfach das sind, was sie sind: gemauerte Grenzen. Dann ist es wieder still.

Irina klappt die Puderdose wieder zu, setzt sich auf den Klodeckel und wählt die altbekannte Nummer, aber als Jona tatsächlich abhebt, ist sie doch überrascht darüber, dass es ihn tatsächlich gibt, oder darüber, dass sein Handy eingeschaltet ist, obwohl er um diese Zeit gewöhnlich an seinem heiligen Schreibtisch sitzt und Rechtsfälle studiert, das kann kaum mehr mit rechten Dingen zugehen.

»Wo bist du gerade?«, fragt sie, ohne ihren Namen zu nennen, er kennt ja ihre Stimme und würde sie unter Hunderttausenden heraushören. – »Die typische Handyfrage«, sagt er, und sie ärgert sich über seinen Spott, denn es war immer ihr Part, sich über das sinnentleerte Telefonieren auf Straßen und in Gängen lustig zu machen. »Ich gieße meine Blumen, falls es dich interessiert. Und du, kommst du vorwärts?«

Aber Irina möchte nicht mit Jona über ihre Arbeit sprechen, die ihn in ihren Augen ohnehin nicht interessiert, und sie wiederum interessieren momentan auch andere Dinge als sein mögliches Interesse, zum Beispiel, wie es Zoe geht und wo sie steckt und warum sie es nicht fertigbringt, nur kurz bei ihr anzurufen, um sie zu beruhigen. Ist es tatsächlich die Aufgabe einer Tochter, für den Seelenfrieden der Mutter zu sorgen und deshalb nie etwas anderes zu sagen als: Ja, Mama, alles bestens?

Mach dir keine Sorgen.

»Wie geht es unserer Kleinen?«, fragt Irina. – »Sie hat sich mit ein paar Freunden getroffen.« – »Aha, und mit wem?« – »Kennst du nicht«, sagt Jona, der beigefügte Vorwurf ist nicht zu überhören, und das ist typisch Jona, seit sie Eltern geworden sind, betrachtet er sich als den einzigartigen Vater, der besser als die Mutter darüber im Bilde ist, was das

Kind bewegt. Der genügend Gehirnmasse aufbringt, um die Monikas und Nikolas und Jürgens auseinanderzuhalten und sich vom Kindergarten bis heute die Namen aller Mitschüler und Mitschülerinnen zu merken imstande ist, Nachnamen und Alter inklusive.

»Spar dir den Unterton«, sagt sie, »und richte Zoe aus, sie soll mich zurückrufen, geht das, bitte?«, und bevor er antworten kann, mit seiner Ich-bin-der-allertollste-Vater-Stimme, legt sie auf, sie hatte genug Ärger für heute, und die Mischung aus Erleichterung und Missmut lässt Irina zurück in ihre Haut gleiten, sodass sie es wagt, vor den großen Spiegel zu treten.

Einigermaßen gefasst nimmt sie Pinsel und Farbe und beginnt, einen früheren Stand wiederherzustellen, und nach dem ersten Anstrich kehrt auch das Leuchten in ihr Gesicht zurück, Farbe drüber und vergessen, so einfach, sie ist noch lange nicht alt.

Zeit ist immer nur das, was du in ihr siehst, denkt sie und springt einige Jahre zurück. Geputzt und erfrischt und in Besitz all ihrer geistigen und körperlichen Kräfte, mit eben diesem verjüngten Gefühl, betritt Irina die Kirche, um die Arbeit wieder aufzunehmen.

War was?

6

Auf ein und demselben Gerüst stehend und über den einen Rücken an den anderen gebunden, werden sie die Restaurierung gemeinsam bewältigen, ja, auf diese Art verschmolzen, und dank ihres gedoppelten Arbeitseifers wird es ihnen schließlich gelingen, auch diesen Mauern das Jungfräuliche zu entreißen, das Antlitz zum Leuchten zu bringen und Schäden aus Vergangenem ins Vergessen zu schicken, auf dass die Kirche nicht länger ächzen muss unter der Bürde, die der Ort ihr auferlegte, der Ort oder wer auch immer das gewesen sein mag.

Obwohl Tomáš gerade dabei ist, sich bis zur hinteren Ecke vorzuarbeiten, um dort eine unsachgemäß aufgestrichene, zementhaltige Altkittung der benachbarten Wand abzutragen, strahlt sein Rücken bis hierher, zu ihr, er bleibt mit ihr verbunden, in Einklang, und Irina strahlt zurück und gleichzeitig in sich hinein, fügt dem soeben mit Hilfsmitteln aufgetragenen äußeren Schein ein selbst scheinendes, äußeres und inneres Leuchten hinzu, das Leuchten der Gewissheit darüber, begehrt zu werden und gewollt zu sein.

Der Quell, aus dem sich Leben speist.

»Schau dir das an«, ruft Tomáš unvermittelt, und schon packt er sie am Arm, um sie mit sich zu ziehen, dicht an die besagte Ecke heran, in der er sich während der letzten Stunde herumdrückte. Unter der Stelle, wo er die Kittungen abtrug, ist nun eine tiefer liegende Malerei zu erkennen. »*Rozumíš mi* – Verstehst du mich, das ist nicht barock, sondern gotisch, wenn ich mich nicht täusche.« – »Gotischer geht es nimmer, in der Tat, eine Sensation.«

Verwirrt und sprachlos betrachten sie die Malerei, bis Tomáš die Frage stellt, die sich auch Irina bereits aufdrängt, nämlich, ob sie das freilegen sollten: »Oder was jetzt, was tun wir?«

Eine gute Frage, die Frage nach dem Tun, darin liegt Dynamik, Probleme dieser Art lassen sich erfreulich einfach lösen, konkret, wie sie sind, ist ihnen durch stinknormalen Aktivismus beizukommen.

Durch zusätzliche, stinknormale Arbeit.

»Wir müssen mit dem Denkmalamt reden und mit der Diözese«, sagt Irina und findet damit eine vorläufige Antwort auf seine Frage, »Astrid soll einen Termin vereinbaren, damit sie unsere kleine Sensation so bald wie möglich mit dem Kirchenbauamt abklären können.«

Die *kleine Sensation* aber ist in Wahrheit eine Wucht von Sensation und kommt wie gerufen, Irina fühlt sich belebt wie seit Tagen nicht mehr, die konzentrierten Gedanken festigen ihren geplagten Geist und geben einen gangbaren Weg vor, eine eindeutige Spur. Im Geiste eilt sie die nächsten Schritte voraus, während Tomáš noch immer andächtig auf seinen gehobenen Schatz starrt und etwas flüstert in der Art von: »Was will sie uns damit mitteilen, unsere Kirche?«

»Die sagt uns nichts anderes«, sagt sie, »als dass die barocken Flegel unaufgefordert ihren Senf darübergeschmiert haben. Im Übrigen finde ich es mühsam, nach Bedeutungen zu suchen, wenn es um nichts anderes als um Kittungen geht.« – »Keiner von uns konnte etwas von dem ahnen, was hier verborgen lag, Farbe drüber und vergessen, bin gespannt, worauf das hinausläuft.«

»Erst einmal auf ein vorzeitiges Arbeitsende«, meint Irina, »heute erreichen wir jedenfalls niemanden mehr, gilt deine

Einladung zum Essen noch?« Lächelnd streift sie ihren Pinsel an der Overall-Hose ab, und Tomáš lächelt auch, der Abend verspricht, die Sensation Numero zwei zu werden, der Schatz muss nur noch gehoben werden.

Aus den Trümmern geborgen.

Keine Spur mehr von geistiger Verwirrung und erloschenem Glanz, das Strahlen ist tatsächlich zu ihr zurückgekehrt. Zufrieden malt Irina die Konturen ihrer Lippen nach, dann verlässt sie die Toilette, hinein in die gute Pfarrhausstube, in der Tomáš wartet, damit sie die Strecke bis zur Mühle gemeinsam zurücklegen können.

Und noch bevor sie den ersten gemeinsamen Schritt setzen, ist das Gespräch bereits im Fluss, alles, was sie sagt, erfährt eine Resonanz, trifft auf eine verwandte Seele. Vermutlich kennen wir uns aus einem anderen Leben, so dachte Irina früher oft, wenn sie am Beginn einer großen Romanze stand, oder einer mittelmäßigen Romanze, das zu beurteilen geht immer erst, wenn Zeit verstrichen ist.

Wenn die Zeit gekommen ist.

Während sie in übereinstimmendem Verständnis über den Schotter laufen, bricht die Erregung wieder in Irina hervor, von der sie ergriffen wird, wann immer sie sich gedanklich in dieses Projekt begibt, und statt nach Übereinstimmungen zu suchen, die sich beim Reden über Musik oder über Filme sicher finden ließen, sprechen beide über die Arbeit an der Kirche, sie ist es, die Tomáš und Irina in einem Maße erfüllt, dass alles andere dahinter zurücktritt, ja, sie teilen etwas Größeres als die gewöhnlichen Themen, mit denen sich alle beschäftigen, die Männer und die Frauen, die sich neu kennenlernen, womöglich frisch verlieben.

Tomáš und Irina sehen dieselben Farben, wenn sie abends die Augen schließen, und dieselben Fresken, wenn sie die Lider morgens wieder öffnen. Die Kirche ist Teil ihres Denkens und ihres Körpers.

Geht es dir auch so? Natürlich geht es dir so!

Gerade vorhin erst musste Irina an die Verschmelzung von Mann und Frau denken, aber das Verschmelzen von Mensch und Mauer geht noch darüber hinaus, Tomáš und sie verschmelzen zu dritt, verschmelzen mit den Vorstellungen, die sie sich von dem Gebäude gemacht haben, und obwohl sie sich gerade in den Straßen des tschechischen Ortes befinden, treffen sie sich zugleich in dem Bild, das ihnen die Kirche zeigt, wie sie sein wird, wenn sie abreisen werden.

Die Offenbarung der Zukunft.

Als Zoe sich einmal beschwerte, warum Irina sich manchmal so abwesend verhalte, da versuchte Irina ihr zu erklären, dass sie nicht länger allein sei, sobald eine Projektphase akut werde: Ein unsichtbarer Begleiter heftet sich an mich, etwas Zusätzliches, das außerhalb von mir liegt, aber mein Verhalten beeinflusst und auf andere mit-wirkt, das bedeutet, du bist und sprichst mit mir und der Kirche gleichzeitig. Und Zoe zeigte sich zwar befremdet, aber auch erleichtert, eine Erklärung dafür zu bekommen, warum die Mama manchmal wirkte, als wäre sie mehrere, wie sie es ausdrückte.

»Kennst du das auch«, fragt Irina, »dass du mit deinem Objekt zu leben beginnst, als wäret ihr beide verheiratet?« Und Tomáš lacht: »Klar, meine letzte Freundin hat mich deswegen verlassen, sie wollte mir nicht glauben, dass hinter meiner Entrücktheit keine Frau steckt, sondern ein

Gutshaus in den slowakischen Bergen.« Wieder lacht er, und auch Irina muss lachen: »Ganze Ehen werden geschieden in diesem Beruf. Weil sich immer auch etwas Drittes dazwischenschiebt, drängelnder noch, als ein Baby es je täte.« – »Unsere Objekte sind Babys.«

Wie gut es tut, mit jemandem über meine Gefühle sprechen zu können, ohne auf Widerstand zu stoßen, denkt Irina, auf taube Ohren und das Unverständnis von jemandem, der sich in erster Linie angegriffen fühlt von meiner manchmal Monate andauernden Abwesenheit.

Der äußeren wie der inneren.

»Mein ehemaliger Mann ist der Ansicht, meine Begeisterung für ein Objekt richte sich gegen ihn«, sagt sie, »er begreift nicht, dass er gegen einen unsichtbaren Gegner kämpft.« – »Hat er sich denn nie dafür interessiert, wo du warst?«, fragt Tomáš, und da Irina nicht weiß, was sie auf eine solche Frage antworten soll, entscheidet sie sich für die einfachste Variante: »Im Nachhinein glaube ich, dass er froh war, mir nicht weiter zu folgen als bis an die Grenze meiner Haut, jedenfalls bin ich erleichtert, dass es vorbei ist.« – »Du hättest ihn mitnehmen können«, sagt er. Und sie: »Nein, danke.«

Irina bleibt stehen, um sich eine Zigarette anzuzünden, und muss sogleich die Frage über sich ergehen lassen, warum sie rauche, statt weiterzuerzählen, und ob das ihre Droge gegen Traurigkeit sei? Sie antwortet nicht, sondern pafft zwei Wolken in den Himmel und sieht dem Rauch nach und wundert sich, dass sie sich nicht über seine Worte ärgert, die Anmaßung, die dahinter stecken könnte.

Den Grenzgang.

»Aber du liebst ihn?«, fragt er weiter, und diese Frage kommt noch unerwarteter als die vorherige. – »Über Liebe nachzudenken ist mühsam«, sagt sie, »aber willst du wissen, was ich wirklich liebe?« Er nickt, selbstverständlich, er wolle alles über sie wissen. »Wenn ich an etwas arbeite und später sehen kann, wie gut es wird, vollständig auf eine Weise.« Jede abgeschlossene Restaurierung erleichtere sie und ermögliche es, woanders neu beginnen zu können.

»Als ob etwas geheilt worden ist«, bestätigt Tomáš und muss abermals lachen, »warst das nicht du, die von Wunden geredet hat?« – »Ja«, sagt sie, drückt die Kippe mit dem Absatz aus und fordert Tomáš zum Weitergehen auf, »obwohl ich mich jetzt selbst darüber wundere.«

Langsam schiebt er sich neben ihr vorwärts. »Ich interessiere mich weniger für das Resultat als für die Wunden als solche«, sagt er, »vielleicht bin ich Restaurator geworden, um etwas darüber zu erfahren, wie und wann die Verletzung zustande kam. Die ganze Geschichte ist voll von Verletzungen, überall Verletzungen und keiner da, der sich um die Heilung kümmert, um das, was mit diesen Verletzungen geschehen soll, durch uns aber werden sie erfahrbar gemacht statt zugespachtelt.«

Die Mühle ist bereits zu sehen, und erneut bleibt Tomáš stehen: »Meine Großeltern haben den Einmarsch der Deutschen in Prag erlebt und sich später an dem Aufstand gegen die deutsche Bevölkerung beteiligt.« Es klingt wie ein Geständnis. »Zu viel Zerstörung«, sagt er noch, dann schweigt er, und auch sie schweigt, als benötigten sie beide eine Atempause.

Neues Leben.

Aber mit dem ersten Atemzug, der es ihr ermöglicht, über sich selbst hinaus auch noch die Umgebung wahrzunehmen, aus der hinaus sie in sich hineingetaucht sind, begreift

Irina, dass sie ausgerechnet vor der Ruine des Gehöftes stehen geblieben sind, das sich ihr seit ihrer Ankunft aufdrängt. Unauffällig wagt sie einen Blick über die Mauerreste, um sich zu vergewissern, dass ... Gott sei Dank, der Hof scheint sich in sein baufälliges Sterben gefügt zu haben, ohne jegliches Anzeichen erkennen zu lassen, sich dem drohenden Tod entziehen und von den Siechen wiederauferstehen zu wollen. Dennoch hakt Irina sich vorsichtshalber bei Tomáš ein und zieht ihn eilig vorbei.

Sicher ist sicher.

»Was ist mit deinen Großeltern?«, fragt er, offenkundig ist ihm ihre kurzfristige Verunsicherung entgangen. – »Kann ich dir nicht sagen«, antwortet sie und hört selbst, dass die Antwort nach einer Ausflucht klingt, obwohl sie der Wahrheit entspricht. »Mein Großvater war bereits tot, als ich noch kein Teil dieser Welt war, und die wenigen Erinnerungen an die Großmutter verblassen mehr und mehr, je älter ich werde und je weniger ich an sie denke. Als ich sie das letzte Mal sah, muss ich sechs Jahre alt gewesen sein, ja, so ungefähr.«

Genauso gut hätte sie sagen können, ohnehin kaum je an ihre Oma gedacht zu haben, wieso auch, es gab schließlich keinen Kontakt mehr zwischen ihnen, und von den wenigen Begegnungen, die zuvor möglicherweise stattgefunden hatten, trägt sie lediglich ein diffuses Bild in sich, das sich mit der Fotografie überlagert, die neulich auf Zoes Nachttisch lag und eine alte, starre Frau zeigt, im Rollstuhl am Fenster sitzend, mit dem Körper und im Geist bereits auf dem Weg ins Jenseits, ohne Auge und ohne Ohr für die Enkelin, die nur selten zu Besuch kam.

Zwei Fremde.

Und dann gibt es eine weitere Erinnerung an dieses Zimmer, still ist es und mit Lilien dekoriert, ein Totenzimmer, aber vielleicht hat Irina das Bild nur geträumt. Die Oma ist verstorben, aber so präpariert, dass alle noch einmal zu ihr gehen können, um sich von dem wächsernen Gesicht zu verabschieden, das auch zu Lebzeiten nie anders wirkte als immer nur tot. Und jetzt vernimmt sie das Läuten der Glocke, die den Totengesang begleitet, aber was sie hört, ist die Glocke hier im Ort, die Glocke, die den Herzschlägen so ähnelt.

»Warum hast du sie nicht mehr gesehen?«, fragt Tomáš. »Ist sie gestorben?« – »Meine Mutter wollte sie nicht mehr treffen«, sagt Irina und kann ihm seine Frage nach dem Grund nicht beantworten, sie hat sich nie dafür interessiert. »Und da sie meine Oma nicht mochte, redeten wir entsprechend selten über sie. Die Familien-Geschichten sind mir, ehrlich gesagt, auch vollkommen egal.« – »Glaube ich dir nicht.« – »Ist aber so«, sagt Irina und beschließt, sich nicht zu einer Rechtfertigung hinreißen zu lassen, zu der es keinen Anlass gibt.

Mach dich verständlich, Kind, sonst denken sie, du wärst anders.

Da sie bereits vor der Alten Mühle stehen, wird Irina die Flucht ins Gasthaus antreten, bevor auch Tomáš sich zum Hobbypsychologen berufen fühlen könnte, nur leider, leider, ist der Weg hinein versperrt, die Tür ins Innere lässt sich nicht öffnen, allerorts stößt der Mensch auf verschlossene Türen.

Und sich den Kopf wund.

»Pech gehabt«, sagt sie, »sie schließen um fünf.« Das könne er sich kaum vorstellen, sagt Tomáš, und einem Reflex folgend, den Irina von sich selbst kennt, rüttelt auch er noch einmal an der Klinke, für den Fall, dass Irina sich irrt. Oder zu schwach ist für die starke Tür aus Holz, und es ist tatsächlich schwer vorstellbar, dass die einzige Gastwirtschaft im Ort abends keine Gäste empfängt.

Alles ist vorstellbar.

»Na, bravo«, sagt Irina und verflucht zum soundsovielten Male dieses Nest, aus dem unerwünschte Kinder einfach herausfallen, »da können wir nur hoffen, dass sie uns etwas übrig gelassen haben, fürs reguläre Abendessen sind wir jedenfalls zu spät.« Aber Tomáš, der singende, kehlige Tomáš, hat eine bessere Idee, wie aus dem Missgeschick ein Glücksfall gemacht und aus dem Problem Leichtigkeit gezaubert werden könnte, dieser Zauber kommt Irina bekannt vor: »Wir gehen ins Pfarrhaus, und ich richte uns etwas her, meine Großmutter hat mich gut versorgt, die Angst vor dem Hunger sitzt ihr noch immer in den Knochen, garantiert tschechische Kost, wie klingt das?« – »Verführerisch klingt das.«

Und nun freuen sie sich beinahe, dass die blöde Mühle geschlossen hat. Soll sie allein bleiben mit ihrem Starrsinn und ihren Wunden, allein bleiben mit ihrer ganzen blöden Geschichte.

Wen interessiert schon die Vergangenheit?

Biersuppe, Räucherfleischbraten mit Pflaumensoße und kleine Kartoffelpuffer, ein besser schmeckendes Mahl hat Irina lange nicht serviert bekommen, und als sie sich für das ungewohnte und gute Essen bedankt, meint sie es aufrichtig. An ihrem Gaumen klebt der dunkelblaue Geschmack der Soße, tief und erdig passt er zu der Umgebung hier, ebenso wie der Anblick von Tomáš sich stimmig in das Gesamtbild fügt, ja, alles passt zusammen, sogar das lächerliche Etagenbett, in dem Tomáš mit ausgestreckten Beinen lümmelt und das sich von ihrem eigenen kaum unterscheidet, erscheint auf eigentümliche Art passend.

Stilimmanent.

Irina stellt ihren Teller von der Matratze auf den Fußboden und lehnt sich zurück gegen die kalte Außenwand. Den ganzen Abend über saßen sie sich nun schon auf diesem engen Bett gegenüber und schafften es zusätzlich, zwischen Knien und Füßen und Irinas weiten Hosenaufschlägen ein entspanntes Picknick zu veranstalten.

»Mindestens so gut wie im Gasthaus«, sagt sie, »nein, besser. Und auf jeden Fall außergewöhnlicher.« Sie nimmt die neue Flasche Budweiser entgegen, die Tomáš entkorkt hat. Ihre Augen sind bereits schläfrig, der Mund fusselig vom vielen Reden, aber nichts zieht sie hinüber zu dem Bett, das zwei Türen weiter auf sie wartet, mit Enge und Kälte.

Von Schlaflosigkeit besetzt.

Das Bier prickelt angenehm auf der Zunge, die Kissen unter dem Ellenbogen sind angenehm zerknüllt, sie zeichnen die Spuren ihres verbotenen Mahls nach, ja, schön verboten fühlt es sich an, aufregend verboten. Im Landschulheim im Bubenzimmer sitzen, Bier saufen und die guten, steril gestärkten Laken mit dunkelblauer Pflaumensoße bekleckern, wer weiß, in welche Abgründe dieses Blau noch weist, in Kombination mit dem Weiß wirkt auch die Farbe schön verboten.

»Und die vielen Umzüge machen dir nichts aus?«, fragt Tomáš in Irinas benommenes Hirn hinein, und in der Stimme, mit der sie antwortet, erkennt sie ihren Zustand wieder, sie klingt, als befände Irina sich bereits auf dem Weg über die Grenze. Weich und geläufig plätschern die Worte direkt aus dem Innenraum in den Außenraum, ohne Arg und in dem Vertrauen, ihr Gegenüber tatsächlich zu erreichen.

Ob ihr die Umzüge etwas ausmachten, was für eine Frage, oh, nein: »Im Gegenteil, New York, London, Hamburg, Lübeck und jetzt vorübergehend wieder München, die Stadt meiner Mutter, ich liebe das, kannst du dir das nicht vorstellen, zum Kuckuck, wie sehr ich das liebe, ich bin die geborene Nomadin.« – »Und was ist mit Heimat?«

Was ist mit Freiheit?

Ihr unruhiges Vagabundieren ist ihm fremd, diesem Tomáš mit den stämmigen Beinen und der schmalen Hüfte darüber. Seine Vorstellung von Heimat bindet sich an seine Familie und sein Land, abgekoppelt davon existiert kein mögliches Bild dafür. Altmodisch sei er in dieser Hinsicht, gesteht er, also, was den Glauben an die Familie betreffe und an den Ort, an dem ein Mensch aufwachse, und Irina fühlt sich bestätigt, denn so hat sie sich die Tschechen immer zurechtfantasiert, die Tschechen als solche, die sie nicht kennt und von denen sie nichts weiß.

Sesshaft.

Ja, sie alle scheinen dem Heimat-ist-gleich-Land-und-Boden-Glauben verfallen, der ihnen festen Grund unter den Füßen suggeriert, und sobald ihnen dieses Land oder dieser Boden entzogen wird, bricht ihnen das gesamte Sinngerüst des Daseins zusammen, weil kein ortsunabhängiger Begriff von Heimat existiert.

»Für mich«, sagt Irina, »ist Heimat ein Gefühl, das unverwüstlicher ist als alles andere und immer bei mir bleibt, lokalisiert in mir, in meinem Körper trage ich es stets bei mir.« Ein Wert, der ihr nicht genommen werden könne, die Bezeichnung eines geistigen Ortes, ja, ihre Heimat sei universell.

In der Welt zu Hause sein.

»Es muss für dich stimmen«, meint Tomáš, aber Irina sieht ihm an, dass er erst überlegen musste, bevor er sich zu dieser Bemerkung durchringen konnte. Sie hält es ihm zugute, sie nicht missionieren und in seinen Kosmos von Stabilität eingemeinden zu wollen. An einem Ort bleiben, sich zu verwurzeln, mehr fällt ihnen nicht ein, den Ängstlichen dieser Welt, zu denen Irina sich nicht zählt und bisher auch nicht zu zählen brauchte.

Oder wie oder was?

»Ich bin in einem allumfassenden Sinne frei«, wiederholt sie, »andernfalls würde ich sicher nicht leben, wie ich lebe, es zwingt mich ja niemand und nichts.« Und sie nimmt einen weiteren Schluck Budweiser, das Getränk zum Land. So weit ist sie bereits herumgekommen und kennt sich aus mit den Geschmäckern dieser Welt, süß, sauer, bitter, salzig, *umami*. Das Dumpfe, das Spitze, Scharfe, Kantige, das Sämige und Schnodderige. Aber er, Tomáš, verlässt Prag vermutlich allein zu Arbeitsaufenthalten wie zum Beispiel in die slowakischen Berge, und tatsächlich bestätigt er, dass er Prag nie verlassen habe, weil Prag eben seine Stadt sei, da könne sie ihn auch gern altmodisch nennen.

»In Prag kenne ich jeden Winkel«, sagt er, »inklusive der Dinge, die unter den Gullydeckeln verborgen liegen, alles habe ich gesehen, wie sehr sie sich auch bemühen, so manches dem Blickfeld zu entziehen, stets schaute ich überall darunter, das habe ich schon als kleiner Junge getan.«

Und deshalb könne er sich niemals vorstellen, woanders zu wohnen.

»In der Tat, ziemlich altmodisch«, versucht Irina, ihn aus der Reserve zu locken, und tatsächlich stürzt Tomáš sich augenblicklich auf sie, umschließt sie spaßeshalber mit seinen Armen, und in das Ringen hinein prustet sie den Spruch aus Plastik, der in der Stube der Großmutter hing: *Vergiss nie die Heimat, wo deine Wiege stand / du findest in der Ferne kein zweites Heimatland.*

Aber dann wird sie still, auch Tomáš wird still, und in die Erregung, die sie in den letzten Tagen begleitete, mischt sich ein zaghafter Ernst, Irina kennt diesen Ernst, der alles Spielerische vertreibt und auch die Leichtigkeit, die sie während der Phase des spielerischen Annäherns ununterbrochen surfen lässt. Aber es ist nicht zu ändern, er ist erwacht und mit ihm entsteht die kurze Ruhe für den ersten Kuss, dem weitere folgen werden, Irinas Entdeckungswille drängt, der Wunsch, diese Beine endlich berühren zu dürfen, und die Lippen, das Verlangen danach, das Gesicht in seiner Schambehaarung zu versenken, um dort für eine Weile eine Heimat zu finden.

Und weiter und weiter.

Als Irina aufwacht, liegt sie verkrümmt in einen anderen Körper verschränkt. Der Geruch von Schweiß und Körpersekreten hängt in dem kleinen Raum, er füllt das Zimmer bis in die kleinste Ritze, füllt es aus, bis es voll ist davon, zu voll. Tomáš liegt quer über ihr, und seine nackten Schenkel kleben an ihrem Bauch fest.

Vorsichtig zieht sie ihr linkes Bein unter seinem leicht gewölbten Bauch hervor und schlängelt auf diese Weise nach und nach die Teile ihres Körpers zu sich heran, setzt sie wieder zusammen und steht auf. Tomáš schläft so beneidenswert tief, dass er nichts bemerkt, und, anders als Astrid gegenüber, gibt Irina sich Mühe, ihn nicht zu wecken. Sie will keine Fragen, die kennt sie zur Genüge, Fragen in der Art von: Was war das jetzt, liebst du mich, warum bleibst du nicht?, oder dergleichen mehr, und da könnte sie nur antworten: Der Platz ist besetzt von unserem Geruch, merkst du das nicht?

Trotz offener Vorhänge ist es im Zimmer verflucht dunkel, der Ort geizt mit Straßenbeleuchtung, es gibt zu wenig Laternen, von allem gibt es zu wenig, nur von dem Unheimlichen zu viel. Irina findet ihre Sachen kaum, sodass sie trotz aller Behutsamkeit auf einen Teller tritt und ihre rechte Zehe in Kartoffelmatsch versenkt. Tomáš schläft weiter. Mit der Hand tastet sie über den speckigen Teppich, bis sie auf den zweiten Strumpf stößt. Der Fingernagel ihres rechten Ringfingers erzeugt ein Klacken, das ihr bekannt vorkommt, hier muss das Zigarettenetui liegen, das vorhin achtlos auf den Boden fiel. Irina hebt es auf und steckt es ein, dann verkneift sie es sich, Tomáš einen Kuss zu geben. Er sieht aus, als könne sie mit der Hand durch seine Haut in ihn hineingreifen, verletzlich und offen, wie er da liegt, der Fantasie preisgegeben.

Er sieht aus, wie er riecht.

Trotz unbestimmter Befürchtungen, die ihren vermeintlichen Halluzinationen geschuldet sind, tritt Irina dennoch vor das Pfarrhaus, tritt in die Dunkelheit hinein und atmet den Duft der Natur, er strömt von den Weiden auf dem Friedhof zu ihr herüber und erfrischt auf seine Weise. An Schlafen ist nicht zu denken, weder in dem einen noch in dem anderen Bett.

Sie steckt eine Zigarette an und horcht in die Ruhe der Nacht, die in ihrem Körper auf die Resonanz von Tomáš' kehligem Stöhnen fällt. Losgelöst von seiner Nähe rumort es dennoch weiterhin in ihrem Bauch, er ist besetzt von ihrer gemeinsamen Lust und nimmt ihr den Raum, aber außerhalb des Körpers bleibt genug Platz, um sich darin ausdehnen zu können.

Die Absätze von Irinas Stiefeletten bohren sich in die vom Tau befeuchtete Erde, die zwischen den Kieselsteinen hervorlugt. Land und Boden, Boden und Land, das ist der Grund, der ihnen Halt gibt, darauf stützen sich vor allem die Bauern und Bäuerinnen.

Oder die Nachfahren der Bauern und Bäuerinnen.

Seit sie draußen ist, der Beschränkung von etwaigen Mauern entkommen, weder das Pfarrhaus noch die Kirche wären jetzt zum Aushalten, empfindet Irina keine Angst mehr vor Geschehnissen, die sie unerlaubt von der Seite anspringen. Sie geht ein Stück die Straßen entlang, ihr Körper summt beim Gehen, eine Melodie aus den wohlig-warmen Tönen, denen er gerade entschlüpft ist, und hinterlässt eine Spur aus Musik, ich markiere das Dorf, das kann nur gut sein für mich, und selbst als sie an ihrer Nebenwirkung vorbeikommt, wirft sie das nicht aus der singenden Beschwingtheit.

Die Ruine liegt friedlich da und schläft, nur in dem Haus nebenan geht ein Licht an, und Irina erkennt die alte Frau, die in ihrer Küche auf und ab schlurft und mit Kräutern hantiert, eine heimelige Szene, die sich als Ausschnitt gerahmt einem unerkannten Publikum präsentiert, und auch dieses Bild wirkt stimmig, ebenso wie es das Bild des großen Jungen auf dem Etagenbett gewesen ist, ja, dieses ganze Tschechien ist auf eine Weise stimmig, alles passt, nur Irina nicht dort hinein.

Mit mir stimmt was nicht.

Sie tritt den Zigarettenstummel mit dem Absatz aus und überlegt, ob sie nicht zum Fenster gehen und an die Scheibe klopfen sollte, die Zeit, in der Irina an Hexen glaubte und sich ihretwegen ängstigte, ist vorbei. Sie könnte *Hallo* sagen, von Frühaufsteherin zu Frühaufsteherin, aber dann ist ihr doch nicht nach Gesellschaft zumute und sie läuft weiter, über die Dorfgrenze hinaus, die schnell überwunden ist. Dahinter beginnen die Gerstenfelder, die sie bereits aus der Ferne bewunderte und die das gesamte Dorf einzukesseln scheinen.

Zu umarmen.

Sie läuft in das goldene Korn hinein, und die Stiele recken sich ihr entgegen, als wollten sie Irina umfangen, ja, bitte, wie erlösend es wäre, in der Geborgenheit eines Feldes verschwinden zu können. Die Dämmerung taucht die langen Haare der Gerste ins erste Morgenlicht, in ein Licht, das über den Dingen steht, unwirklich, beinahe magisch, und auch die Farben des Himmels präsentieren sich magisch, und dennoch ist alles real, kein Bilderspuk, sondern Wirklichkeit, wenngleich das eine kaum mehr vom anderen unterschieden werden kann.

Irina breitet die Arme aus, so, wie sie Tomáš gegenüber ihre Arme ausbreitete, schließt die Augen und lässt sich fallen, plumpst rücklings, im vollen Vertrauen darauf, dass sie gehalten werden wird, natürlich wird sie das. Das Korn ist weich und sticht nicht, und in der noch immer beschwingten Irina steigt eine Melodie hoch, und unwillkürlich beginnt sie zu summen, ohne zunächst einordnen zu können, wo sie die Melodie bereits gehört hat, aber dann fällt es ihr doch ein, schon wieder Reger, zu Leben erweckt durch die Hände einer jungen Frau, die sich in Scheunen versteckt, um ungestört üben zu können.

Außerhalb der Welt.

Abrupt verstummt Irina und gibt sich dem Farbenspiel des Himmels hin, überspannt von einer Decke aus Weite, das war es, was ihr die ganze Zeit über fehlte. Allein, die Melodie klingt weiter, nicht summend, sondern gestrichen. Vorsichtig dreht Irina den Kopf auf die Seite, fährt mit den Händen über die Halme der Ähren und biegt sie auseinander, als sie in kaum zwei Metern Abstand jemanden im Feld sitzen sieht, eine andere Frau, eine nunmehr bekannte Frau. Und diese Frau spielt die Melodie, die Irina so unerwartet in den Sinn gekommen war, spielt fein und leise auf ihrer Bratsche.

Augenblicklich springt Irina auf, kaum kann sie glauben, mit welchen Bildern sie sich immerzu auseinandersetzen muss, ja, Bilder, Bilder, Bilder, deren Ursprung nicht geklärt ist und die dennoch existieren, irgendwo, in der unsichtbaren Welt vielleicht, die für Momente sichtbar wird, aus welchen Gründen auch immer, und ohne zu verraten, wie das möglich sein könnte, alles ist eben immerzu da, nur wissen wir nichts von der Existenz dieses Alles.

Sichtbare Zeit.

Die gesamte Umgebung ist wieder in dieses von unsichtbarer Hand gemalte Licht getaucht, das Irina auf ungewollte Weise bereits vertraut geworden ist, nur benötigte sie dieses Mal eine Weile, es von den Farben der Dämmerung unterscheiden zu können, die dem Gemalten bereits so nahe gewesen sind, dass sie den neuerlichen Streich der Sinne unmerklich eingeleitet zu haben scheinen.

Warum habe ich mich nicht einfach an Tomáš geschmiegt und weitergeschlafen?, denkt Irina und gibt sich die Antwort selbst: Weil es sich unerträglich anfühlt, auf einem engen Bett nebeneinanderzuliegen. Weil es unmöglich geworden ist, zu schlafen.

Todsicher.

Die junge Frau sitzt inmitten der Ähren, mit Bratsche und offenem Haar, unbekleidet zwischen hochstehenden Halmen, das ganze Pipapo, wie es sich nur eine abgeschmackte Fantasie auszudenken imstande ist, in erster Linie eine männliche. Sich in ein dermaßen abgegriffenes Klischee platzieren zu lassen, sollte verboten gehören, wer nur erfindet Anblicke wie diesen hier, da sträuben sich ja jedem halbwegs ästhetisch gebildeten Menschen die Haare. Und tatsächlich spürt Irina, wie sich ihr Haar sträubt, links und rechts steht es vom Kopf ab, und später werden davon ein oder zwei Strähnen ergrauen.

Mit einiger Anstrengung löst sie sich aus der Starre, die sie unfreiwillig zu einem Teil des Kitsches macht, und will fliehen, fort von hier, nur wohin? Links und rechts lauern die Ähren, überall Ähren, und geradeaus sitzt noch immer die Frau mit der Bratsche, zu ihren nackten Füßen liegt ein nackter Mann mit sanft gewölbtem Bauch auf dem Rücken …

Was für ein Bauch?

Das muss der Bauch von Tomáš sein, und gerade will Irina zu ihm stürmen, nicht um ein Eifersuchtsdrama zu inszenieren, wohl aber dem Überraschungseffekt zuliebe, wen haben wir denn da, da fällt ihr ein, dass die junge Frau, den Gesetzen ihrer Halluzinationen gemäß, aus einer anderen Zeit stammen muss oder gar aus der Zeit als solche gefallen ist, und wie sollte es unter diesen Umständen möglich sein, dass sie beide, Frau und Tomáš, zusammentreffen? Oder treibt auch er sich außerhalb der Zeit herum, gibt es ein Zusammentreffen zwischen dieser und jener Welt, nimmt

Tomáš dasselbe Schlafmittel wie Irina oder vereinigen sich ihrer beider Welten allein in Irinas Kopf?

Kopulierende Bilder.

Als Irina unbemerkt näher schleicht, erkennt sie, dass nicht Tomáš die Zehe der jungen Frau krault, sondern ein anderer Mann, der junge Tscheche vom Fuhrwerk, so, so, aha, aha. Und Irina kann sich nicht entscheiden, ob sie sich mehr über diese verflixte Halluzination ärgern soll oder über die Sorglosigkeit des Liebespaares, so schnell und unbedacht zueinandergefunden zu haben. Erst gestern trafen sie sich zum ersten Mal in der Scheune, schon liegen sie hier beieinander, unter freiem Himmel, den Augen aller zugänglich, zumindest den ihren, Irinas, die es zudem ziemlich abgeschmackt findet, sich ausgerechnet in einem Kornfeld zu lieben.

Halluzinationen vom Feinsten.

Aber was versteht sie schon von dem, was und wie es hier vor sich geht, was versteht sie überhaupt von irgendetwas, außer von rosa Wurzelzwergen? Wenig. Und womöglich liegen zwischen dem einen Treffen der zwei Liebenden und dem Heute Tage oder Monate oder gar Jahre, wer kann das schon wissen, ob die Zeit im Hier und Dort in der gleichen Geschwindigkeit voranschreitet?

Die Geschwindigkeit des Herzens.

Und vielleicht gibt es für die beiden zudem keinen anderen Platz auf dieser Welt und innerhalb dieser Zeit als ebendieses Feld, so denkt Irina jetzt und denkt außerdem, dass sie und Tomáš sich ebenfalls gerade erst kennengelernt haben, aber im Gegensatz zu den beiden anderen sind sie zumindest wirklich, und in der Wirklichkeit ist alles erlaubt, so jedenfalls hat sie bisher geglaubt und danach gehandelt und es für richtig befunden.

Aber in Wirklichkeit, also in der Gegenwart und innerhalb der wirklichen Zeit, geschieht das, was sie sieht, schneller, als ihre Gedanken folgen können, die langsam sind, weil sie die Sprache brauchen. Blick und Denken verschieben sich in Raum und Zeit, die abgekoppelt voneinander zu funktionieren scheinen, der Gesetze der Kausalität enthoben, ein relativ theoretisches Kontinuum von Raum und Zeit.

Ein kontinuierlicher Irrsinn.

Und neben diesem ganzen Wust von: Was soll mir das erzählen, und: Wer könnte das sein, und: Warum bin ich hier, drängt sich ein anderer Moment der eigenen, früheren Vergangenheit vor Irinas inneres Auge, warum erinnert sie sich plötzlich daran? Sie sieht sich mit Jona im Bett liegen, in ähnlicher Weise verschränkt ineinander, wie sie und Tomáš ineinander verschränkt gewesen waren, aber dann stieß sie Jona plötzlich und ohne Vorwarnung beiseite, weil ihr seine Blöße mit einem Mal zu viel wurde. Ein heftiger Stoß war das, er verblüffte ihn ebenso wie der Schrei, der den Stoß begleitete, jedenfalls meint Irina im Nachhinein, einen Schrei zu hören, aber vielleicht hört sie nur diesen einen Schrei, den sie gerade jetzt ausstößt, verwirrt über den Anblick einer bratschespielenden Frau oder über sich selbst und ihren unerwarteten Draht zum Übernatürlichen.

Oder was?

Und genau genommen klingt der Schrei wie eine herannahende Stuka, ja, Stuka, so heißen diese Kampfflieger aus dem Zweiten Weltkrieg, das weiß Irina aus der Zeit, als Zoe mit einem Mädchen aus ihrer Klasse, wie war bloß ihr Name, plötzlich Modellflugzeuge zu basteln begann. Aus irgendwelchen für Irina nicht nachvollziehbaren Gründen fanden die beiden es plötzlich toll, Kriegsgerät nachzubauen und damit aufeinander loszugehen. Irina konnte diese Faszination nicht teilen, hielt sich jedoch heraus, weil das Spiel mit der Gewalt in den diversen Stadien der Kindheit als normal angesehen wird, oder nicht, und sie sich nicht einmischen wollte in das Leben der Tochter.

Größtmöglichen Raum gewähren.

Ohne je einen Krieg erlebt zu haben, kennt Irina seinen Klang, seltsam vertraut kommt er ihr vor, dieser Krieg, der doch vorbei ist, ist es nicht so, also wie, also was? Und auch der nackte Mann und die junge Frau mit ihrer abgeschabten Bratsche hören offenbar das drohende Geräusch, denn beide schauen sie plötzlich entsetzt zum Himmel, der statt des Farbenspiels nun Dunkelheit darbietet, und dass dieses Dröhnen nur auf das Herannahen einer Stuka deuten kann, weiß das Paar vermutlich besser noch als Irina, schließlich lebt es seit geraumer Zeit mit diesem symptomatischen Klang, der längst Teil ihres Alltags geworden sein dürfte.

Dem Klang von Krieg.

Der Schwung des Schneidwerks verfehlt sie nur knapp. Irina springt beiseite und schreit. Wie konnte sie das Geräusch eines Mähdreschers nur mit dem Geräusch von Krieg verwechseln, wo in aller Welt lebt sie, Herrgottnochmal!, sie hält sich die Ohren zu, will nicht mehr hören, weder dies noch jenes, da saust ein Monstrum von Mähdrescher auf das junge Liebespaar zu, und Irina muss abermals schreien, als die scharfen Schnittflächen der Messerbalken über alles hinwegsäbeln, über die Ähren, die Gerste, wo bleiben die Köpfe, wo das Blut?

Augen zu und weg.

7

Als Irina die Augen wieder öffnet, liegen gehäckselte Überbleibsel auf dem Feld, die Spreu ist vom Getreide getrennt, es ist still, der Spuk vorbei. Keine Bratschenkastensplitter, keine gerissenen Saiten und abgetrennten Gebeine sind zu sehen, nichts als frisch gemähtes Stroh, wohin der Blick auch fällt, und Irina ist wieder allein unter einem weiten, wirklichkeitsgetreuen Himmel, oder, nein, Irrtum, nicht allein, jetzt erkennt sie, wem die Stille geschuldet ist. Der Mähdrescher hat das Mähdreschen eingestellt und Platz gelassen für die Abwesenheit von Geräusch, vermutlich übertönte Irinas Schrei zuvor das Getöse von Motor und Dreschorgan.

»Um Himmels willen«, ruft jemand, jedenfalls könnten die Worte, die der fuchtelnde Fahrer des Mähdreschers ausstößt, etwas in dieser Art bedeuten: »*Běžte, nemáte, ublížit.*« Er klettert von seinem Gefährt und nähert sich, um ihr aufzuhelfen, sie muss gestolpert und in dem gemähten Häufchen zerstückelter Halme gelandet sein. Irina stammelt eine Entschuldigung, auf Deutsch, das entsprechende Wort auf Tschechisch ist ihr entfallen, kurz meint sie sogar, nicht länger in Tschechien zu sein.

Geortet im Irgendwo.

Der Mähdrescherfahrer greift nach ihrer Hand: »*Jste v pořádku* – Bist du in Ordnung?« Und Irina nickt, abwesend, denn ihre Konzentration ist in ihrem Ohr gefangen, dort klingt noch immer der Krieg nach, unablässig, sosehr sie ihn zum Teufel wünschte, oder sich selbst, Hauptsache weit fort, des Teufels Großmutter wäre auch eine Möglichkeit, so sagte Zoe einmal, als Irina mit ihr einen Ausflug unternehmen wollte: Lieber brate ich im Wurstkessel von des Teufels Großmutter. Und Irina lachte, obwohl es sie schmerzte, oder weil es sie schmerzte, sie den Schmerz jedoch nicht haben wollte.

Und ohne eine Erklärung und ohne ein *Danke* stolpert sie aus dem Feld zurück auf die Dorfstraße, lässt den netten Mähdrescherfahrer stehen, der doch nur zu helfen versuchte, zur falschen Zeit am falschen Ort, ja, dies hier ist der falsche Ort, so viel zumindest steht fest, neben all den Unsicherheiten, die Irina besetzt haben und von innen heraus erzittern lassen.

Während sie Richtung Pfarrhaus stolpert, steigt der Geruch von Zoes Modellbaukleber in Irinas Nase und breitet sich dort aus wie das Geräusch der Stuka in ihrem Ohr. Vom Klang der Motoren machten sich die beiden Kinder damals keine Vorstellung, der wird im Modellbausatz nicht mitgeliefert, ebenso wenig wie die gefallenen Köpfe der Ähren. Im Krieg werden Köpfe jeder Art abgeschlagen, ehrenwerte Köpfe, an die Irina nicht denken will, aber Albträume braucht sie nicht länger zu fürchten, die gibt es nur im Schlaf, und der Schlaf läuft vor ihr davon, als stieße sie ihn fort, wie sie auch Jona fortstieß.

Und alle anderen vor ihm. Und alle anderen nach ihm.

Soll der Schlaf bleiben, wo der Pfeffer wächst, und seine Träume ebenso, der Wachzustand hält genügend wirre Bilder für Irina bereit, aber auch die wird sie noch verscheuchen mit ihrem Geschrei, und schlafen kann sie, wenn sie wieder zu Hause ist, jetzt bleibt ihr ohnehin keine Zeit zum Schlafen, denn wenn sie nicht irrt, sollte sie schon bald mit ihrer Arbeit beginnen oder auch nicht, selbst in Hinblick auf ihr Tun kann sie nicht länger mit Sicherheit voraussagen, was geschehen wird. Das gesamte Restaurierungskonzept muss neu überdacht werden, nicht auszudenken, was wäre, wenn das Projekt vorerst abgesagt wird, dann könnte sie von hier verschwinden, ja, das wäre das Beste. Zur falschen Zeit am falschen Ort, in München hält sie ihre sieben Sinne hübsch beisammen.

Eine seltene Sehnsucht, die Sehnsucht nach zu Hause.

Über dem Pfarrhaus schleicht die Dämmerung heran, zum zweiten Mal an diesem jungen Tag pirscht sie sich an, womöglich hatte sie sich noch einmal verkrochen, um nicht Zeuge davon werden zu müssen, wie Irina langsam irrezuwerden droht, die zwielichtige Gestalt.

Und im Stillen dankt Irina dieser Morgendämmerung, die ihr den Beweis dafür zu liefern scheint, dass sie gerade erst aus dem Zimmer getreten ist, nach einer Liebesnacht mit Tomáš, nur kurz hinausgegangen ist sie, um Luft zu holen nach dem ekstatischen Gewinde und Gestöhne, der Bauch weich, der Kopf nicht minder, da produziert die Fantasie die seltsamsten Bilder.

Zum Beispiel das Bild eines Liebespaares im Feld.

Ja, krudes Zeug kommt dir in den Sinn, wenn du nach einem Liebesspiel verblödet und entkernt den Weg zurück in die diesseitige Welt suchst, so verhält sich die Sache, wenn du den Kopf verlierst und dich für den Moment der Lust der Illusion und dem Gefühl überlässt, es gäbe etwas Höheres. Momente der Vereinigung, der Berührung mit dem Universum, wie lächerlich klingt das, zum Lachen, ja, aber so reden doch alle daher, wenn es um das

Thema Sexualität geht, das besser nüchtern betrachtet werden sollte, zum Beispiel unter dem Aspekt der Sucht. Und warum macht es süchtig, sich wieder und wieder in die Arme eines anderen zu verlieren? Eben deshalb, weil es die Farben zum Leuchten bringt, sachte und leicht, und der Kopf adieu und die Arbeit trallala und du selbst woanders und entrückt und für einen Moment allen Verpflichtungen entbunden.

Der ganz normale Irrsinn.

Kein Grund, verrückt zu werden, nun kehrt die Zeit der Kontrolle wieder zurück, Irina trägt Verantwortung, zum Kuckuck, und was wären all ihre Führungsqualitäten wert, wenn sie sich so ohne Weiteres das Hirn vernebeln ließe? Nichts, *nada, nic*. Sie ist Irina, die Leiterin des Teams, mit offener Nase und offenem Ohr, und sie hört die Glocke, zu laut, aber real, tapfer, beständig innerhalb all der Diskontinuitäten, die sich durch Raum und Zeit ziehen. Das Geläut löscht den Klang von Krieg, gongt seine klebrigen Reste aus dem Körper hinaus in die Erde hinein, dort, wo sein Platz sein sollte.

Begraben im Erdreich.

Statt die Schuhe vor der Tür auszuziehen, streift Irina am Fußabtreter den Dreck ab, der ihr unter den Sohlen klebt und anderswo, die Wege des Ortes leiten zum größten Teil unbefestigt in die Irre. Beim Übertreten der Schwelle fährt sie mit den Fingern durchs Haar, dort ertastet sie nicht einen einzigen Strohhalm, also ist sie keineswegs durch ein frisch gemähtes Feld gestapft, warum auch, warum sollte der Morgen zwei Mal herandämmern?

Eine Strähne ist verklebt, aber sie riecht mehr nach Samen- als nach Hirnerguss, also ist offenbar keine Zeit verstrichen. Irina setzt ihr Mir-geht-es-gut-Gesicht auf, das sie sich zulegte, nachdem ihr bewusst geworden war, dass die Laune ihrer Mutter immer dann stieg, wenn sie sich keine Sorgen um ihr Kind zu machen brauchte, alles bestens, Mama, mach dir keine Gedanken, und jetzt wird dieses Gesicht dienlich sein, falls Irina auf dem Weg ins Bad, der quer durch die Wohnküche führt, jemanden trifft, zum Beispiel sitzt dort gerade Astrid vor einer Tasse morgendlich duftenden Kaffees.

»Während du morgendliche Spaziergänge unternimmst«, sagt sie, als sie Irina sieht, »habe ich mir erlaubt, mit der Diözese zu reden. Sie schicken heute einen Vertreter vorbei, im Großen und Ganzen sind wir schließlich zum Arbeiten hier, oder irre ich mich?«

Ein inflationärer Begriff, dieses *irre*.

Es hätte keines anzüglich lächelnden Kopfnickens in die Richtung von Tomáš' Zimmer bedurft, um zu begreifen, worauf Astrid anspielt. Natürlich ist sie auch ohne Geständnis darüber im Bilde, dass Irinas eigenes Bett unberührt geblieben ist, da der Herr Pfarrer so umsichtig war, sie gemeinsam in ein Zimmer zu stecken, und sie so unbedacht, dem zuzustimmen. Aber mag sie auch von Irinas neuer Eroberung wissen, von nächtlichen Streifzügen weiß Astrid nichts und nichts von fremden Paaren, die knapp dem Tod durch Mähmesser entrinnen.

Oder dem Tod durch Bomben.

»War es schön?«, fragt Astrid. Wen oder was meint sie, aber klar, in ihrer Einfalt ist sie mit diesem Freundinnen-teilen-alle-Geheimnisse-miteinander-Gewese beschäftigt, das Irina immer schon verhasst war: Mir kannst du es ja sagen, habt ihr oder habt ihr nicht? »Ein würdevoller Nachfolger für Henrik«, fügt Astrid noch hinzu und zwinkert dabei Irina zu.

»Sowieso«, sagt Irina, was in diesem Falle heißen soll: Schieb du meine Verwahrlosung lieber auf mein Lotterleben als auf meinen losen Verstand, ich bin gerade erst dabei, ihn im Inneren meines Schädelraums festzunageln, damit er mir nicht wieder abhandenkommen kann, aber davon verstehst du womöglich nichts, oder, Astrid, gib es zu, solche Dinge machen dir Angst, mir auch, ja, das nur am Rande. Aber wenn es sie schon gibt, diese Halluzinationen, oder nenn es meinetwegen Hirntumor, dann werde ich ihnen so begegnen, wie ich allem stets begegnet bin, mit Tapferkeit und dem unbedingten Willen, die Kontrolle über sie zu erlangen, und bisher ist mir noch alles gelungen, was ich wollte, also bitte, ja?

Und bevor Astrid ein Loch in dem lückenlosen Gewebe von Irinas Gedanken finden könnte, um dort hineinzuschlüpfen, verschwindet Irina vorsichtshalber in Tomáš' Zimmer, flüchtet zurück in Arme aus Fleisch und Blut, die stabiler zu sein versprechen, als dünne Halme in goldenem Licht es je sein könnten.

Halt mich!

Tomáš schläft noch, wie sie ihn zurückließ. Seine Wangenknochen sind das einzig Konturierte an ihm, der Rest des Körpers ist weiß und weich und fasst sich an wie eine Semmel, satt und warm, Irina kann nicht genug davon bekommen, obwohl sie bisher dachte, sie liebe das Schmale und Kantige. Sachte streicht sie über seinen Bauch, nur einem solchen Körper kann es gelingen, so lange zu schlafen, wie ein unschuldiges Baby zu schlafen, trotz Glockengeläut und kurzfristig verloren gegangener Liebhaberinnen.

Sie kniet sich vor das wackelige Bett und küsst Tomáš auf die Stirn, hinter der sie unschuldige Träume erahnt, und ohne Eile öffnet er die Augen, aber dann schnellt er empor, als er sie sieht, so kalt, so angezogen und ihm entzogen.

»Irina, ist was?«, fragt er. Vielleicht liegt die Verwirrung noch in ihrem Blick, in der Iris, in der die abgeschnippelten Ähren abgelichtet verwahrt werden, als bleibende Erinnerung, die sich nicht mehr löschen lässt, sondern in das Gewebe des Gehirns hineinwächst.

Irina legt ihre Finger auf die Lippen, erst auf die eigenen, dann auf die seinen, geschwungene, warme, schlaf-nasse Lippen sind das, schsch, mein Kind, und keine Fragen jetzt, sondern hinein ins Vergessen, hinein in die Ruhe, die nicht übertönt werden soll von dem Gebell geweckter schlafender Hunde, von denen unergründet bleibt, welcher Gestalt sie sind.

Ins Vergessen gehen zu wollen bedeutet in diesem Falle, Tomáš abermals zu küssen und seinen Geschmack wiederzufinden, der neu ist und gleichzeitig vertraut und nach dem Schlafen eine zusätzliche Nuance gewonnen hat, die ebenso schmackhaft ist wie alles andere. Irina saugt an Tomáš' Wange, findet seinen Mund und Schluss.

Scheiß auf die Diözese, lieb mich jetzt.

Irina hat verschlafen, sie kommt unpünktlich, sie kommt zu spät. Sei pünktlich, mein Kind, den Letzten beißen die Hunde, was bedeutet das Sprichwort, was könnte ihre Mutter damit gemeint haben, wer bleibt wo zurück und wird dann gebissen und von wem? Von welchen Erfahrungen die Rede war, darüber wurde nicht gesprochen, wohl aber darüber, dass Pünktlichkeit neben der Anpassungsfähigkeit als eine der wichtigsten Tugenden in der Familie galt, ja, das war es, worum alle sich vorwiegend bemühten, um dieses *Auf die ist Verlass*.

Den Letzten beißen die Hunde.

Aber heute ist Irina tatsächlich die Letzte und es ist ihr wunderbar gleichgültig. Weich und duftend betritt sie die Kirche in Begleitung von Tomáš, was nur sollen die Leute denken! Irina aber denkt nicht, die anderen sind ihr für einen wohligen, zeitlosen Moment vollkommen egal. Sie ist zu spät, ja, dafür jedoch beschwingt und dem Wahnsinn vorerst entkommen, weil durch einen Wahnsinn der anderen Art für eine Weile erlöst. Außerdem darf die Zeit getrost vernachlässigt werden, wenn sie ohnehin verdreht ist, so ist es doch.

Oder was sagst du dazu?

Astrid mustert Irina skeptisch, typisch, kaum machst du etwas Unerwartetes, glauben die Leute sofort, alles geriete durcheinander, und der Boden täte sich auf. Der Fall ist tief. Irina kommt zu spät gleich Irina ist nicht mehr Frau ihrer Sinne.

Schieb es auf die Liebe, meine Liebe, will Irina sagen, aber sie hält den Mund. Statt sich zu erklären, beeilt sie sich, den Overall überzuziehen, in dessen Hosenbeinen sie sich verheddert, und auch Tomáš stolpert bei dem Versuch, die verlorene Zeit durch einen schnellen Garderobenwechsel wieder einzuholen, doch die Hose sperrt sich.

Was für ein Irrsinn.

»*A je dokonáno*«, sagt Tomáš lachend, als die Hose endlich nachgibt, »es ist vollbracht.« – »Aber warum ziehen wir Overalls an«, fragt Irina lachend, »wenn wir doch den Termin abwarten wollten?« Sie schauen sich an und müssen noch mehr lachen, immer mehr, als Astrids ungewöhnlich strenges Gesicht sich zwischen sie schiebt.

»Seit wann verspätest du dich?«, fragt sie. »Alle warten auf weitere Informationen, ich habe ihnen bisher nur gesagt, wir müssten einen Termin abwarten.« Und nun platzt Irina beinahe vor Lachen, kopflos, sie sieht sich selbst dort stehen, im Overall und auf dem Weg zum Gerüst.

Zu spät und ohne Plan.

»Ich sollte schlampiger werden«, sagt sie, »deine Worte, erinnerst du dich?«, und Tomáš lacht ebenfalls weiterhin und blitzt sie dabei lüstern an, als wolle er sich abermals auf sie stürzen. Astrid hingegen scheint jedweder Humor vergangen zu sein, und es ist ja auch unmöglich, den Humor mit zweien teilen zu wollen, die sich gerade miteinander geteilt haben, das liegt in der Natur der Sache, da bleibst du außen vor.

Und weil Tomáš ein sensibler Mensch ist, spürt er, dass es angezeigt sein dürfte, die beiden Frauen allein zu lassen, damit sie den Ernst der Lage besprechen können, der sich zunächst einmal nicht auf die Zukunft der Kirche bezieht, sondern auf Irinas Befinden, um das Astrid, das kinderlose Muttertier, sich wahrhaftig sorge, wie sie, kaum ist Tomáš verschwunden, abermals beteuert.

»Willst du mir wieder deinen Hirntumor in die Eingeweide pflanzen?«, fragt Irina, und ihre Stimme klingt nach Messerbalken, die ohne Erbarmen über die Gerste säbeln, obwohl die Schärfe nicht Astrid gelten sollte, schließlich hat Astrid, die arme unwissende Astrid, am wenigsten mit der Sache zu tun.

Mit welcher Sache?

Astrid will helfen, natürlich will sie helfen, mit ihrer beschwichtigenden Hand, die Irina am Unterarm packt und nicht duldet, mit einem *Schsch, mein Kind!* abgespeist zu werden, oder mit einem ausweichenden Kuss, obwohl Astrids Lippen nicht unappetitlich aussehen, ein Appetithäppchen gegen den Sterbenshunger.

»Roman meint, Halluzinationen können mehrere Ursachen haben«, sagt Astrid und ignoriert Irinas Einwand, dass sie doch klar darum gebeten habe, Roman gegenüber nichts verlauten zu lassen: »In München gibt es jemanden, der sich seit Jahrzehnten mit solchen Dingen beschäftigt.« Er müsste Irina allerdings treffen, Symptome wie diese könnten auch mit einer Psychose einhergehen.

Astrid, Astrid, denkt Irina, du bist keine, die sich für dumm verkaufen ließe und froh darüber wäre, sich nicht mit womöglich unangenehmen Dingen beschäftigen zu müssen. Du lässt nicht locker, sondern bist das, was sich über das Freundinnen-Gehabe hinaus *echte Freundin* nennt, wie geht das, eine-Freundin-haben?

»Willst du damit sagen, ich hätte eine Vollmeise?«, fragt Irina abwehrend. – »Das nicht, vielleicht liegt eine Überreizung des Gehirns vor.« Na, da scheint Astrid sich ja famos auszukennen, bestens informiert ist sie, besser als alle Seelen in Irinas Brust zusammen, und statt Astrids Sorge dankbar anzunehmen, schiebt Irina ihre optionale Dankbarkeit beiseite, ebenso wie die Frage, warum sie es vorzieht, geschlossen in sich hocken zu bleiben, stattdessen entscheidet sie sich für die Wut darüber, dass hier wieder einmal ein Mensch vor ihr steht, der sich ungefragt in ihre Angelegenheiten mischt.

Die Grenze überschreitet.

Wenigstens ihre Bitte, sich herauszuhalten, akzeptierte Jona mit der Zeit, während er zu Beginn ihrer Ehe noch eifrig versuchte, ihr etwas über sie selbst sagen zu wollen: Ich will zu dir vordringen, Irina, ich liebe dich, glaub mir. Aber nachdem sie ihn wiederholt darauf aufmerksam gemacht hatte, dass sie es nicht leiden könne, wenn jemand mit unerwünschter Fürsorge zudringlich werde, und ihm schließlich die Flasche an den Kopf warf, und er auch später noch häufiger erleben musste, wie ihre vermeintliche Leichtigkeit unvermittelt in den gesammelten Zorn Gottes umschlagen konnte, hielt er sich größtenteils an ihr unausgesprochenes Diktum, sich nicht einmischen zu sollen, und verzichtete irgendwann gänzlich darauf. Vielleicht kam ihm das ohnehin gelegen und ihr sowieso.

»Ich habe nichts, und basta«, sagt Irina, »oder soll ich von einem Seelenklempner zum nächsten rennen, bis einer etwas findet?« – »Ich spreche von Neurologen«, insistiert Astrid, offenbar unbeeindruckt von dem gesammelten Zorn Gottes, den Irina ihr entgegenschleudert, »du schaust doch sonst nicht untätig zu, wenn etwas geschieht, über das du dir nicht im Klaren bist, das passt nicht zu dir.«

Was heißt *passen*, will Irina rufen, das passt mir nicht. Irina ohne Klarheit gleich Irina ist nicht mehr Frau ihrer Sinne? Irina ohne Leichtigkeit gleich Irina ist nicht mehr Frau ihrer Sinne? Schubladen und Kategorien, sie muss raus hier. Irina ohne Probleme gleich Irina, wie sie ist. Irina mit Führungsqualitäten rafft ihre Arbeitsutensilien zusammen für eine Arbeit, die heute anders sein wird, als sie gestern noch war.

»Wann ist der Termin?«, fragt sie. – »Hast noch Zeit, ich könnte dich wenigstens zu einem Arzt vor Ort bringen, du siehst krank aus.« Astrids Sorge ist echt, real, wirklich, gemeint, und das rührt Irina, denn normalerweise wollen die

Leute hören: Mir geht es gut, danke, dann müssen sie sich nicht mehr mit Problemen jedweder Art beschäftigen. Aber Astrid, die süße Astrid, bleibt hartnäckig und läuft nicht weg, sie lässt sich nicht täuschen von vermeintlicher Souveränität, und das zeugt immerhin von einem gewissen Durchblick.

Und aus Respekt vor so viel Unbeirrbarkeit möchte Irina gerade einwilligen: Warum nicht, einverstanden, bring mich zu einem Arzt, ein wenig in Sorge bin ich auch, wenn ich ehrlich bin, da fällt ihr glücklicherweise rechtzeitig ein, dass es in diesen hinterwäldlerischen Gefilden sicher sowieso keinen Arzt gebe: »Oder glaubst du, die hätten hier Ärzte, Astrid, das kann wohl kaum dein Ernst sein!«

»Einen Arzt haben wir nicht, aber etwas viel Besseres als das«, mischt sich einer der Maurer ein, er muss sie belauscht und auch das Höhnen der Deutschen vernommen haben, die Abfälligkeit, mit der sie seine geliebte Heimat in den Dreck zieht. Er ist einer der wenigen, die aus dem Ort angeheuert wurden, und jetzt verteidigt er die Ehre seines Dorfes und stellt ihr zudem hinterrücks eine Falle, als er hinzufügt: »Hilgertová heißt unsere gute Fee, drei Gehöfte vor dem Gasthof zur Alten Mühle, die finden Sie leicht.«

Alles passt zusammen.

»Mir reicht es«, sagt Irina, die Hilgertová hat ihr gerade noch gefehlt, »ich gehe arbeiten.« Und brutal schüttelt sie Astrids Hand ab, um zu den barocken Malereien emporzuklettern, für die es keinerlei Unterschied zu machen scheint, ob ein Stück weiter hinten gotische Sensationen aufgedeckt werden oder ob sie für immer unter Verschluss bleiben, vermutet Irina und nimmt sich vor, das Fresko zu kitten, das kann so oder so kein Fehler sein, hier gibt es Handlungsbedarf, nur leider, so leicht entkommt Irina nicht, schon steht Astrid neben ihr auf dem Gerüst und legt einen Arm um ihre Schulter, warm ist der Arm und beschützend, wer hätte das gedacht?

»Ich bin auf deiner Seite, vergessen?«, fragt Astrid liebevoll. Was soll Irina mit so jemandem machen, jemandem, der sich nicht abschütteln lässt, sondern, jeglichem Stolz zum Trotz, weiter hinter ihr hertrabt und eine Verbindung herzustellen versucht?

Unwirsch wendet Irina den Kopf zum Fenster, um möglichst unbeteiligt hinauszuschauen, aber was sie von ihrem Platz aus sieht, lässt sie im Gegenteil erbeben, sosehr sie sich auch um Gleichmut bemüht. Auf dem Friedhof kreuzt ausgerechnet die alte Frau den Weg.

Hilgertová von links, Hilgertová von rechts.

Da ist sie wieder, die Hilgertová, die Heilerin, oder warum nicht gleich *Kräuterhexe*, deren Namen eben erst ungebeten in Irinas Ohr einschlug, unerwartet in einen Zusammenhang mit der Sorge um ihre Sinne gebracht, dieser Sinne, von denen Astrid meint, Irina habe sie nicht mehr alle beisammen. Und auch sie ist sich ja nicht sicher, wie es um sie steht, auch wenn sie alle üblen Gedanken ins Vergessen zu schicken versucht.

Mal mehr erfolgreich, mal weniger.

Irina muss sich an der Stange festhalten, um nicht hinunterzufallen, und diesmal ist die Gefahr nicht vorgeschoben, nur damit sie die Hand eines warmen weißen Körpers ergreifen darf, der sie halten wird, sondern real. Astrid deckt Irina noch immer von hinten, packt sie am Rücken und beschützt sie auf diese Art vor dem möglichen tiefen Fall.

»Willst du zur Abwechslung nicht mal versuchen, fremde Hilfe anzunehmen?«, fragt Astrid. »Bitte, tu es mir zuliebe.«

Das Wort *Hilfe* hört sich gut an, also ja, sie werde es probieren mit der Kräuterhexe, flüstert Irina ergeben und fängt sich sogleich Astrids gleichermaßen erfreuten wie skeptischen Blick ein, woraufhin sie die Wortwahl verbessert: »Mit der Heilerin.«

Das klingt auch in Irinas Ohren richtiger, schwarze Katze von links, schwarze Katze von rechts, mit Hexenglauben will sie nichts zu schaffen haben, so wenig wie mit Märchen und mythischen Geschichten, mit dem Oben und Unten und der verfluchten dunklen Mystik dieses Gebäudes, sie weiß nicht einmal, was der eine oder andere Aberglaube bedeuten könnte, überhaupt ist sie augenblicklich schlecht im Bilde über mögliche Bedeutungen.

»Ich gebe dir zwei Stunden«, sagt Astrid, und Irina nickt, den Weg zur Hilgertová kenne sie, schließlich seien sie so etwas wie alte Bekannte. Und bevor Astrid nachhaken kann, ist sie bereits auf dem Weg.

Kaum erreicht Irina das Gehöft mit dem gepflegten Kräutergarten, da öffnet sich die Tür, und schon bereut sie ihren Entschluss, hierhergekommen zu sein. In empfindlicher Weise beeinträchtigt die offene Tür das Gefühl der Freiwilligkeit, vielmehr scheint es ihr plötzlich, als habe die Alte sie absichtsvoll hierher gelotst und ihr Kommen mit ihrem Ich-hoffe-ich-habe-Sie-nicht-erschreckt-Quatsch und dem Ihrer-Tochter-wird-schon-nichts-passiert-sein-Unsinn in die Wege geleitet.

Geht es dir gut, Zoe?

»Haben Sie etwas von ihrer Tochter gehört?«, fragt die Hilgertová, als Irina an dem wackeligen Küchentisch mit der speckigen, gemusterten Wachstuchdecke sitzt, und

Irina bricht der Schweiß aus, ohne dass sie gewusst hätte, warum, offenbar sorgte sie sich mehr, als sie dachte. *Verrückt vor Sorge* heißt eine gängige Redewendung, und vermutlich gibt es die Sorge als mögliche Ursache von Verrücktheit wirklich, und nicht wenige Menschen werden eben deshalb verrückt: weil Krieg herrscht oder weil sie ein Kind verloren haben, ja, und auch Irina tangiert die Tatsache, dass sie noch immer nicht mit Zoe gesprochen hat, mehr, als sie sich eingesteht, und diese uneingestandene Sorge reicht womöglich als Erklärung für alles, was ihr widerfährt.

»Mit Zoe ist alles bestens, danke«, sagt sie dennoch und berichtet der Alten stattdessen von ihrer Schlafproblematik, die sie seit einiger Zeit plage und in letzter Zeit immer zermürbender zu werden drohe.

»Dann wollen wir mal schauen, was ich für Sie tun kann«, sagt die Alte und greift nach einer der vielen Dosen, die sich fein säuberlich beschriftet auf dem Regal aneinanderreihen. Sie schüttet einen Löffel des Inhalts in eine geblümte Tasse, während sie Wasser aufsetzt, und wenig später nimmt Irina einen dampfenden Tee in Empfang, zerkrümelte Pflanzenteilchen schwimmen in der Tasse, die bitter riechen und bitter schmecken. Gleiches mit Gleichem heilen, der Bitterkeit mit Bitterkeit zu Leibe rücken, warum fällt ihr das jetzt ein, was tut sie hier überhaupt?

Irina späht auf die Uhr aus Emaille, die an der Küchenwand hängt und tickend die Zeit vorantreibt. Die Küche ist geräumig und unübersehbar der Raum, in dem sich die alte Frau vorwiegend aufhält. Ein altes Sofa steht an der Wand, mit Fäden, die aus dem Bezug ans Licht vordringen, wollene Schlingpflanzen, die über den Fußboden kriechen und sich um die Knöchel etwaiger Besucher schlängeln, um sie mit sich zu ziehen, in die Abgründe der alten Frau hinein, der Aufprall wird schmerzhaft sein.

So viel scheint gewiss.

Jetzt steigt die Alte aus dem Abgrund, der sich kurz aufgetan zu haben schien, hinaus auf einen Tritt, ja, so nannte Irinas Großmutter das: *Tritt*, um ein Kraut herunterzuschneiden, das in Bündeln zum Trocknen von der Decke baumelt. Die Hilgertová brummt und schlägt den Zweig aus, vermutlich vollzieht sie irgendein undurchschaubares Ritual. Schnecken über Warzen kriechen lassen und sie um Mitternacht bei Mondschein unter einer Weide begraben, an solchen und ähnlichen Budenzauber erinnert sich Irina plötzlich, er stammt aus ihrer Kindheit, aber sie muss ihn vergessen haben, nachdem der Großmutter in ihrem Leben keine Rolle mehr zugedacht wurde und deshalb Schluss war damit.

Schluss mit den magischen Möglichkeiten.

Aber die alte Frau entstammt offenbar einem ähnlichen Geist wie Irinas Ahnin, auch sie kennt sich aus mit unsichtbaren Kräften, die ihre Wirkung entfalten, so oder so, warum auch immer.

»Sie lassen den Tee kalt werden«, sagt sie und lacht, »haben Sie keine Angst, ich vergifte niemanden.« Die Blätter vom Johanniskraut seien ein vielfach erprobtes Mittel gegen Schlaflosigkeit: »Überaus wirksam, glauben Sie mir.« Und da sie Irina nicht zuzutrauen scheint, etwas wie Glauben entwickeln zu können, ohne dabei geleitet und an die Hand genommen zu werden, setzt sie sich ihr gegenüber und umfasst mit ihren schwieligen Fingern Irinas schwielige Hand.

»Die kleinen Löcher im Blatt des Johanniskrauts stammen vom Teufel«, sagt sie, »er soll aus Bosheit über die

Macht, die dieses Kraut über böse Geister und über ihn selbst besaß, die Blätter mit Nadeln zerstochen haben. Als ich noch ein Mädchen war, flocht mir meine Mutter einen Kranz daraus, damit ich mich mit dem Licht und der Sonne verbinde, und im Mittelalter verwendeten die Heilerinnen das Kraut, um den Teufel zu vertreiben.«

Ein Mittel zur Teufelsvertreibung, aha.

»Schad't ja nix«, fährt die Hilgertová fort, und auch diese Redewendung erinnert Irina an ihre Oma, von der sie doch keine Erinnerungen zu haben glaubte. Während Irina an dem Tee nippt, verfolgt die Alte jeden einzelnen Schluck und bewegt dabei die Lippen, als trinke sie selbst, wie Mütter es tun, wenn sie ihr Baby füttern, abstoßend sieht das aus, ebenso abstoßend, wie der Geschmack des Gesöffs es ist, das Irina obendrein freiwillig schlürft, statt mit Tomáš im Landschulheim zu sitzen und den Kopf mit Budweiser zu betäuben, bis er nicht mehr weiß, was er denken soll.

»So ist es brav«, sagt die Hilgertová. Ja, brav, genauso fühlt Irina sich, ein braves Mädchen, das gehorsam seine Aufgaben erfüllt, allen gegenteiligen eigenen Bestrebungen zum Trotz. Dennoch nimmt sie einen weiteren Schluck, der sie sogleich zum Schütteln bringt: »Schön schmeckt das nicht, aber ich danke Ihnen trotzdem.« – »Wegen der Geschichte mit Ihrer Tochter kann ich Ihnen leider nicht helfen, das müssen Sie selbst regeln, auch wenn ansonsten gegen beinahe alles ein Kraut gewachsen ist.«

Nur nicht gegen Frauen, die sich zur falschen Zeit am falschen Ort befinden, denkt Irina, zum Beispiel gegen die eine, die ihrem Saiteninstrument zeitübergreifende Melodien abverlangt, oder auch gegen mich selbst, die ich durch

Gerstenfelder krieche und dort Dinge sehe, die nur mir falsch aufstoßen, denn seien wir ehrlich, falsch oder nicht falsch ist lediglich eine Sache der Perspektive, und vermutlich befindet sich meine bratschespielende Luftspiegelung genau am richtigen Ort zur richtigen Zeit, nur ich bin immerzu falsch.

Du gehörst hier nicht hin.

Aber all das wagt Irina der alten Frau nicht zu erzählen, vielleicht liegt in der Heilung ihres Schlafproblems bereits die einzige und wahre Lösung. Sie wird den Tee austrinken, wird einschlafen und durchschlafen, und sobald sie wieder ausgeruht ist, werden sich die bislang unerklärlichen Dinge in logischen Erklärungen auflösen. Sie werden sich von selbst erledigen, diese Fantastereien, ja, das hofft Irina, und deshalb schweigt sie weiterhin, statt zu fragen: Haben Sie noch ein weiteres Kraut für mich? Gegen dieses und jenes und vor allem gegen Bilder, die ich nicht verstehe, die mich erschrecken, und von denen ich nur möchte, dass sie verschwinden?

Das Schweigen zieht sich über den letzten bitteren Schluck bis zu dem süßen Keks, den die Hilgertová auf einem Teller über den Tisch schiebt. Das kann nur ein Redekeks sein, schießt es Irina durch den Kopf, er wird meine Zunge gewaltsam lösen, die Alte weiß, dass ich noch etwas auf dem Herzen habe, das sehe ich ihr an, der schlauen Füchsin. Aber die alte Frau stellt keine weiteren Fragen, sie scheint intuitiv zu wissen, dass es ratsamer wäre, davon abzusehen, in Irina dringen zu wollen, und der Keks öffnet die Lippen allein zum Abbeißen, dies gleich einige Male hintereinander, er schmeckt weiß und weich und übermäßig gezuckert.

Die Alte steht auf: »Nehmen Sie sich Zeit, ich versorge nur schnell die Hühner.« Und dann geht sie und lässt Irina sitzen, mit dem Bitteren und dem Süßen und ihren Gedanken, die zwischen beiden Geschmäckern hin und her wandern.

Hin und her und hin und weg.

8

Ganz offensichtlich ist Špale froh darüber, dass sich ein Anlass bietet, sie wiederzusehen, und Irina ist froh, sich wieder in die Arbeit vertiefen und der Welt der Kräuter und des Alters und der versponnenen Geschichten über Teufelsaustreibungen im Mondlicht für eine Weile entkommen zu können.

»Ich habe das Denkmalamt bereits informiert«, sagt Špale, »sicher ist zumindest, dass wir eine neue Befunduntersuchung und ein neues Konzept brauchen, falls wir uns für die Freilegung und anschließende Retusche der gotischen Ornamente entscheiden.« – »Heißt?« – »Es wird uns nichts anderes übrig bleiben, als bis dahin eine Arbeitspause einzulegen.«

»Und für wie lange?«, fragt Tomáš, und in seiner Frage klingt die Furcht, fortzumüssen, jetzt, wo er und Irina, Irina und er ..., aber vermutlich bildet Irina sich das nur ein. Sie selbst schöpft Hoffnung aus dem Wort *Arbeitspause*, nur meint Špale nicht das, was sie gern darunter verstanden hätte, stattdessen schlägt er vor, dass sie alle vor Ort bleiben sollten, bis er mehr sagen könne: »Schauen Sie sich so lange unser prächtiges Land an, das lohnt sich.«

Böhmische Irrwege.

Aber da ihr nicht viel anderes übrig zu bleiben scheint, wird sich Irina eben in das Schicksal fügen und sich eine schöne Zeit machen, eine leichte Zeit, und Tomáš soll ihr dabei helfen, und da fragt er auch schon, ob sie nicht mit ihm einen kleinen Ausflug unternehmen wolle, im

Pfarrhaus gebe es zwei alte Fahrräder, die könnten sie sicher ausleihen.

Ein Ausflug, denkt Irina, warum nicht, und anschließend ein Picknick im Park, welcher Park, hier gibt es keine Parks, da müssen wir wohl in die umliegenden Gerstenfelder ausweichen, ja, die Felder eignen sich hervorragend für ein Schäferstündchen, und überhaupt ist das eine geniale Idee: Wenn sie die Ereignisse, denen sie unfreiwillig beiwohnen musste und die sie für Halluzinationen oder dergleichen hält, einfach selbst erlebte, dann würden sie auf diese Art der Realität zugeführt, Bild und Wirklichkeit fänden sich deckungsgleich und stimmten endlich wieder überein.

Aus dem Wahn Wirklichkeit werden lassen.

Vielleicht waren die Bilder, die Irina dem ahnungslosen, verstorbenen Edgar Ende andichtete, allein Vorgriffe auf ihre eigene Zukunft, eine fragmentierte Erzählung darüber, wie sie eines Tages auf einem Hof leben wird, womöglich hier in Tschechien, mit Tomáš an ihrer Seite. Auch wenn ein solches Bild zu diesem Zeitpunkt schwer vorstellbar scheint, wer weiß, was die Zukunft bringen wird, wenn sich die Vergangenheit schon so schwer entschlüsseln lässt.

Niemand kann je mit Gewissheit behaupten: So ist es gewesen, so sah das aus, denkt Irina, und niemand traut sich zu sagen: So wird es sein. Immer stützt du dich auf Vermutungen, im Leben wie beim Restaurieren, auf ein *Womöglich* und ein *mit höchster Wahrscheinlichkeit*, aber wer wie wo sonst noch Spuren hinterlassen haben könnte, kann niemals sicher beantwortet werden, nicht einmal von den Wänden der Kirche, unter deren barocken Malereien plötzlich gotische zutage treten, von denen kein Mensch bisher auch nur ahnte.

Bleibt der Versuch der Annäherung.

Die nahe Zukunft ist überschaubar, ein begrenzter Zeitraum nur und als solcher gut handhabbar, also radeln Tomáš und Irina nach einer kleinen Tour am Abend tatsächlich Richtung Gerste, dort steht ein letztes Viertel, das noch nicht zerhackt wurde und mit den sich wiegenden Ähren einen guten Sichtschutz bietet vor etwaigen Besuchern aus der Vergangenheit oder der Zukunft oder woher auch immer.

Nicht daran denken.

Das Denken abzuschalten ist leicht, solange der Schwips anhält. An jeder Weggabelung prosteten sie einander mit Schnaps zu, um anschließend zu entscheiden, welche Richtung sie einschlagen wollten, mit anderen Worten: wie es weitergehen sollte. Und Irina dachte, das gefällt mir, ein Zufallsprinzip, das jedweden durchdachten Plan zum Trotz eine Methode zur Orientierung bietet, mach einen Plan, wenn du Gott zum Lachen bringen willst, ist es nicht so?

Ihr jedenfalls ist sehr zum Lachen zumute, und als sie den Rand des Feldes erreichen, lässt sie sich ihre Laune selbst dadurch nicht verderben, dass sie kurz an die beiden anderen denken muss, die hier miteinander lagen oder auch nicht lagen, sollen sie machen, was sie wollen, denn seht ihr, nun füge ich meinen Halluzinationen meine eigene Wirklichkeit hinzu, auf dass sie für immer verschwinden mögen, ich werde hier liegen und neben mir mein Geliebter, also weg mit euch, geht zurück zu den Toten, das ist es doch, woher ihr stammt, aus dem Totenreich.

Aus einer Zeit, die nicht mehr ist.

»Schön war das«, sagt Tomáš und lässt sein Rad in das Getreide fallen, »ich bin froh, dass ich dir ein wenig von meinem Land zeigen konnte.« Offenbar hoffte er, sie einander auf diese Art noch näherbringen zu können, und ja, es ist ihm gelungen. Leicht geschwungen schmiegen sich die Hügel unaufdringlich in die Welt, ohne ihr wehzutun, und geben dem Himmel eine weiche Zeichnung, dort, wo er die Erde berühren muss und seine Weite auf eine natürliche Grenze stößt. Die Landschaft nimmt sich einen Platz in Irinas Körper und breitet sich warm aus in ihr, und wieder spürt Irina eine Art Hitze, heiß und zittrig erkennt sie den Zustand der Sehnsucht wieder, der sie bereits beim Hören der Streichmusik befiel, ein Streben nach möglicher Erlösung, wovon?, wofür?, das sich unbekannt bekannt anfühlt.

Das Wärmegefühl im Bauch könnte allerdings auch der Wirkung des Schnaps geschuldet sein, den sie bis zur Neige getrunken haben, und dass Irina sich plötzlich für Landschaften begeistern kann, obwohl sie sich gewöhnlich lieber im Inneren eines Gebäudes aufhält, liegt möglicherweise auch an ihrem Fremdenführer, an Tomáš und seiner kehligen Stimme und seinem weichen Körper.

An ihm.

Als sie sich beide ins Feld setzen, zwischen die Ähren, nimmt Irina den letzten Schluck und gurgelt lachend damit, und der Himmel hüllt sich in die Dämmerung, dieses Mal ist es der Abend, der herandämmert, und er ist real und nicht etwa eine der Sinnestäuschungen. Wie vorgenommen, scheint es ihr tatsächlich gelungen, die unwirklichen Bilder durch reales Erleben zu ersetzen, ihnen die Kraft zu entziehen, dadurch dass sie eine Entsprechung im wirklichen Leben finden: als eine dem Erlebten geschuldete Erinnerung, die ein Recht darauf hat, sich in ihrem Kopf festzusetzen.

Manche Bilder sind willkommener als andere.

Schon bald werden sie von der Nacht eingewickelt, und mit der Nacht wird zugleich das Vergessen kommen, denn dann werden alle Katzen grau, wie auch das Gehirn grau wird, ja, farblos und schwer liegt die Masse unter der Schädeldecke und will in den Schlaf gewiegt werden, da hilft am besten Küssen und Streicheln. Die Küsse von Tomáš schmecken nach gebrannten Pflaumen, und Irina stellt sich vor, wie sie Tomáš auszieht, sie kann in die Zukunft schauen, so wird es sein.

Zunächst aber streift er ihr die Strümpfe ab, um ihre Zehe zu kraulen: »Von der Zehe arbeite ich mich langsam nach oben, immer ein kleines Stückchen weiter hoch, gefällt dir das?« – »Viel besser als arbeiten.« Da könne er nur zustimmen, sagt Tomáš und streichelt ihr die Wade: »Ich glaube, die Unterbrechung unserer Arbeit ist ein Zeichen.« – »Zeichen wofür?« – »Für uns, damit wir ausreichend Zeit haben füreinander.«

Irina muss lachen, schraubt den Verschluss der zweiten Flasche auf, die sie in weiser Voraussicht eingepackt haben, und prostet Tomáš zu: »Es lebe die Liebe!«

Sie lacht wieder und wartet, dass er in das Gelächter einstimmt, so wie sie den ganzen Tag hindurch gemeinsam gelacht haben und gekichert und alles zur gleichen Zeit, so selten albern waren sie, nicht einmal in ihrer Kindheit war Irinas Albernheit erwünscht gewesen. Aber heute, aber hier dufte sie albern sein, soviel sie wollte, und es gelang ihr, alle Vorsicht fahren zu lassen, alle Ansprüche und alles Sollen, und einfach nur zu sein, in Erwartung eines neuen Glücks, in Erwartung dessen, was geschehen wird.

In Erwartung der Zukunft.

Dieses Mal lacht Tomáš nicht mit, sondern tastet sich bis zu Irinas Kniekehle vor und flüstert, dass er es ernst meine, ja, ernst, und als sie in der Hoffnung auf einen guten Witz fragt, ob das ein Antrag sein solle: »Fändest du es schlimm, einen Antrag zu bekommen? Anders gesagt: Darf ich um Ihre Hand anhalten, junges Fräulein?« – »Solange du sie mir nicht abhackst.«

Ohne es zu wollen, muss Irina an die Gerste denken, die dem Mähdrescher zum Opfer gefallen ist, und obwohl sie sich endlich weiterküssen, säbeln mit einem Mal die Messerbalken in ihrem Kopf umher, von Bratschenmusik untermalt, das ist so komisch, Herrgottnochmal!, zum Kichern ist das, aber das findet Tomáš offenbar nicht, das unvermutete Kichern lässt ihn erneut innehalten, und es klingt beinahe beleidigt, als er fragt: »Was ist?«

Irina kichert weiter, erst jetzt bemerkt sie, wie betrunken sie ist, von dem Tag und dem Schnaps und den Küssen. Die Bratsche und der Mähdrescher, die gackernden Hühner im Hof einer verfallenen Ruine, all das mutet sie mit einem Mal so lächerlich an, dass sie einen Lachanfall bekommt und kaum mehr sprechen kann.

»Seltsame Geschichte«, sagt sie, »du würdest mir nicht glauben.« – »Ich glaube ziemlich alles, was mir erzählt wird, sogar an Gott.« Ach ja, das habe sie vergessen, meint Irina und erzählt gleich weiter, dass sie eine Frau beobachte, seit sie hier sei, eine Frau und einen Mann, die sich liebten.

»Wie schön«, sagt Tomáš, »und was passiert dann?« Auch er kichert jetzt, und sie ist sich plötzlich sicher, dass er die

Geschichte mögen wird, diese Geschichte einer Liebe, die hehr zu sein scheint und heilig und in eine noch heiligere Ehe münden wird, so eine ideale Ehe, in der die Beteiligten einander alles zu geben bereit sind und halten, was sie einst versprachen.

Wie früher.

»Eine Liebesgeschichte nach deinem Geschmack«, sagt sie, »nur geht es darin um ein Paar, das nicht mehr lebt.« Und Irina wartet auf Tomáš' Spott oder Protest, aber nichts geschieht, versteinert sitzt er vor ihr, die Weichheit ist verschwunden, die Lust am Küssen offenbar auch. Stattdessen richtet er sich auf, als habe er soeben ein Gespenst gesehen, und fragt, was das heißen solle, nicht mehr leben?

»Keine Ahnung«, antwortet sie, »wir befinden uns irgendwann in der Zeit während des Zweiten Weltkriegs, deshalb vermute ich, dass sie inzwischen tot sein dürften.« Tomáš' unerwartete Skepsis hält an, sodass auch Irinas Heiterkeit erlischt und einem unerwünschten Gefühl Platz macht, Angst oder Sorge vielleicht, dabei hatte sie Letzteres Astrid überantworten wollen, um sie selbst nicht tragen zu müssen.

Fort mit den Gefühlen.

Irina hätte nicht davon anfangen sollen, wie dumm von ihr, also beginnt sie, Tomáš' Hemd aufzuknöpfen, etwas zu forsch, etwas zu gierig, aber sie muss schnell, schnell zurück zu dem Davor und dort anknüpfen, wo sie aufgehört haben, den Faden aufnehmen, den zu knüpfen sie begonnen haben, bevor die Bratsche sich in das Geschehen zu mischen versuchte, nur leider, leider spielt Tomáš nicht länger mit, sondern hält seine rechte Hand über die ihre, um sie daran zu hindern, seine Brust zu ergreifen. Die Stimmung ist dahin, sosehr Irina sich auch nach Auflösung sehnt, nach Leichtigkeit, nach Nacktheit, nach diesem Aus-der-Welt-Treten, allein, der Knopf geht wieder zu.

»Was erzählst du da?«, fragt er, »ist das ein Test?«, und sein Gesichtsausdruck tötet jetzt auch Irinas Lust am Weitermachen: »Vergiss es, ich dachte, du würdest das witzig finden«, aber insgeheim gibt sie ihm recht, als er sagt: »Entschuldige, aber das klingt ziemlich verrückt, findest du nicht?«

Aber ja, findet sie, nur hatte sie die Angst vor dem Verrücktsein für einen Moment erfolgreich vergessen können und ist wenig gewillt, sich wieder daran erinnern zu lassen, wie besorgniserregend die Geschichte sein könnte.

»An allem trägt nur dieses blöde Kaff die Schuld«, sagt sie wütend, und bevor er darauf etwas erwidern kann, wirft Irina die Flasche ins Korn, nicht ohne zu überlegen, ob sie Tomáš' Kopf zu treffen versuchen sollte, und lässt ihn kurzerhand zwischen den Ähren sitzen.

Verlassen nach einem unerwarteten Aufbruch.

Es ist dunkel geworden, die Nacht ist schneller hereingebrochen als erwartet. Irina stolpert durch das Feld und fürchtet, in ihrem Schnapsdusel die falsche Richtung eingeschlagen zu haben, die längste Zeit über täuschte sie sich bereits in der Richtung. Vermutlich wäre es doch gescheiter, einen Plan zu verfolgen, Gottes Lachen zum Trotz, statt sich in diesem Ort wie zufällig herumschleudern zu lassen, geleitet allein von Idioten wie Tomáš oder der Hilgertová oder sonstigen Bekloppten, warum nur ist sie nicht gleich nach ihrem Besuch bei der Hilgertová ins Bett marschiert, um auszuprobieren, ob der Tee tatsächlich wirken würde? Sie hätte schlafen sollen, statt sich mit Alkohol abzufüllen und nun über ein stoppeliges Feld zu hasten und fremden Stimmen zu lauschen ...

Wieso Stimmen?

»Wir werden heiraten«, hört Irina und erschrickt, wie kann ich so blöd sein, auf seinen Antrag einzugehen, das war bloß ein Witz, aber da spricht die Stimme schon weiter: »Ja, Ivo, das werden wir, und Kinder möchte ich auch haben, vier Kinder.«

Irina drückt ihre Hände an die Schläfen, das gibt es nicht, waren es bisher in erster Linie die Augen, die ungewollt hinter den Vorhang aus Zeit blicken mussten, so sind jetzt offenbar ihre Ohren an der Reihe, die doch bisher verschont geblieben waren von lautbar werdenden Stimmen, die nichts zu suchen haben in ihrem Gehörgang, irgendjemand muss es auf Irina abgesehen und sich zum Ziel gesetzt haben, sie in die Irre treiben zu wollen, und das ist kurz davor, zu gelingen.

Verflucht.

Sie lässt sich auf ihren Hintern fallen und beginnt zu weinen, in der rührseligen Art von Betrunkenen, die sich leidtun, sie hört es selbst, aber leid tut sie sich wahrhaftig, schließlich tut sie selbst niemandem etwas zuleide und hat auch nie jemandem etwas getan.

Die friedliche Seele ohne Seelenfrieden.

Durch den Tränenschleier sieht Irina jetzt wieder dieses ihr langsam verhasst werdende Liebespaar, den Tschechen, den die Frau soeben mit Ivo angesprochen hat, wenn Irina tatsächlich hörte, was sie zu hören meinte, und die junge Bratschistin, die wirklich jung ist, jünger als Irina und strahlender obendrein, die malt sich die Zukunft als farbenfrohes Leben, statt es in einer Schnapsflasche zu versenken.

Und Kinder wünscht sie sich auch, so jedenfalls sagte sie doch gerade, was immer *gerade* meinen kann, und später dann wird sie das schreiende Bündel wiegen, statt es so oft wie möglich einem anderen auf den Arm zu drücken, vor lauter Überforderung, einen kleinen Menschen derart nah an sich gebunden zu wissen, und weil es schließlich kaum auszuhalten ist, Tag und Nacht ein Baby am Körper kleben zu haben, ohne die Möglichkeit zu bekommen, ihm entfliehen zu können.

Ist doch so, oder?

Aber was weiß die Frau dort drüben von inneren Widerständen, diese romantisch Verirrte, die sich in Ivos Arme schmiegt und ihre Träume in die Welt hinein spinnt, das Netz der Fantasie über die Gegenwart breitet, in dem sie sanft schaukelnd gehalten wird. Dort wohnt sie bereits mit ihrem Liebsten auf dem Hof ihrer Eltern. Eine derart konkrete Vorstellung macht sie sich von ihrer Zukunft, die Unbeleckte, einen gezielten, kleinen Wunsch entwirft sie, den Wunsch nach einer gemeinsamen Familie und nicht die Utopie von Freiheit, die keinen Ort kennt, das Nicht-Greifbare, schwer Auffindbare, wie Irina es sich immerzu ausmalte, während sie aus den hässlichen Wohnblocks in den Himmel starrte und sich aus ihrer beengten Welt hinfort träumte.

Fort aus der Gegenwart.

»Der Hof und wir«, fährt die junge Frau fort, und noch immer klingt sie so klar und nah, als säße sie tatsächlich dort, kaum einen Meter von Irina entfernt, »wir zwei, Ivo. Und wenn du abends vom Feld heimkehrst, werde ich bereits am Esstisch sitzen, mit den Kindern, und wir nehmen uns in den Arm oder halten uns an der Hand, so wie meine Mutter mich hielt und wiegte und summte, und nichts konnte sie erschüttern, ja, Liebster, das ist es doch, worauf es ankommt: sich lieben und friedlich zusammenleben.«

Irina stöhnt innerlich auf, solche Sätze knirschen in ihren Ohren, egal, von wem und zu welcher Zeit sie abgesondert sein sollten. Diese kleinkarierten Lebensentwürfe und von Illusionen durchtränkten Hoffnungen, reaktionäre Vorstellungen von vermeintlicher Idylle, sie sollten mir keinen Grund liefern, in Tränen auszubrechen, denkt sie, warum aber tun sie es dennoch, was lösen die Bilder aus, welcher Moment liegt darin verborgen, der mich ungewollt anrührt, warum tut er das, warum, warum?

Sehnsucht vielleicht.

Und plötzlich wird Irina es leid, sich das Gequatsche anhören zu müssen, und wenn sie allem Anschein nach dem, was sie sieht und was in ihrer Nähe geschieht, nichts entgegensetzen kann, um es zum Verschwinden zu bringen, so steht es ihr doch zumindest nach wie vor frei, die Ereignisse um sie herum zu ignorieren, inzwischen ist sie von der Müdigkeit ohnehin so benebelt, dass ihr alles gleichgültig wird und sie nur mehr spürt, wer sie selbst ist.

Zu sein glaubt.

Sie greift in ihre Tasche, und tatsächlich ertastet sie dort das kalte Metall des Kirchenschlüssels, der sie führen wird in dieser Dunkelheit, und ob ich schon wanderte, Herrgottnochmal!, jetzt kommen mir zu alledem noch biblische Phrasen in den Sinn, es wird Zeit, von hier zu verschwinden, aber erst muss ich schlafen, der Tee wird bald wirken, wenn ich es ihm nur endlich gestatten würde, statt mich von diesen oder jenen Liebesgeschichten abhalten zu lassen.

Und da es endlich wieder eine Art Plan gibt, marschiert Irina in die Richtung, die der Kirchturm ihr trotz Dunkelheit anzeigt, hoch genug ist er.
Der passende Schlüssel für den passenden Ort.

Der kühle Duft der Kirche empfängt Irina, hier ist es gut, hier kennt sie sich aus. Die Wände sind so kalt und so dick, kein Außen kann dort hindurchdringen und auch keine zum Leben erweckten Toten, abgesehen von denen, die bereits drinnen sind, weil jemand die glorreiche Idee hatte, sie auf den Wänden verewigen zu wollen.
Irina steigt in die Gruft hinab, nimmt den Rucksack, holt die Decke hervor und breitet sie über den staubigen Boden. Endlich ist sie gekommen, die Zeit zum Schlafen, nur … dass die trübe Glühbirne ihr schales Licht ausgerechnet auf die Statuen wirft, und diese Statuen lassen sich nicht davon abbringen, Irina aus dem Halbdunkel heraus unverwandt anzustarren.
Boten aus einer anderen Zeit, auch hier.
Und abermals wird Irina von der Wut gepackt, und diese Wut veranlasst sie, sich auf die steifen Figuren zu stürzen, um eine nach der anderen die Stufen hinauf in den Kirchenraum zu stemmen. Die Statuen sind so schwer, dass Irina sich die Schulter verzieht, aber dann ist es geschafft und die Blazerjacke ist mit weißem feinem Staub überzogen, was macht das schon, dafür ist Irina wieder nüchtern und findet für einen Moment zu etwas wie Ruhe, jetzt, wo es keine Blicke mehr gibt, die sie beobachten, und niemanden, den sie selbst unfreiwillig beobachten muss, niemanden auch, der Fragen stellt, niemanden, der überhaupt irgendetwas von ihr will.

Beinahe glücklich zündet Irina sich eine Zigarette an und starrt in das Nichts, nur leider, leider existiert kein Nichts, immer gibt es irgendetwas irgendwo, die Welt ist zu voll. Alle Menschen, die einmal gelebt haben und gedacht und gebaut und geschrieben, breiten sich bis in die Gegenwart hinein und nehmen dir den Platz zum Atmen mit ihrem bereits Gelebten.

Ob du willst oder nicht.

Überall lauern ihre Geschichten und Bilder, zum Beispiel frisst der Wasserfleck dort drüben eine Figur in das Mauerwerk, und sosehr sich Irina auch bemüht, sie kann sich nicht dagegen wehren, ein springendes Kind in den Umrissen zu entdecken, ein Mädchen mit Zöpfen, das auf einem Bein hopst.

Ebenso hüpfte auch Zoe mit ungefähr drei Jahren das erste Mal: Schau, Mama, was ich kann. Und Irina schaute und dachte, huch, wie ist sie groß, meine Kleine, eben noch war sie ein Säugling, die Jahre sind erschreckend schnell vergangen. Dagegen schien sich die Zeit in den ersten Monaten mit dem Kind, als Irina noch nicht wieder arbeitete, unendlich in die Länge zu ziehen, da hatte sie einfach nur dagesessen, das Kind beobachtet und gedacht, ist es das, was ich will? Und gewusst, nein, ist es nicht.

Aber heute, hier in der Kirche, da geht sie voller Liebe zu dem springenden Kind und berührt, bin ich jetzt vollkommen übergeschnappt, ein Schattenkind aus Wasserfleck. Wie gern würde sie Zoe anfassen, warum nur versäumte sie es bei der Abfahrt, den Streit auszuräumen?

Was für einen Streit?

Sie nimmt den letzten Zug von ihrer Zigarette, aber die zuvor für einen Moment verspürte Ruhe kehrt nicht mehr zurück. Das Kind springt aus der Wand auf Irinas Schoß und ruft wieder das Gefühl unerwarteter Sehnsucht hervor, der Zigarettenrauch muss ihr den Kanal frei geputzt haben, und jetzt sitzt sie in Irinas Hals, gleich unterhalb des Kehlkopfes, und schreit: Du musst zu ihr, zu deiner Tochter, ich dulde keinen Aufschub mehr.

Recht hat sie, die Sehnsucht, Irina muss zu Zoe, zu lange schon wartete sie und wusste doch die ganze Zeit über, dass etwas fehlte und dass sie fort sollte von hier. Und nun gibt es diesen Grund, das eigene Kind, der wiegt sämtliche gotische Malereien unter barocker Oberfläche ohne Weiteres auf, die doch nichts zu erzählen haben.

Was gehen mich die an?

Irina lässt Rucksack und Decke liegen, wo sie sind, schnippt nur den Zigarettenstummel mit der Schuhspitze beiseite, zu mehr reicht die Zeit nicht, denn jetzt hat sie es eilig, endlich wieder eilig, sie weiß, was zu tun ist, endlich wieder, was zu tun ist. Mit Schwung springt sie die Treppe hinauf und hinaus zum Pfarrhaus, und mit Schwung betritt sie auch das gemeinsame Zimmer, wenngleich ehrlich bemüht, Astrid dieses Mal nicht aufzuwecken. Soll sie schnarchen und sich morgen wundern, wo Irina geblieben sein könnte, Hauptsache, sie wacht nicht auf und versucht, sie zum Bleiben zu überreden.

Festzuhalten.

Irina wirft einige lose Kleidungsstücke in den Koffer, viel braucht sie nicht, die Kulturtasche, ja, den Rest kann Astrid nachschicken oder mitbringen, wahrscheinlich reist das gesamte Team ohnehin bald ab. Und frohen Mutes zieht sie den Reißverschluss zu, aber das minimale Klacken lässt die friedlich Schlafende zu guter Letzt doch noch hochschnellen.

Aus der Traum.

»Was ist?«, fragt Astrid erschrocken, als vermute sie das Schlimmste, alle Menschen, die mitten in der Nacht aus dem Schlaf gerissen werden, denken immer nur ans Schlimmste, was aber könnte das sein, dieses Schlimmste? Voller Furcht schrecken sie empor, als müsse etwas geschehen sein, das besondere Vorsicht gebietet und somit den Umstand rechtfertigt, unrechtmäßig geweckt zu werden.

Bislang wähnte Irina Astrid frei von Erfahrungen, die sie hätten vorsichtig werden lassen, weshalb dann diese Angst, woher kommt es, das furchtsame Erwachen? Gibt es eine Grundfurcht als Erbe aus alter Zeit, in der die Menschen noch in Höhlen hausten und sich vor dem Herannahen wilder Tiere fürchten mussten? Oder gibt es womöglich eine Grundfurcht aus Kriegszeiten, warum nur fällt ihr jetzt wieder der Krieg ein, während Astrids kurzer Schreck längst von allgemeiner Müdigkeit abgelöst wurde?

Vererbte Furcht.

Vermutlich, denkt Irina, sitzt die Erfahrung nackter Angst so tief, dass du sie nicht erst zu erleben brauchst, um sie zu kennen. Sie wird in den Genen gespeichert, da reichen die Erfahrungen unserer Ahnen, der Großeltern, Eltern. Körperlich überliefern sie dir, was sie erleben und erlebten, ob du es willst oder nicht, wie ein Haus oder eine Kirche, die von Gespenstern besiedelt werden, ohne gefragt zu werden. Und ob du nun an Gespenster glaubst oder nicht, alles nistet sich ein als ein Erbe der Art, wie es auch dieser Ort weiterreicht, untrennbar mit den Geräuschen des Krieges verknüpft, mit Gedanken an Luftangriffe, die weiterhin durch ebendiese Luft schwirren, der Furcht vor

Deportation oder was es sonst noch alles gegeben haben mag und noch immer gibt.

Weg hier, schnell weg.

»Wo warst du?«, fragt Astrid gesammelt und mit den Füßen auf dem Boden des Jetzt, das mit Traum und Vergangenheit nichts gemein zu haben behauptet. – »Ich muss nach Hause, zu Zoe«, sagt Irina statt einer Antwort, aber während ihr selbst nun alles einfach und logisch erscheint, wundert Astrid sich über diesen Entschluss: »So kenne ich dich gar nicht, bist doch sonst keine ängstliche Mutter.« – »Keine Glucke, jaja, ich weiß schon, wie praktisch, dass sich alle einig sind in diesem Punkt.«

Und Irina will sich gleichgültig geben, mit den Achseln zucken oder etwas anderes tun, was der Mensch eben so tut, wenn er unberührt wirken möchte, aber dann lässt sie sich neben Astrid auf die schmale Matratze sinken, und die lautlosen Tränen vom Feld kehren zu ihr zurück, sentimentaler Betrunkenheit geschuldet oder der Angst vor etwas, das ihr Bewusstsein übersteigt und gleichzeitig tief in ihr drin hockt.

Astrid nimmt sie spontan in den Arm und flüstert leise, ob sie helfen könne, und um was es denn wirklich gehe, aber genau da sitzt ja das Problem, in diesem *wirklich*.

»Ich weiß nicht«, sagt Irina, »worum es geht, aber entschuldigen will ich mich, ich war grob zu dir, obwohl du nichts dafür kannst, verzeih.« Was das meinen könnte, dieses *dafür*, wofür, bleibt unausgesprochen im Raum und findet die Erklärung allein in Irinas Anblick, ihrer Verwahrlosung.

Der unbegründeten Ängstlichkeit.

»Ich werde mir etwas einfallen lassen, um deine Abreise zu rechtfertigen«, sagt Astrid leise, »aber warte bitte wenigstens bis morgen und schlaf ein bisschen, versprochen?« Und Irina verspricht es, ja, das klingt vernünftig, so hatte sie es ursprünglich ohnehin geplant, das heißt, bevor das Schattenkind aus der Wand sprang und der Sehnsucht Ausdruck verlieh, vorhin in der Kirche. Sie trocknet ihre Tränen und klettert nach oben auf das Bett, die Zimmerdecke drückt nah über ihrem Kopf, zu nah, als drohe sie herunterzufallen, in diesem Falle hätte aller Spuk endlich ein Ende.

Während sie die Decke über ihren Kopf zieht, weint Irina weiter in sich hinein und spürt mehr, als dass sie sieht, wie auch Astrid die Leiter emporsteigt, um sich neben sie zu legen, still, nur still. Schweigend schiebt sie ihre warme Hand in Irinas Hand, und da die Stille sie nun tröstend mit Geborgenheit umhüllt, schließt Irina tatsächlich die Augen und versucht, die Nähe aufzunehmen, die Astrid ihr anbietet, die Hilfe, den Schutz.

Der Geschmack des Tees liegt noch auf ihrer Zunge, aber seine Heilkraft muss im Alkohol verpufft sein oder in der falschen Zurückhaltung, mit der Irina der Hilgertová gegenüber zu verbergen versuchte, was neben der Schlaflosigkeit ihr unstetes Gemüt bewegt. Astrids Atem wird tief und regelmäßig und gleitet in das bereits bekannte Schnarchen über, das heute wie Musik klingt, wie Streichmusik aus dem Autoradio, ja.

Der Klang menschlicher Nähe.

Irina setzt sich behutsam wieder auf, befreit ihr Gewissen von der Last vorschnell gegebener Versprechen und tastet mit dem Fuß über den schlafenden Körper auf die oberste Sprosse der Leiter, klettert eine weitere hinab, die nächste und übernächste, bis sie den Sprung wagt, der sie auf dem Boden landen lässt. Dann schnappt sie den Koffer, presst ihn an sich, damit er nicht geräuschvoll über das Linoleum schleift, und schleicht hinaus, dorthin, wo das Auto seit ihrer Ankunft bewegungslos verharren musste.

Abgestellt und vergessen.

Der Lack ist überzogen mit einer sichtbaren Schicht herabgefallener Zeit, und auch alle anderen Dinge erwecken den untrüglichen Eindruck, als hätten sie unter den vergangenen Erlebnissen gelitten. An Irinas staubigen Schuhen stößt der zerknitterte Beinaufschlag, ihre Haare hängen in Strähnen hinab, an ihrem Bauch klebt noch Tomáš' Geruch, aber wenn sie erst zu Hause ist, dann kann sie sich endlich wiederherstellen, sanieren, restaurieren, und sie sieht ihre Münchner Wohnung vor sich, im Flur den beruhigend schlichten Spiegel, der nicht zerrt und nicht zieht und mit seinem Lampenkranz Licht spendet für die letzte Retusche, den endgültigen Schliff.

Zu Hause.

9

Die nächtlichen Straßen ergeben sich bereitwillig der Geschwindigkeit von Irinas Fahrstil, sie kennen keine Widerworte und quatschen ihr nicht in ihre Pläne hinein. Links und rechts wachsen hohe Platanen, die schützend ihre Äste über sie breiten und den Weg markieren, den Irina eingeschlagen hat, aber vor lauter Bäumen ist Wald kaum zu erkennen, was meint das?, und sie kneift die Augen zusammen, um inmitten ebendieser Wälder nicht die Orientierung zu verlieren, zu ähnlich sind sich Baum und Baum. Dieses Land bringt sie an ihre Grenzen, es will sie fertigmachen, sie hätten Brotkrumen ausstreuen sollen auf der Fahrt hierher.

Verirrt in Märchenmetaphern.

Irina drosselt das Tempo, um das Handy aus ihrer Blazertasche zu angeln, und erkennt auf dem schummrigen Display mehrere Anrufe in Abwesenheit, sie zeigen die Nummer von Henrik, aber noch immer nicht die eine Nummer, nach der sie sucht. Einhändig scrollt sie nach unten, zum Z, ans Ende der Liste aller Kontakte, wie verrückt muss sie inzwischen geworden sein, dass sie es bisher nicht noch einmal mit einem Anruf versucht hat, sondern stattdessen mitten in der Nacht ins Auto springt, als könne sie sich der Unversehrtheit der Tochter nur versichern, indem sie halsbrecherisch die weite Reise antritt. Wieder geht niemand ans Telefon, also beschreibt ihre Hauruck-Aktion vermutlich tatsächlich den einzigen Weg nach Hause. Ohne zu wissen, warum, scheint Irina aus Zoes Leben herausgefiltert worden zu sein.

Abgestoßen.

Und dann, gerade will sie wieder auflegen, hebt jemand ab, es ist Zoe, tatsächlich Zoe, Zoe, Zoe, die Stimme würde Irina unter Tausenden erkennen, unter Millionen, diese Stimme kroch aus ihr heraus vor nunmehr zwölf Jahren.

»Warum hast du nicht zurückgerufen?«, fragt Irina und spürt ihre Erleichterung, endlich, ein Lebenszeichen, und klingt dennoch gereizt, sie hört es selbst und kann nicht anders, aber sogleich echot der gereizte Tonfall zu ihr zurück: »Und warum weckst du mich um Himmels willen mitten in der Nacht, du meldest dich doch sonst nicht?«

Und da muss Irina ihr insgeheim zustimmen, aber ist das Grund genug, gleich patzig zu werden?, und nur um des Friedens willen, immer um des lieben Friedens, bleibt sie ruhig und freundlich, als sie verkündet, dass sie bereits auf dem Weg nach Hause sei, »bin schon unterwegs, freust du dich?«, und denkt sogleich, was für eine dumme Frage, was soll Zoe darauf antworten, eine Zwölfjährige, die in der letzten Zeit vermutlich mit ihren Freunden und Freundinnen um die Blöcke gezogen ist oder mit dem Vater am Computer zockte oder weiß der Himmel!, Irina war schließlich keine Zeit-Zeugin, wie es so schön heißt, und kann sich dementsprechend wenig Vorstellung von Zoes Realität in den vergangenen drei Tagen machen, sie kennt ja nicht einmal mehr ihre eigene Realität, die sich ebenso hübsch verborgen hält.

Aber bald wird sie wieder teilhaben an Zoes Alltag, wenn sie nur wieder zu Hause sein wird und die Tochter in den Armen halten und wiegen und nie mehr loslassen, was für Bilder plötzlich, was für ein Denken, und während Irina noch fantasiert und bereits die zarten Arme ihres Kindes um sich spürt, da tröpfeln Zoes Worte in ihr Ohr, wo sie sich nach und nach sammeln und ausbreiten, bis sie schließlich auch Irinas Bewusstsein erreichen: »Von mir aus brauchst du nicht kommen, ich will nicht mit dir reden, und jetzt lass mich schlafen.«

Und bevor sich Irina diesen Ton verbitten kann, beendet die Tochter das Gespräch, das ist ihr gutes Recht, aus tiefem Schlaf wurde sie gerissen, dementsprechend geschreckt wird sie sich haben, es gibt keinen Grund, sich Sorgen zu machen, das Problem liegt woanders.

Welches Problem?

Irina fühlt das Handy leblos in der Hand und verkneift sich mit Mühe, es aus dem Autofenster zu werfen, stattdessen feuert sie es quer über den Beifahrersitz, soll es getrost seinen Geist aufgeben, dann ist sie, Irina, eben auch für niemanden mehr erreichbar, für wen sollte sie? Zoe jedenfalls scheint keinen Wert darauf zu legen, mit ihr in Verbindung zu bleiben, sondern bestens allein zurechtzukommen, und überhaupt, das hört sich doch toll an, abgeschnitten in der böhmischen Wildnis zu sein, im Unbekannten verschwunden.

Auf ewig adieu.

Und Irina macht eine Kehrtwende, das beherrscht sie auch ohne Schlaf und mit Schnaps im Blut. Ich wollte immer nur Freiheit, denkt sie, und die habe ich mir erkämpft, und so ist es gut, es steht mir frei, jederzeit zu entscheiden, ob ich mich auf die Malediven oder nach Tschechien absetze oder in ein Zeitenkuddelmuddel, basta. Darin besteht sie doch, die absolute Freiheit, freier geht es nimmer, und die große Freiheit gibt es eben nur allein, und das ist die Wahrheit.

Irina fährt so schnell, dass sie nach einer Viertelstunde bereits die Kirchturmspitze erahnen kann, das Kaff hat sie wieder, und alle werden mit ihr zufrieden sein, Astrid und die Hilgertová, auch das Denkmalamt und Špale von der Diözese, mit etwas Glück sogar Tomáš, trotz des missglückten Abgangs im Korn. Alle warten bereits auf sie, und ohnehin ziemt es sich nicht, eine Arbeit im Stich zu lassen und abzuhauen.

Kein Grund zur Flucht.

Sollen die zu Hause machen, was sie wollen, Irina wird bleiben und beenden, was sie angefangen hat. Sie wird eine gute Arbeit abliefern und die eine oder andere Nacht mit Tomáš verbringen, wenn er noch will, wie also hören sie sich an, die Aussichten für die nächsten Wochen, gut hören sie sich an. Und schon ist das Gehöft der alten Frau zu entdecken, daneben die Ruine. Von alten Steinen, von Hirngespinsten, ausgelöst von einem überbordenden Angebot an Fantasie im Land der Geschichten, lässt sie sich nicht länger zum Teufel jagen, der wartet ja nur darauf, sie in den Suppentopf seiner Großmutter zu stecken.

Oder in den Wurstkessel, haha.

Vor dem verfallenen Hof tritt Irina auf die Bremse, hallo, hier bin ich wieder, mir könnt ihr nichts, ihr Märchengespinste, und tatsächlich sieht alles normal aus, und gerade will sie weiterfahren, die Straße hinunter und weiter bis zur Kirche, da klingelt das totgesagte Handy. Zoe, durchzuckt es Irina, und sie greift reflexartig nach dem verstoßenen Gerät auf dem Beifahrersitz, allein, am anderen Ende der Leitung meldet sich Henrik.

»Warum rufst du nicht zurück?«, fragt er. »Ich habe es sogar schon bei Astrid versucht«, und obwohl sie ihn mit den

Worten zurechtweist, sie sehe keinen Anlass, sich immerzu erklären zu müssen, quatscht er weiter, bla bla bla: »Wir sind einander so nah gewesen vor deiner Abreise, ist dir das schon zu viel?«

Jetzt geht das Gefasel von Nähe wieder los, Herrgottnochmal!, vielleicht weicht sie manchmal der Nähe aus, na und?, das ist noch lange kein Grund, sie pathologisieren zu wollen.

»Ich arbeite«, sagt sie. Was das heißen solle, Arbeit, für sie sei alles nur eine Sache der Macht und des Besitzes, nicht aber der Liebe oder Hingabe: »Denkst du, ich weiß nicht, dass dir die Arbeit am Arsch vorbeigeht, weil es dir ohnehin immer nur um dich selbst geht, du bist der Mittelpunkt, um den sich alles dreht, und wenn du ihn verlierst, bricht deine Statik zusammen.«

Er versucht, sie an einem möglichen wunden Punkt zu treffen, auf einem Gebiet, dem ihr zerbrechlicher Stolz gilt, aber Irina muss sich nicht wehren, sie ist in Sicherheit, erstarrt in der Kälte, die sie umhüllt. Hundertwasser bezeichnete sich als Maler mit fünf Häuten, ja, fünf Häute habe der Mensch, nur Irina hat nicht alle beisammen.

Die Haut zum Schutz.

»Es ist aus«, sagt sie, legt auf und lässt das Handy klingeln, einmal, zweimal und wieder und wieder, aber statt erneut zu versuchen, es kaputt zu trümmern und die Verbindung dadurch endgültig, wenngleich gewaltsam, zu kappen, steigt sie aus und lässt sich gegen die verdreckte Karosserie des Autos sinken, dann zündet sie sich eine Zigarette an, deren Rauch sie abfällig in Richtung Gehöft bläst. In der Dunkelheit strahlt der ehemalige Hof einen heimatlichen Frieden aus. Ich nebele dich ein, Freundin, was hältst du davon?, denkt Irina und muss schmunzeln, aber das Schmunzeln rutscht in die Falten um ihre Mundwinkel zurück, als sich von hinten jemand heranschleicht.

Nicht schon wieder.

Es ist die Hilgertová, nur die alte Hilgertová, die Irina aus dem Fenster hindurch in der Dunkelheit entdeckt haben muss: »Die Glut Ihrer Zigarette hat Sie verraten.« – »Jetzt bin ich wirklich erschrocken«, sagt Irina, und auf ihre Frage, was eine alte Frau mitten in der Nacht am Fenster zu suchen habe, erklärt die Hilgertová, dass sie nach dem Tod der kleinen Helenka nicht mehr gut habe schlafen können: »Und als ich es später wieder konnte, behielt ich die Gewohnheit bei, gelegentlich auch nachts zu arbeiten, nehmen Sie zum Beispiel die Blüten der Passionsblume, sie wirken besser, wenn ich sie bei Mondlicht zerstampfe, sie kräftigt übrigens die Nerven, die Passionsblume.«

Abrupt hält die Hilgertová inne, offenbar bemerkt sie, wie Irina mit ihrer Contenance kämpfen muss, um den bevorstehenden neuerlichen Ausbruch abzuwenden, ihre Tränen scheinen einen Anspruch auf Selbstständigkeit erwirkt zu haben, seit sie ihnen im Feld die Erlaubnis erteilte, fließen zu dürfen, nur mühsam kann Irina sich verkneifen, loszuheulen, es gelingt ihr dennoch.

Reiß dich zusammen.

»Reden hilft manchmal mehr als Teetrinken«, sagt die Hilgertová und baut damit eine Brücke, das Schweigen zu brechen, aber was soll Irina berichten? Dass ihre Tochter sie nicht mehr liebe? Dass sie abgewiesen worden sei, nun, wo sie sich auf den Weg gemacht habe?

»Ich wollte nach Hause fahren«, sagt sie, »aber nun habe ich es mir doch anders überlegt.« Von einem Mann könne man sich trennen, nicht aber von einem Kind, zur Liebe verdonnert, das halte doch niemand aus.

Aber derartige Postulate kann die Hilgertová natürlich nicht einfach stehen lassen, sie hakt nach, fragt ein einfaches *Wieso*, aber das ist ja so eine Frage, die Irina nicht beantworten kann, wenn sie das könnte, würde sie nicht hier stehen, nachts, an ein Auto gelehnt, und einer alten Kräuterhexe Beichten ablegen, die diese nichts angehen und ohnehin niemanden etwas angehen, bisher gingen sie nicht einmal Irina selbst etwas an.

Kurze drei Monate hielt sie es aus, in dieser kleinen Wohnung, damals in New York, wo sie ihre Fortbildung absolvierte, dann überließ sie Jona das Kind und floh für eine Weile nach Deutschland zurück. Auch damals klopfte die Frage bei ihr an: *Wieso*, aber Irina wies sie erfolgreich zurück und versagte ihr den Eintritt.

Wieso?

Nie ist sie diesem *Wieso* auf den Grund gegangen, nun aber drängt es sich in die Nacht, die Frage kann Irina nur wiederholen: Ja, wieso, Himmel, sag mir das, warum hat mich das enge Beisammensein mit Zoe von Anfang an erstickt? Der Himmel schweigt, wie auch die Hilgertová schweigt. Die ganze Welt hüllt sich in ein Schweigen, obwohl Irina nur dieses eine seltene Mal nur diese eine einzige Frage beantwortet haben möchte: Wieso?

»Wollen Sie reinkommen?«, fragt die Alte, aber Irina schüttelt den Kopf, ein Kraut für die Beantwortung von Fragen gibt es nicht, die Nacht hält an, und das ist gut, so kann sie tun, was sie will, ohne den Blicken anderer ausgesetzt zu werden. Kurz drückt sie die Hand der alten Frau: »Danke für Ihr Angebot, aber leider, ich muss noch arbeiten«, wie sonderbar das klingt, mitten in der Nacht von Arbeitsverpflichtungen zu reden, aber die Hilgertová schweigt und lässt sie ziehen.

Und wieder ertappt.

Irina trägt ihre Ratlosigkeit durch die Nacht und weiter in die Dunkelheit der Kirche hinein, wo sie eine Weile verharrt. Der Zustand bleibt, und zusätzlich scheint sich die Kirche auch noch darüber zu freuen. Sie ist an allem schuld, ihr unaufhaltsames Getuschel krümmt die Zeit, die blöde Kirche ist es, die Irina in einen Strudel aus Unbekanntem riss, in unerwünschte Abgründe hinein, oder sie flüsterte Irina das Durcheinander in ihrem Kopf ein, dieses Miststück mit ihrem aufdringlichen Getue, mit allem, was dort unter dem Gewölbe herumwabert, den unerwarteten Geheimnissen, dem Atem, dem Nachhall von gewesenem Leben. Jetzt ist sie still.

Still wie das Schweigen.

Irina betrachtet die Fehlstellen der teilweise freigelegten gotischen Malerei, sie könnte weitermachen, ja, das ist eine gute Idee, es gibt genug zu tun. Langsam streift sie sich den Overall über, schaltet alle verfügbaren Lampen ein, klettert das Gerüst hoch und beginnt, Proben zu entnehmen, das geht leicht von der Hand. Sie spürt nicht länger die Schwere in ihren Beinen und nicht den Pudding in ihrem Kopf, sondern bündelt all ihre Kraft zu dem einzigen Zweck, ihre Sache gut zu machen.

Es wird gut, alles wird gut.

Irina strengt sich an, kommt voran, leistet, *schafft*, wie es in ihrer Familie hieß, Leistung, Leistung, Leistung, sinnvoll verbrachte Zeit. Und jede Minute Schaffen trägt sie weiter in einen Zustand der Zeitlosigkeit, der rückwirkend seine Berechtigung finden wird, trägt sie davon, in einen Kokon aus Konzentration hinein, der sie unerreichbar werden lässt, weil alles andere außerhalb ihrer selbst bleibt. Im Inneren der Arbeit wird das Empfinden gelöscht, hier ist Irina sicher und geschützt, im Fokus gibt es nichts als den einen Punkt auf der einen Fläche.

Das Zentrum des Vergessens.

Die Restaurierung ist die erhabenste Angelegenheit der Welt, nie gab es Wichtigeres, und sie, Irina, wird zu einem Teil davon, das stiftet Sinn, führt irgendwo hin, zu einem Ziel, es nimmt die Vorwärtsbewegung innerhalb der Zeit wieder auf und heilt alle Wunden. Wie kam sie darauf, die Fehlstellen im Stein so zu nennen: *Wunden*? Und verwendete Tomáš nicht den Begriff der *Heilung*? Als wäre er in seiner Funktion als Restaurator eine Art Heiler, mehr noch, als es die Hilgertová je sein könnte, ja, jetzt kann Irina ihre Arbeit auf ebendiese Weise sehen, und das befriedigt sie in einem Maße, dass es keine offene Frage mehr geben kann, keine Zweifel, keine Angst.

Und erst als die Augen zuklappen vor Müdigkeit, die, wie sie selbst, niemals ruht, verordnet Irina sich eine Pause, eine schnelle Zigarette, dagegen ist nichts einzuwenden, der Fokus wird weiterhin auf die Wand gerichtet bleiben, sie klebt ihn dort fest, bis sie von draußen zurückkehren wird, mit doppelter Haftung, damit er erhalten bleibt.

Nicht versehentlich verloren geht.

Erst auf den Stufen zum Portal bemerkt Irina, wie hell es inzwischen geworden ist, willkommen im Tag. Im Gegensatz zu den Lichtquellen im Inneren der Kirche blendet die Sonne grell und schmerzend, und Irina fühlt sich leer. Ohne die Arbeit wird wieder dieses Fehlen spürbar, die Fehlstelle, die Wunde. Sie nimmt den ersten Zug und stopft die Lücke mit Rauch zu.

»Wie siehst du denn aus?«, fragt Astrid und brandet, frisch geduscht riechend, in Irinas Nikotindunst. »Du hast doch wohl nicht gearbeitet?« – »Ich musste dir versprechen, zu bleiben, nicht stillzuhalten, Mama.« Irina bläst den Rauch in Astrids Augen und erzielt damit den vorläufigen Erfolg, dass Astrid ihre vor blühendem Leben strotzenden Augen zusammenkneifen muss: »Dachte, du wärst ohnehin überarbeitet, schon mal was davon gehört, dass Arbeit auch eine Form der Flucht sein kann?«

»Flucht wovor?«, fragt Irina. – »Gespenstern vielleicht«, sagt Astrid. – »Mir geht es wieder gut, das waren Grillen, nichts weiter.« – »Soso, Grillen, kein Kommentar, aber ein bisschen durchgedreht kommst du mir vor.« Astrid nimmt eine Zigarette aus Irinas Etui und steckt sich ebenfalls eine an, obwohl sie das Rauchen Roman zuliebe aufgegeben hat. Sie inhaliert drei Züge, um sich schrittweise näher an Irina heranzuarbeiten. »Das Denkmalamt schlägt vor, dass der noch ungeklärte Befall an den gotischen Malereien analysiert wird, hier hast du deinen Grund für eine vorzeitige Rückkehr nach München.«

Die versprochene Lösung.

Ja, Astrid hat sich tatsächlich etwas einfallen lassen, auf Astrid ist Verlass, wie soll sie auch ahnen, dass Irinas Pläne sich geändert haben und sie sich mittlerweile nichts sehnlicher wünscht, als weiterarbeiten zu dürfen, weiter, immer weiter, arbeiten, die Spur halten.

»Ich werde hier bleiben und das Angefangene fertigstellen«, sagt Irina. – »Wir befinden uns aber in einer

Arbeitspause, vergessen, Darling?« Es gehe nach Hause, meint Astrid, Irina solle sich freuen, aber da freut Irina sich keineswegs, denn was soll das sein: *zu Hause?*, es gibt kein Zuhause mehr für sie, ein für alle Mal ausgehaust hat es sich.

»In einer halben Stunde hast du beim Bürgermeister einen Termin mit der Bauleitung«, sagt Astrid, nimmt Irinas Kopf in beide Hände und streicht ihr das Haar aus dem Gesicht, das nun nackt vor ihr liegt, gezeichnet von den Spuren der durchgearbeiteten Nacht, den Spuren der Enttäuschung, der Zweifel und des jahrhundertealten Staubes, der Schmutz der Kirche verursacht Risse in den Wangen.

Eine sichtbare Zeit der anderen Art.

»Bist immer noch schön«, sagt Astrid, »komm zu mir, wenn du etwas brauchst«, und Irina denkt, womöglich meint sie das sogar ernst, die süße Astrid, und muss lachen über so viel Liebe, lachen über so viel Besorgnis: »Du musst dich nicht länger sorgen, meine Kleine, ich restauriere erst mich und dann die Kirche, wirst sehen.«

Und Irina läuft zum Auto, holt den Koffer heraus, läuft weiter zum Pfarrhaus und durch die Küche ins Bad. Vor dem Spiegel setzt sie den Pinsel an, befreit sich von der Einmauerung und malt sich stattdessen Überzeugungskraft um die Augen und Argumente auf die Lippen, wappnet sich auf diese Art gegen etwaige Hindernisse bei der Verfolgung ihrer neuen Absichten, präpariert sich auf wohl wirksame Weise für das kommende Gespräch, das Astrid arrangiert hat. Špale wird auf Irinas Seite sein und sie bleiben lassen, und sei es auch nur deshalb, weil er sich Chancen erhofft bei ihr, und Toupalík, den Typen vom

Denkmalschutz, nimmt sie auch noch für sich ein. *A je dokonáno*, es ist vollbracht.

Das Gesicht geheilt.

Das Rathaus steht Irina offen wie die Zukunft, und kaum betritt sie den Sitzungssaal, da knallt sie ihre Überlegungen schmeichelnd, aber bestimmt auf den Tisch. Die kleine, ängstliche, von Visionen geplagte Irina ist im Schutz der Kirche zurückgeblieben, sie befindet sich unter der Spachtelmasse von Kitt und Make-up.

Verborgen.

»Meine Assistentin könnte die Proben nach München bringen«, sagt sie, »und ich arbeite mit einem kleinen Team an den Flächen, die wir bereits der Analyse unterzogen haben. Wenn ich jetzt wie geplant mit der Injektion beginne, sparen wir Zeit.« Und Špale nickt ihr zustimmend zu, als sie anführt, dass Kieselsäureester mindestens vier Wochen zum Aushärten brauche. Nur Toupalík, dieser Toupalík mit seinem schützenden Backenbart, beharrt auf dem Beschluss der Bauleitung, noch einen tschechischen Sachverständigen hinzuzuziehen, bevor die Arbeit wieder aufgenommen werde.

»Um die Sachlage zu beraten«, sagt er herablassend, aber so schnell gibt Irina nicht auf: »In unserem Beruf geht es zuallererst ums Konservieren, die Putzstruktur zu festigen ist so oder so notwendig, unabhängig von den mikrobiologischen Untersuchungen.« – »Wir verstehen, wie sehr Ihnen an dem Projekt gelegen ist, aber bitte lassen Sie uns die Auswertung der Befunde abwarten.«

Toupalík klingt bestimmt, er klingt nach Punkt, nur dass Irina einen Punkt wie diesen gerade nicht gebrauchen kann, einen Punkt wie diesen darf sie nicht stehen lassen, und obwohl es womöglich nach Betteln klingt und ihr Ansehen darunter leiden könnte, beginnt Irina darum zu kämpfen, hier sein zu dürfen.

Ohne München zu sein.

Sie könne allein bleiben und KSE injizieren, da sie bei der Westwand ohnehin das Restaurierungskonzept beibehalten würden, schlägt sie vor, aber bevor sie weiter ausholen kann und ihre Arbeiten am Fresko beschreiben, drängt sich Toupalík abermals dazwischen. Die habe sie doch nicht alle, vermeint Irina zu verstehen, etwas in dieser Art, Špale übersetzt nicht, womöglich, um ihr eine Grobheit zu ersparen, stattdessen erklärt er sanft und beschwichtigend, wie das Ganze nun gedacht sei vonseiten der Bauleitung, an der Herr Toupalík ja maßgeblich beteiligt sei: »Eventuell müssen wir neue Gelder beantragen, die zusätzlichen Kosten sind zu unklar.« Um das Projekt neu zu beurteilen, müsse die noch anzufertigende Befundunterrsuchung Aufschluss über Art und Zustand der entdeckten Malerei geben, erst dann könne abschließend entschieden werden, welche Malereien Vorrang hätten.

»Ich kann die Untersuchung selbst vornehmen«, stößt Irina hervor, aber da spricht Toupalík bereits das Schlusswort: »Bis zum nächsten Befund werden die laufenden Arbeiten unterbrochen.« Er klappt den Aktenordner zu, zu laut klappt er ihn zu, ein absichtsvoller Todesschuss, und Irina bleibt nichts anderes übrig, als die Niederlage anzunehmen und ihr Schlachtfeld gedemütigt zu verlassen. Ein neuer Plan muss her.

Allein, der Pläne sind nicht viele.

Irina mochte das Rathaus von Anfang an nicht, diesen Stilmischmasch aus Alt und Neu, das geht doch nicht, da wird passend gemacht, was nicht zusammengehört, aber jede Zeit sollte für sich bleiben, oder nicht? Und sie zieht die Glastür zu, die dort nicht hingehört, und in dem Augenblick denkt die Tür offenbar das Gleiche und fordert ihre eigene Geschichte zurück, aus Glas wird Holz, Irina kennt sie bereits, diese Art der Verwandlung.
Der Verschiebung.
Dem Fokus aufs Arbeiten entzogen, kommt, was kommen muss, sie ahnte es und war dennoch zu langsam. Das laute Klappen des Aktendeckels wirkt im Nachhinein angenehm leise und liebevoll, verglichen mit den Schreien und Schüssen, die plötzlich hinter Irinas Rücken ertönen, nun ist sowieso alles egal, also, bitte, dreh dich um und blick der Wahrheit ins Gesicht.
Aber auf das, was Irina jetzt sieht, ist sie schlecht vorbereitet, dagegen stellt der Anblick nicht vorhandener Liebespaare die wahre Wonne dar, weil sie neben allem anderen zumindest die Liebe verkörpern in Körpern, die unversehrt bleiben, ja, gesunden, solange sie dieser Liebe Ausdruck verleihen. Nur, hier ist von Liebe weit und breit nichts zu entdecken, im Gegenteil dominiert die Abwesenheit von Liebe, denn es herrscht Krieg, wieso Krieg, ein seltsamer Krieg, in dem mitten auf dem Platz Tschechen erschossen und geprügelt werden, ohne Grund, aber was für Gründe könnte es auch geben, so etwas zu tun, wie ist das möglich, warum diese Gewalt?
Sie töten Menschen!
Mit allem hat Irina gerechnet, nur nicht damit, dass diese reine Form der Gewalt tatsächlich existiert, sie kannte

kriegerische Gewalt nur theoretisch, aber jetzt ist sie mittendrin, und es trifft sie mitten ins Herz, dafür fehlen die Worte, denn Worte kommen aus einer anderen Welt, einer Welt, in der Gewalt in medial aufbereiteter Form konsumiert wird, auf das Reale hinter dem Behaupteten ist niemand gefasst.

Irina muss sich übergeben und flüstert nur mehr: »Was ist los?« Sie stammelt die Worte, ohne eine Antwort zu erwarten, von wem auch, die Opfer würden Tschechisch reden, wenn sie nur mehr reden könnten, und die Täter sprechen eine Sprache, von der Irina nicht länger Teil sein möchte, nicht einmal mehr durch bloßes Verstehen. Alles geht so schnell, so explizit und brutal, dass schließlich sogar ihr Entsetzen auf der Strecke bleibt, es verkriecht sich in zwei dunkle Hände, in von Arbeit gezeichnete Flächen, wird zu Schwarz, der einzig erträglichen Farbe angesichts des Schreckens, und in diesem Schwarz zwitschern einige Vögel, ansonsten ist es wohltuend still.

Beinahe friedlich.

Von den Vögeln ermutigt, wagt es Irina, die Hände wieder zu senken, und jetzt präsentiert ihr der Platz ein Idyll, die Sonne scheint, und einige junge Tschechen schlendern quicklebendig rauchend über den Platz. Sie lachen miteinander, wie Jugendliche eben lachen, wenn sie jemanden so planlos und verloren in der Gegend stehen sehen, wie Irina es gerade tut. Das gefestigte Gesicht ist ihr entglitten, das spürt sie und machtlos ist sie auch dagegen, die Hände flirren umher, da hilft kein Vogelgezwitscher und kein Sonnenschein. Das soeben Bezeugte wirkt nach, ist in ihr, wird Teil ihrer selbst, unerwartet und unrechtmäßig, denn was hat sie mit dem Krieg zu schaffen?

Weg mit dem Krieg.

Zitternd fingert Irina nach einer Zigarette und raucht, ein kläglicher Versuch, um ruhig zu werden, der lediglich dazu führt, dass ihr schwindelig wird, und sie muss die Augen auf die Pflastersteine richten, muss sich irgendwo verankern, um nicht zu fallen. Die Pflastersteine blicken zurück, sie haben viel gesehen, zu viel, auf einem dieser steinernen Augenzeugen klebt altes Blut, warum auch nicht, möglich ist alles.

Irina kniet nieder und berührt den Stein, streicht über die Oberfläche, die verletzt wirkt, eingeschossen. Sie drückt ihre Fingerspitze in die Einkerbung, bohrt in der Wunde, ungläubig, und schrickt zusammen, als plötzlich eine Stimme an ihrem Ohr fragt, ob sie etwas verloren habe?

Ja, die Unschuld, denkt Irina, aber wer fragt da, ein beredter Pflasterstein vermutlich, aber nein, es ist ein Mensch, bloß ein Mensch, Špale, der sich neben sie kniet und ihre Hand beobachtet, die sich auf das Pflaster stützt, um den Körper der Frau zu halten, der sie noch immer angehört, wie abgetrennt sie sich auch fühlen mag.

»Sieht aus wie ein Loch, das von einem Schuss verursacht wurde«, flüstert Irina, und es ist ihr gleichgültig, ob sie sich mit der Bemerkung lächerlich macht, ob sie spinnert klingt oder nur meschugge. Špale lacht: »Mit etwas Fantasie vielleicht.« Aber Irina weiß es besser, weiß, was sich hier abgespielt hat, weiß es nicht, und fragt sich, an wie vielen Orten Dinge geschehen sind, von denen sie sich keine Vorstellung macht, und die dennoch existent bleiben, in hinterlassenen Spuren, die zu lesen sich kaum jemand die Mühe macht. Für die Straßen und die Wälder, die einfachen Familienhäuser und Rathaustüren werden keine Restauratoren angeheuert, um nachzuvollziehen, was dort einmal gedacht, gewirkt, gelebt haben könnte.

Oder getötet.

Der Boden trinkt Blut und wird anschließend zugepflastert, das Darunter aber verheilt nie, sondern quält sich mit von außen unsichtbaren Wunden. Und als habe er ihre Gedanken gehört, berichtet Špale unaufgefordert von dem furchtbaren Gemetzel, das sich hier 1942 abgespielt habe: »Nach einem Attentat auf SS-Gruppenführer und Reichsprotektor Heydrich vergingen sich SS-Männer als Reaktion wahllos an uns Tschechen, auch auf diesem Platz.« – »Aber warum?«, fragt Irina. – »Die Antwort ist so einfach wie grundlos: um ein Exempel zu statuieren, ja, so war das, schwer zu glauben, oder?«

Aber, nein, leicht zu glauben ist das, Irina hat es selbst erlebt, nein, beobachtet, wie würde es erst sein, wenn …? Die Welt von außen zu betrachten, bedeutet, in sich geschützt zu bleiben, alles lässt sich von außen betrachten, das eigene Leben, das fremde Leben, die Liebe, die anderen Menschen, von außen, von außen und immer innerhalb des Schutzraumes, der da heißt *Distanz*.

Špale nimmt Irinas Hand, und sie nutzt die Berührung, um sie in einen Handschlag zu verwandeln, der *Auf Wiedersehen* bedeutet, denn auch Špale wird ihr nicht helfen, niemand kann das. Sie schlafwandelt die Straße hinauf, überlegt kurz, ob sie im Pfarrhaus nach Tomáš suchen soll, wagt es jedoch nicht, ihm unter die Augen zu treten, also läuft sie an der Kirche vorbei, immer weiter.

Aber wohin, wohin nur?

Als Irina die Alte Mühle erreicht, wird sie abermals von Schwindel ergriffen und lässt sich auf den Brunnenrand sinken. Kalt atmet sich die Luft, die aus der Tiefe des Abgrunds hinaufsteigt, aber in Wirklichkeit kriecht die Kälte aus ihr selbst, aus den Bildern, die sie nicht hätte schauen dürfen, woran kann sie sich halten, woran sich festhalten?

An wem?

Hinter ihr gähnt die Tiefe, also tauscht Irina den Brunnen gegen einen Holzstumpf, holt das Handy heraus, das ein beruhigendes Stück Jetzt-Zeit darstellt, eine reale Verbindung innerhalb des Räumlichen, auch ohne das Zeitliche überbrücken zu können, aber um sich mit einem anderen Menschen zu verbinden, braucht es ein Gegenüber.

Zögernd wählt Irina die Nummer von Jona, er ist Teil der Gegenwart, sein Körper stimmt überein in Ort und Zeit, und damit verspricht er, ein mögliches Gegenüber zu sein, aber als er abhebt, fällt Irina nichts ein, was sie sagen könnte, außer sich nach Zoe zu erkundigen, und noch während sie fragt, ob er wisse, warum Zoe nicht mit ihr sprechen wolle, ahnt sie bereits, dass ihre Tochter neben Jona sitzt, beide im Auto, wenn sie die Geräusche richtig zu orten versteht.

Über die tschechische Grenze hinweg hört Irina sein Zögern, mit dem er sie auf eine Antwort warten lassen will, die Spanne seines Schweigens umfasst die Zeit, die er benötigt, um von Zoe die Einwilligung zum Weiterreichen zu bekommen. Offenbar winkt sie ab und lässt sich verleugnen, Irina sieht Zoe genau vor sich, so gut kennt sie ihre Tochter dann doch.

»Das musst du schon selbst herausfinden«, sagt Jona, »aber vielleicht bist du dafür ein paar Jährchen zu spät.« Und Irina wird wütend auf seinen Seitenhieb, und diese Wut hilft kurzzeitig über die Traurigkeit hinweg und über die Verzweiflung, denn in der Wut ist sie sicher.

Und geschützt, ja.

Vermutlich wählte sie diese Nummer ohnehin nur deshalb, um ihrer Ohnmacht ein Ventil geben zu können, was wäre idealer, als sich über Jona aufzuregen, über ihn mit seinem völlig überschätzten Vaterbild, zum Kotzen ist das.

»Hauptsache, du hast dich immer toll gekümmert«, schreit sie in ihr Gerät, und als er sich erdreistet, von Frieden zu faseln: »Friedlich, Irina, kannst du nicht endlich Frieden schließen, bleib doch friedlich«, da entweicht ihr ein wütendes: »Fick dich«, bevor sie auf den roten Knopf tippt und sich unversehens in Tränen auflöst.

Was weiß er vom Frieden, was sie? In was für Geschehen sind sie verstrickt? Warum kann sie nicht aus ihrer Haut, scheiße noch mal, wer hat diese Haut um sie gelegt, welche Angstzellen dort eingepflanzt, auf dass sie gut gedeihen? Die Mühlräder stehen still, der Brunnen ist leer, die Bäume vertrocknen.

Zeit zum Reden.

Es gibt Menschen, die sie anhören würden, Menschen, denen sie sich anvertrauen kann, Astrid zum Beispiel, Tomáš oder auch die Hilgertová. Reden ist manchmal besser als Teetrinken, hört sie die Alte sagen, warum also spaziert Irina noch immer im Alleinmarsch durch das Dorf, warum lehnt sie die Hilfe ab, die ihr angeboten wird, verweigert etwaige Hilfe, woher dieser Zwang, es ohne andere schaffen zu müssen?

Sag mir das, Mama, woher?

Über dem Kräutergarten liegt ein sonniger Duft. Irina geht zur Vordertür, klopft und ruft die alte Frau mit Namen: »Frau Hilgertová, Frau Hilgertová, sind Sie da?«, aber die

Tür bleibt verschlossen, und je schweigsamer das Gehöft sich gegen sie stemmt, desto lauter schreit in Irina der Wunsch nach Gesellschaft, nach einem Gegenüber.

Und da sie die alte Frau auf dem Friedhof zu finden vermutet, läuft Irina nun abermals Richtung Kirche, den Kieselweg hinunter und zur Pforte hinein, tatsächlich kniet die Hilgertová über einem der Beete.

»Ich dachte mir, dass Sie hier sind«, sagt Irina. – »Sie haben mich gesucht?« Irina nickt und beobachtet die Hilgertová beim Unkrautzupfen, professionell sieht das aus, wie sie das Elend bei der Wurzel packt, die Erde bereinigt für das Neue, damit wachsen kann, was gesät wurde. Alten Kitt abtragen, denkt Irina, oder aufpolieren oder belassen und festigen.

Das Schlechte vom Guten trennen.

»Tut Sie Ihnen nicht weh, Ihre tote Tochter?«, fragt Irina. – »Die Toten tun nicht weh, nur der Schmerz um sie.« Das Licht der Sonne fällt schräg durch die hohen Eichen und zeichnet Muster in den Kieselweg, schattig ist es, beinahe dunkel, aber angenehm kühl. Das Grab ist ein Kindergrab.

Dachte Irina bisher, die alte Frau hätte nichts erlebt und wäre kaum je aus dem Dorf herausgekommen, so fragt sie sich jetzt, ob nicht vielmehr das Gegenteil zutrifft, Unsagbares musste sie erleben, zu viel, um es jemals in Worte fassen zu können. Der Platz des Ortes, in dem sie aufwuchs, wurde mit Blut getränkt, und vermutlich wurde auch die Hilgertová ungewollt Zeugin von Dingen, die sie nicht sehen wollte und dennoch sah, und plötzlich tut es Irina leid, die Alte so schroff behandelt und so wenig zu sehen versucht zu haben. Auch die Hilgertová trägt die eigene, unfreiwillig auferlegte Geschichte mit sich herum, aber zumindest gibt es für sie überhaupt eine Geschichte mit Anfang, Mitte und Schluss, die berichtet und erzählt werden kann, statt diffus in unzusammenhängenden Fragmenten in die Welt zu treten.

Während Irina nach wie vor unwissend herumirrt, von einem Versatzstück zum nächsten und von einer Vision zur anderen, ohne die Einzelteile zusammenbringen zu können, befindet sich die Hilgertová verlässlich innerhalb der linearen Zeitrechnung und hangelt sich an einer geraden Schnur entlang, Irina hingegen hängt in einem Knäuel aus Personen und Geschehnissen fest, ohne Anfang und Ende, verstrickt.

Zeit zum Entwirren.

Wenn die Linie der Zeit mit ihrer schnurgeraden Chronologie auch alle unerwünschten Details immerzu sichtbar lassen sollte, so ermöglicht sie es dir so oder so, dich orientieren zu können, von der Vergangenheit in die Gegenwart hinein, und Ereignisse getrost in der Tiefe der Zeit zurückzulassen, ohne dass sie dir weiterhin um die Ohren schnellen.

Und in die Ohren hinein.

Von der Kirche weht der Klang der Glockenschläge herüber, zwölf sind es, und Irina lauscht, ja, es stimmt, wie Herzpochen klingt das, es läutet in mich und schlägt die Vergangenheit aus mir heraus.

»Kann ich Sie etwas fragen«, sagt sie, »wer hat das Gehöft neben Ihnen bewirtschaftet?« Von den vielen möglichen Fragen, die Frau Hilgertová erwartet zu haben scheint, liegt diese hier offenbar am weitesten entfernt.

»Es gehörte einem deutschen Bauern«, sagt sie, »komisch, dass Sie das wissen wollen.« – »Deutsche?« – »Natürlich, fast alle waren deutsch, Sudetendeutsche.« – »Sudetendeutsche«, wiederholt Irina, und die Hilgertová fährt fort, was für ein prächtiger Hof das gewesen sei: »Florierend und gut gepflegt, aber heute ist dort nichts weiter als eine alte Ruine.« – »Jaja«, sagt Irina, die Ruine kenne sie, mehr interessiere sie, wie die so gewesen seien, diese anderen, von denen sie ein Gesicht hat und eine Melodie, aber Letzteres behält sie für sich.

Noch bin ich nicht verrückt.

»Wir hatten nicht viel Kontakt«, meint die Hilgertová und tut Irina dennoch den Gefallen, ihr das wenige über das Leben der Nachbarn zu erzählen, das ihr in Erinnerung geblieben ist, von diesen Leuten, die dort leibhaftig wohnten, bevor sie als Geister über die Ruine spazierten, von der Existenz der Geister weiß Irina allein, aber was heißt Geister, an den Quatsch mit den Geistern konnte sie von Anfang an nicht glauben, aus irgendeinem noch zu klärenden Grund gewährt ihr der Ort einen Einblick in die Vergangenheit, er zieht einen Vorhang beiseite, um zu zeigen, wie es einmal war.

Land der Geschichten, hatte Jona gesagt, aber jetzt geht es nicht um erfundene Geschichten und nicht um Märchen, sondern um die Wahrheit, die zumutbar sein mag und dennoch manchmal schwer zu ertragen ist.

»Sie haben die Gründung der Tschechoslowakei nie wirklich angenommen«, sagt die Hilgertová, »und benahmen sich reserviert gegenüber den wenigen Tschechen im Ort, aber das taten beinahe alle.« – »Aha, soso«, murmelt Irina und plötzlich fragt sie sich, wie sie es versäumen konnte, sich mit der Geschichte des Ortes zu beschäftigen, mit der Geschichte dieses Landes und der Geschichte ihres eigenen

Landes, der Geschichte ihrer eigenen Familie und somit des eigenen Lebens. Wie stolz sie immer darauf war, die Zukunft sehen zu können, als läge sie direkt neben ihr, während die Vergangenheit zu aller Zeit in einem unerklärlichen Dunkel versunken blieb, ja, sogar ihre Großmutter war immer nur eine Alte, die starr auf ihrem Stuhl saß und später dann in ihrem Totenbett lag.

Die Lippen verschlossen zu jeder Zeit.

Und nun gibt es diese andere Alte, die Hilgertová, die versonnen zurückblickt, über das Grab der kleinen Helenka hinweg in die unbestimmten Schatten, in denen sie das Bild der ehemaligen Nachbarn zu erheischen sucht: »Die Nachbarstochter und ich waren etwa gleichaltrig, und manchmal spielte sie mit mir, ich schätze, ihre Eltern waren davon weniger begeistert.«

In den Schemen ihrer Erinnerung scheint sie sich ihr jetzt wieder zu zeigen, die Spielkameradin, die mit der alten Hilgertová verkehrte, als diese nicht die alte Hilgertová war, sondern die junge Hilgertová, ein Mädchen noch, und später dann eine junge Frau, so wie auch die Tochter der Sudetendeutschen zu einer jungen Frau heranwuchs, Irina sieht ihr Bild deutlich vor sich, zu deutlich, die Begegnung mit dieser Frau, einst Nachbarstochter der alten Hilgertová, liegt nur wenige Stunden zurück, das kann die Alte nicht wissen und sollte sie bei aller Weisheit auch besser nie wissen.

Zu viel ist zu viel.

»Und dann verliebte sie sich«, ergänzt Irina, denn sie weiß es ja und will trotzdem einen Beweis, »in einen hübschen Tschechen, stimmt das?« Das erwartete Kopfnicken bleibt aus, stattdessen ein Lachen: »Wohl kaum, eine Deutsche und ein Tscheche in diesen Zeiten, das wäre viel zu riskant gewesen, was denken Sie?«

Ja, was denkt Irina, wenig, nur, dass die Liebesgeschichte neben all den wahren Geschichten offenbar erfunden worden sein muss, aber von wem, von wem nur? Unwissend bin ich und bildete mir doch immer etwas darauf ein, die Klügste zu sein, die Beste, die Eifrigste. Die Schönste, die Unempfindlichste. Kleine Irina, hüpfst wie ein Mädchen auf einem Bein und wunderst dich, warum du keinen Stand findest in der Welt.

»Aber Sie beide sind Freundinnen gewesen«, sagt sie. – »*Freundin* ist ein großes Wort, ich bin bereits 1939 ausgesiedelt worden und erst nach Kriegsende zurückgekehrt, da waren unsere Nachbarn schon fort.« Und ohne zu wissen warum, wird Irina abermals schwindelig, wieso fort, wieso ausgesiedelt, aber sie ist nicht sicher, ob sie das überhaupt wissen will, das Wissen verdreht den Kopf mehr, als dass es ihn in die Ausrichtung zu bringen hilft, sie wollte Informationen bestätigt haben, auf dass sich alles ineinanderfüge.

Gerahmt werden kann und aufgehängt.

»Die Deutschen mussten alle weg«, sagt die Hilgertová, »das wissen Sie sicher.« Müsste Irina das wissen, ja, müsste sie wohl, will sie aber nicht, also behält sie alle weiteren Fragen für sich und hört kaum mehr hin, als die Hilgertová weiterredet: »Sobald klar war, dass die Deutschen besiegt sind …«, aber Irina fällt ihr ins Wort, jaja, das wisse sie alles, nur entspricht das nicht ganz der Wahrheit, sondern gründet allein auf einer diffusen, verborgenen Ahnung, die in ihr herumzugeistern scheint, die hervorzukramen ihr bisher jedoch wenig lohnenswert erschien. Nun klettert diese Ahnung in ihr empor, hangelt sich einen Weg ins Bewusstsein, um dort eine Verbindung herzustellen, und Irina spürt den Impuls zu flüchten, ist bereits auf den Beinen, mit der Unruhe der Fliehenden in den Füßen.

Auf der Flucht.

Allein, die Hilgertová kennt kein Erbarmen und hält Irina am Ärmel fest. Sie solle ihnen zuhören, den Toten, sagt sie und weist mit der freien Hand über die Gräber. Wie konnte Irina sich bloß einer alten, meschugge gewordenen Dame anvertrauen, die mit den Toten quatscht und im Mondschein Passionsblumen zerquetscht?

»Ich spreche kein Tschechisch«, sagt Irina in dem Glauben, mit dieser Feststellung fein heraus zu sein, aber auch darauf fällt der Hilgertová eine Erwiderung ein: »Hier lagen einst viele Deutsche, nur sind ihre Grabstätten sofort nach Kriegsende platt gewalzt worden.«

Kurzzeitig erstarrt Irina zur Statue, und aus dem Körper dieser Statue heraus sieht sie all die anderen zu Statuen erstarrten Gesichter, die sich ihr aus den Gräbern entgegenstrecken, mit leerem Blick, so, wie es auch die beiden in der Gruft getan haben, die bildeten nur den Anfang. Zu viel ist zu viel, sie reißt sich von der Hilgertová los, schüttelt sie ab wie einen lästigen Hund und geht dorthin zurück, wo das Leben tobt, zwischen die Mauern der Kirche.

Alles eine Sache der Relation.

10

In der Kirche sind tatsächlich die Lebenden versammelt und warten auf das Urteil des Jüngsten Gerichts. Irina schüttelt sich, um frei zu werden von diesen Geschichten, dem Gewesenen, dem Irrsinn der Dunkelheit. Die Gesichter des Teams vor ihr sind mit Blut gefüllt, sie haben Münder, mit denen sie lachen können und sprechen.
Und küssen.
Das Gesicht von Tomáš ist eines von ihnen. Diese Gesichter hier haben Augen, die sich in den Augenhöhlen unstet bewegen und lächeln oder weinen, und diese Augen holen Irina ins furchtlose Hier zurück, nur Tomáš' Anblick ängstigt sie, er spiegelt Erwartungen, denen sie sich nicht gewachsen fühlt, und auch die Augen in den anderen Gesichtern sehen Irina erwartungsvoll an, damit sie endlich den Beschluss kundtut, dass die bevorstehende Abreise entschieden sei, ohne zu wissen, was sie selbst mit dieser Information anfangen wird, darüber hat sie noch nicht nachdenken können. Die anderen jedenfalls scheinen sich zu freuen, eine Zeit lang nach Hause fahren zu dürfen.
Zu ihren Familien.
»Für die, die mit dem Zug angereist sind«, sagt Irina und lässt sich auf einem Sack Mörtelmasse nieder, »hat sich die Gemeinde netterweise darum gekümmert, alle zum Bahnhof zu bringen, Treffpunkt ist morgen früh vor dem Pfarrhaus, danke.« Sie streicht den Mörtelstaub von ihrem Hosenbein, die Ansprache ist vorbei, jetzt kann sie der Begegnung mit Tomáš nicht länger ausweichen, schon kommt

er zu ihr herüber und umfasst ihre Schulter, seine Hände sind vertraut, die kleine Berührung lässt ihren Körper den anderen augenblicklich wiedererkennen.

»Ich habe letzte Nacht auf dich gewartet«, sagt er. Ob sie denn verabredet gewesen seien? »Nein«, sagt Tomáš, »aber ich war trotzdem enttäuscht.« Irina winkt Astrid, die gerade die Kirche verlassen will, und ruft ihr hinterher, dass sie warten solle, aber so schnell entlässt Tomáš sie nicht in die Freiheit zurück, sondern hält sie am Ärmel fest, dort, wo sich auch die Finger der Hilgertová in den mürben Stoff krallten, und Irina ist so perplex von dem Selbstverständnis, mit dem andere offenkundig meinen, sie zum Innehalten zwingen zu dürfen, dass sie tatsächlich stehen bleibt. Und sie dachte, das Recht, irgendjemanden am Ärmel zu zupfen, stehe allein ihr zu, gelegentlich tut sie das, zum Beispiel greift sie nach Zoes Parka, wenn sie ausdrücken will: Schau mich an und rede mit mir.

Zwangsbegegnung. Freiheitsentzug.

»Wie ernst ist es dir mit mir?«, fragt Tomáš, und die Frage kommt so unerwartet, dass Irina schweigt, aber seinem Blick kann sie standhalten, als er mangels Antwort hinzufügt: »Und wie geht es weiter?« – »Wir reisen ab, das habe ich doch eben erklärt.« – »Aber du kommst in der letzten Nacht zu mir, ja?«

»Vielleicht«, sagt sie und denkt, nein, das werde ich nicht tun, lieber bleibe ich allein, als zu dir zu hasten, nur um die Ablenkung von mir selbst zu suchen: »Ich gehe packen.« – »Und dann kommst du, versprochen?« Es klingt unsicher, als kenne er die zu erwartende Antwort bereits, aber sie nickt, weil sie keine Lust hat auf weitere Fragen oder eine Auseinandersetzung oder irgendeine andere Form der Anstrengung, morgen werden alle verschwunden sein, es gibt keinen Grund, sich rechtfertigen zu müssen, da kann er noch so oft behaupten, dass er sie liebe und sie ihn ebenfalls.

Was ist Liebe?

Der Abend kommt, Irina klettert auf ihr Bett und fällt augenblicklich in einen tiefen Schlaf, weil das Johanniskraut nachträglich seine Wirkung entfaltet oder der Entschluss, bei sich zu bleiben, oder der Erschöpfungszustand des Körpers, und kaum lässt sie den Zustand des Wachens hinter sich, da wird sie bereits von ihrer Großmutter heimgesucht, die wie gewöhnlich am Fenster ihres Zimmers sitzt, den Blick nach draußen gewandt, nur der Rücken zeigt sich, und der Raum ist mit Blumen dekoriert, die einen dem Traum gemäß geruchlosen Lilienduft verströmen.

Irina lehnt an der Wand, ohne sich näher an die alte Dame heranzutrauen, bis sie es schließlich wagt und von der Seite das Profil ihrer Oma betrachtet, die fahle Haut, die leeren Augen. Vorsichtig berührt sie die knöcherne Schulter unter der dünnen Bluse, zaghaft, und umrundet den Rollstuhl, um die Großmutter von vorn zu sehen, aber ... sie ist tot. Und dann, plötzlich und unerwartet, richtet sich der Blick der toten Augen direkt auf Irina, dringt in sie hinein und setzt sich auf dem Grund ihres Herzens fest. Die Großmutter taumelt und stürzt ihr vom Stuhl aus entgegen, um sich an ihren Hals zu hängen. Du, mein Liebes, sagt sie, du verstehst mich. Irina fängt sie erschrocken auf, bremst ihren Fall, und das Gefühl, eine Tote im Arm zu halten, begleitet sie bis ins Erwachen.

Heraus aus dem Albtraum.

Von Ferne ist Gelächter zu hören, es klingt wie ihr eigenes, warum nur lacht sie sich aus? Irina tastet nach dem Laken, auf dem sie liegt, hier auf dem schmalen Bett, im Schlafraum des Pfarrhauses, ja, sie befindet sich im Pfarrhaus, dennoch hält das Lachen an, bis es in das Geräusch der Schüsse überwechselt, die ihr auf dem Rathausplatz Todesangst einjagten. Irina presst ihre Hände an die Ohren, aber im Inneren des Kopfes klingt es nicht besser, dort spielt eine Bratsche und weicht mit ihren Tönen die ohnehin bereits gebeutelte Gehirnmasse auf, und jetzt bereut Irina ihre Entscheidung, den Schlaf dem Mann vorzuziehen, in der irrigen Annahme, auch Schlaf könne Vergessen bringen. Der schlafende Geist tut, was er will, ohne sich darum zu scheren, ob jemand ihn zu kontrollieren versucht. Er scheißt auf Führungsqualitäten und andere diesseitige Dinge von vorgeblicher Wichtigkeit.

Sie springt vom Bett, stülpt sich den Blazer über ihr Schlafshirt und schleicht mit nackten Füßen aus dem Zimmer hinaus und durch die Küche in Tomáš' Zimmer hinein, nein, lieber hält sie inne, will an die Tür klopfen, will es nicht, will eintreten, will es nicht. Was aber will ich? Frei sein von Visionen und Albdruck, von Unverständnis und Selbstverlust, denkt Irina und dreht um.

Zeit zum Trösten.

Komm zu mir, wenn du etwas brauchst, hört Irina eine vertraute Stimme in ihrem Kopf, die Stimme, die ihr ebendiesen Trost zu geben verspricht. Und sie rennt zurück in den eigenen Schlafraum, den sie unfreiwillig mit ihrer Assistentin, ihrer *Freundin*?, teilt, läuft direkt in deren Schnarchen hinein, das augenblicklich aussetzt, weil Astrid wieder einmal aus dem Schlaf geschreckt wird, doch als sie sieht, wer da vor ihr steht, frierend und ein wenig blass, beruhigt sie sich sofort.

»Komm zu mir«, sagt sie, und Irina krabbelt auf das untere Etagenbett, Astrid nimmt sie in den Arm, hält sie wie eine Mutter und wiegt und summt, nichts scheint sie erschüttern zu können, und so gehalten kann Irina weinen, auf eine unbestimmte Weise freudig weinen, während in ihrem Kopf all die neuen Fragen von links nach rechts schlackern, die Fragen, von denen sie nicht einmal wusste, dass sie in ihr lauern und auf eine Gelegenheit warten, ins Bewusstsein zu gelangen.

Jetzt trampeln sie in ihr herum, schlagen Purzelbaum auf der nun gänzlich aufgeweichten Gehirnmasse und verursachen Dellen in Irinas rundem Weltbild.

Warum?, fragt eine Stimme aus einer der entstandenen Ausbuchtungen heraus, warum bringt Nähe stets Beklemmung und Kälte und Unbehagen, wie kann das sein? Und aus einer anderen Nische heißt es: Warum möchtest du desto weniger mit einem Menschen zusammen sein, je vertrauter du mit ihm wirst?

»Immer nehme ich mir vor, mehr mit Zoe zusammen zu sein«, sagt Irina leise, »aber dann renne ich in der Wohnung herum und mache alles, um ihr auszuweichen, so sieht das aus, das ist die Wahrheit.« Astrid legt eine Hand in Irinas Nacken, und da ohnehin bereits alles egal ist, lässt Irina die Berührung am oberen Halswirbel zu, die das Tor zu einer unbekannten Trauer sein muss, leise und stet rinnen die Tränen aus den Augen hinaus.

»Es zieht dich zu deiner Arbeit«, sagt Astrid, »ist doch in Ordnung.« Mit der Arbeit habe das nichts zu tun, entgegnet Irina und spürt ein plötzliches Unverständnis dafür, dass sie sich den Restaurierungen hingeben kann, aber innerhalb einer Beziehung zu einem Menschen, ob zu Zoe oder Jona oder Henrik oder wem auch immer, von einem Gefühl der Totenstarre überfallen wird.

Und erst jetzt wird ihr zudem bewusst, dass es nicht nur ist, wie es ist, sondern darüber hinaus schmerzt. Weil die fehlende Nähe wehtut, ja, es tut weh. Weil sie sich danach sehnt, nicht weiter davonzulaufen, sondern selbst zu entscheiden, ob und wann sie jemandem nahe sein will. Weil sie es gern anders hätte, es aber irgendwie nicht ändern konnte bisher. Weil sie nicht Herrin über das zu bestimmende Maß an Miteinander zu sein scheint, diese Tatsache jedoch bisher nicht wahrhaben wollte oder konnte, sondern dachte, eben darin bestehe der geliebte freie Wille, der Drang nach Freiheit, und deshalb wäre alles in Ordnung.

Alles bestens, sicher!

Und sie begreift für einen Moment, dass das eine mit dem anderen nichts zu tun hat, Freiheit nicht damit, ob sie arbeitet oder umzieht oder sich trennt, sondern allein mit einem inneren Gefühl von Freiwilligkeit. Und schmerzlich muss sie sich eingestehen, wie sehr sie die Innigkeit vermisst und sich danach sehnt, Zoe näher sein zu können.

Irgendjemandem nahe sein zu können.

»Ich habe Angst«, sagt Irina schließlich, aber statt zu fragen, wovor und warum Angst, setzt Astrid die Schaukelbewegung fort und hält und wiegt und summt, bis Irina zurück in den Schlaf findet, der ihr für einen Moment die unerwartete Ruhe spendet.

Gedankenfreiheit.

Als sie aufwacht, stehen zwei gepackte Koffer auf dem Boden, Astrid ist verschwunden und Irina nackt und allein. Aus einem Impuls heraus ruft sie Astrids Namen, wie sie es früher tat, wenn sie vergeblich nach ihrer Mutter rief, wann immer sie in ihrem Kinderbett aufwachte und sich fürchtete und nicht aufstehen konnte vor lauter Angst, was für eine Angst war das?

Und plötzlich fallen Irina die Albträume wieder ein, Träume, in denen es Feuer gab und Pferdewagen und sich vorwärts schiebende Menschen mit verzerrten Gesichtern, ja, als Kind träumte sie oft schlecht und kannte den Grund dafür nicht, und ihre Mutter wiegelte ab, wenn sie davon erzählte: So schlimm kann das doch nicht sein. Und erlaubte der kleinen Irina nicht, zu ihr in das große Bett zu kriechen, denn Mama musste schlafen, sie habe schließlich einen anstrengenden Tag vor sich und brauche ihre Kraft und könne es nur schwer ertragen, mit jemandem ein Bett teilen zu müssen, deshalb sei sie froh über jede Form der Rücksichtnahme, froh auch, allein gelassen zu werden, wenn das bitte möglich wäre. Heute aber hört sie Irinas Rufen und tritt ins Zimmer, weil sie sich Sorgen um ihr Kind macht und dessen Nöte als ausreichend wichtig ansieht, um ihren Hintern hochzubekommen.

»Da bist du ja endlich«, sagt Irina. – »Kann losgehen«, meint Astrid, »alles ist vorbereitet«, aber Irina starrt sie verwirrt an: »Wohin geht es? Müssen wir umziehen?« Astrid lacht, kniet sich neben das Bett und streicht ihr über das Haar, und Irina erinnert sich nicht einmal, warum sie in der unteren Etage liegt.

»Gleich fahren wir nach Hause«, sagt Astrid, »nach Hause, hörst du überhaupt, was ich sage?« Ja, Irina hört alles, und eben weil sie es hört, wird sie von aufsteigender Panik ergriffen, denn was, bitte, soll sie zu Hause? Was soll sie hier? Der Ort will noch etwas von ihr, das ist es, und deshalb muss sie bleiben, muss ausharren und schauen, was vor sich geht.

»Wie spät ist es?«, fragt sie. – »Die anderen warten schon«, sagt Astrid, »der Transporter hätte längst hier sein sollen.« – »Und warum hast du mich nicht geweckt?« – »Ich wollte dich so lange wie möglich schlafen lassen, du hast es nötig.« – »Scheiße«, sagt Irina, hüpft aus dem Bett und schlägt sich eine Beule an die Stirn, während sie Astrid beinahe grob aus dem Zimmer stößt: »Du musst mit den anderen zum Bahnhof fahren, los, los.« – »Aber wir sind doch mit dem Auto hier?« – »Das Auto bleibt.«

»Was wird das, Irina?«, fragt Astrid. »Wenn du plötzlich Urlaub in Tschechien machen willst, dann bleibe ich ebenfalls«, aber das will Irina auf keinen Fall und verweigert auch eine Antwort auf die Frage, was los sei, gleichgültig, wie sauer Astrid auch klingt, jeder Mensch wäre sauer, wenn er ungefragt abgeschoben wird, aber Irina hat keine Wahl. Statt sich für Astrids gestrigen Beistand zu bedanken, zündet sie sich eine Zigarette an und meint damit so viel wie: Frag nicht und verschwinde. Und tatsächlich rafft Astrid Koffer und Jacke an sich und geht: »Mach, was du willst, Irina, ich dachte, du vertraust mir.«

Vertrieben.

»Warte«, ruft Irina, »ich begleite dich.« Die Zigarette zwischen den Fingern der rechten Hand, zieht sie die staubigen Stiefeletten über die nackten Füße und eilt ihrem schlechten Gewissen hinterher.

Die Mitarbeiter, die vor dem Pfarrhaus am Randstein auf ihren Koffern sitzen und auf den Transporter warten, schauen auf, als sie ungekämmt und in zerknittertem Blazer aus der Tür stürmt, aber für diesen einen Moment ist ihr gleichgültig, wie sie aussieht, die kleine Truppe sitzt selbst im Dreck.

Zum Abtransport bereit.

Astrid wuchtet ihren Koffer neben die anderen, es gibt einige, die ohne Auto angereist sind, unter ihnen die Budweiser und auch der Stuckateur. Und wieder kommt Irina das Wort *Deportation* in den Sinn, als sie das Häufchen Mensch dort sitzen sieht, und auch die Alte fällt ihr ein, die davon sprach, ausgesiedelt worden zu sein. Jetzt ist Irina diejenige, die Astrid auszusiedeln versucht und des Landes verweist.

Wie harmlos ist das?

»Du hast dich verändert«, sagt Astrid, als Irina neben sie tritt. Tun wir das nicht alle ständig?, denkt Irina, doch da sie Motorengeräusch hört, es entstammt keiner Stuka, sondern nur einem stinknormalen Transporter, sagt sie einfach: »Schätze, es geht los.«

Der Wagen schlingert um die Kurve, bremst ab und parkt direkt am Randstein, sodass alle aufspringen, um nicht vom Staub verschluckt zu werden, dann öffnen sich die Türen, und Irina schiebt Astrid hinein, nachdem die Koffer im Gepäckraum verstaut sind. Sie soll endlich fahren, sofort, sie dürfen unter keinen Umständen noch länger beisammen sein, andernfalls könnte Astrid weitere Fragen in ihr heraufbeschwören, von deren Existenz Irina nichts weiß und auch nichts wissen will.

»Ich bin für dich da, so oder so«, sagt Astrid, »wenn ich etwas für dich tun kann ...«, dann schließen die Türen, und weg ist sie. Endlich ist das letzte deutsche Wort für die nahe Zukunft gesprochen und Tschechien wieder Tschechien.

Fremd und vertraut.

Im Schlafraum öffnet Irina den Kofferdeckel wieder, auf und zu, auf und zu. Es lohnt nicht, die Kleidung zurück in den Schrank zu legen, lange wird sie nicht bleiben. Wie lange, Schätzchen, was glaubst du? – Keine Ahnung. Und was machst du jetzt? – Halt die Klappe.

Sie setzt sich auf das zerknüllte Laken im unteren Bett und angelt nach ihrem Zigarettenetui, aber es ist leer, und weder in der Blazertasche noch in der Außentasche des Koffers gibt es eine vergessene Reservepackung, also nimmt Irina ein frisches Hemd und streift sich die Jeans über, in der sie schwitzen wird. Statt der Stiefeletten entscheidet sie sich für die Turnschuhe, wer weiß, ob oder wann es nötig sein könnte, schnell laufen zu müssen, und Gedanken daran, wie sie auf andere wirken will, sind verschwendete Zeit, denn nun ist sie privat hier, ohne Team und ohne Verantwortung.

Allein mit einem kleinen, bescheidenen Ich.

Der nächste Zigarettenautomat, der Irinas Marke führt und auch funktioniert, steht in der Alten Mühle, da muss sie nicht lange überlegen, und damit ist der erste Schritt in die richtige Richtung getan, in Richtung …, ja, nenn es meinetwegen *Heimat*, auch wenn der Begriff erst Teil meines Vokabulars ist, seit ich hier bin, den Wunsch nach Heimat gibt es dagegen schon lange, nur habe ich das nicht gewusst.

Nicht zugelassen.

War sie das, die behauptete, Heimat sei lokalisiert in ihr selbst, ein Wert, der ihr nicht genommen werden könne, die Bezeichnung eines geistigen Ortes? Und dennoch gibt es dieses Ritual, das sie streng befolgt, wann immer sie in eine neue Stadt zieht, wo sie noch am Tag des Umzugs nach einem passenden Café sucht, um es anschließend so lange aufzusuchen, bis sich das Gefühl einstellt, einen Ort zu haben, der sie kennt und den sie kennt und an dem sie mit Namen begrüßt wird, als sei sie immer schon dort gewesen. Warum ist das so? Und weiter geht es: Wo gibt es einen Zahnarzt, wo das nächste Weingeschäft? Wo ist der Zigarettenautomat, der die richtige Marke führt und auch funktioniert? Erst wenn sie diese Fragen ohne Zögern beantworten kann, ist ein neues Zuhause geboren.

Oder die Illusion davon erschaffen.

Abermals scheint die Sonne über das Dorf, verscheucht mit ihrer Wärme die schlechten Träume aus Irinas Leib und klebt wie erwartet die Hosenbeine an die Oberschenkel. Die Luft riecht nach Urlaub, vielleicht wären ein paar freie Tage genau das, was sie bräuchte, um sich wieder richtig zu fühlen, gerade, ausgerichtet.

Weniger verdreht.

Ohne Eile betritt Irina die Gaststube, der Kellner nickt ihr zu, er kennt sie bereits, sie grüßt zurück und findet die Marke ihrer Zigaretten. Und als sie das fremde Geld in den Schlitz steckt, muss sie nicht einmal mehr umrechnen, der Tag, an dem sie der Währung gegenüber fremdelte, liegt hinter ihr, sie kommt zurecht, es geht voran.

Während Irina die Folie aufreißt und den Inhalt der Packung in ihr Etui umschichtet, lässt sie sich an einem der Tische nieder und ruft dem Kellner zu: »*Káva s mlékem, prosím* – Kaffee mit Milch, bitte.« Auf der Tischdecke gemahnt ein daumendicker Brandfleck zwischen den Plastikblumen an mögliche Gefahren, hinter dem Fenster liegen die abgemähten Felder.

Alles im Lot.

Der erste Zug von der Zigarette stiftet Zufriedenheit, der erste Schluck Kaffee umfassenden Frieden, doch mit dem zweiten Zug klopft bereits wieder die Eile an, um zu fragen, was Irina als Nächstes zu tun gedenke. Ob es nicht etwas zu tun gebe? Auf diese Frage kann sie nur passen, aber die Eile gibt sich nicht geschlagen, sondern streitet mit dem inneren Frieden aufkommende Nervosität aus. Jetzt muss sich Irina bei jedem weiteren Schluck aus der Tasse zur Langsamkeit zwingen, gemach, gemach, redet sie sich zu, sieh nur, die Felder, wie friedlich sie dort liegen im Glanz der Sonne, doch die Ruhe ist trügerisch, Irinas Geist lässt sich nicht manipulieren, er flitzt über den Dreck der Scheibe, rennt von Wasserfleck zu Schimmelpilz und fordert den Mund auf, den Kaffee in einem Zuge leer zu trinken.

Was jetzt?

In der Gesäßtasche drückt das Handy, und Irina zieht es heraus. Ungeachtet der brachialen Behandlung, die es unlängst erfahren musste, funktioniert es noch immer, und eingeschaltet ist es auch, allzeit bereit, wie gewohnt, nur ruft keiner mehr an. Irina scrollt von hinten durch das Verzeichnis und bleibt an der Nummer von Zoe hängen, sowieso, das Handy wählt von allein, aber kurz bevor das Freizeichen ertönt, legt Irina auf und sucht stattdessen weiter das Adressbuch ab, bis sie auf den Namen *Jona* stößt.

Schon besser.

Sie atmet durch und presst das Gerät an ihr Ohr, bis er abhebt und sie wieder nicht weiß, was sie sagen soll, aber dann fällt ihr etwas ein. Sie wolle sich für das *Fick dich* entschuldigen, das hätte er sich doch gewünscht, ein erster Schritt in Richtung Frieden oder so. Sie lässt Zeit für eine Pause, und auch Jona schweigt, vermutlich weiß er nichts anzufangen mit ihrem Friedensangebot, das sind sie beide nicht gewohnt, vertrauter ist ihnen der Kampf, der zwischen ihnen tobte, auch er womöglich ein Erbe der Vergangenheit.

Der weitergereichte, weitreichende Krieg.

Irina bohrt ihren Finger in das Brandloch: »Weißt du noch, wie wir immer zu der Alten Mühle gefahren sind? Wir saßen auf der Bank in der Sonne und haben einfach nur geschwiegen.« – »Alles in Ordnung?«, fragt Jona, typisch, er glaubt, irgendetwas müsse geschehen sein, wenn sie weich wird und nach Gefühl drauflosredet, ohne Plan und Absicht dahinter.

»Klar, alles bestens«, sagt sie, und da sie nicht weiß, was es überdies zu reden geben könnte, fragt sie ihn, ob er glaube, dass es Tote gäbe, die noch etwas sagen wollten. Der Kaffeesatz formt ein Fragezeichen oder eine Schlange.

»Kümmer dich lieber um die Lebenden«, sagt Jona, was hatte sie erwartet?, also bittet sie ihn lieber, Zoe zu einem Anruf zu bewegen, und Jona verspricht es, dann reißt die Verbindung ab, das Netz ist schwach hinter den dicken Mauern.

Irina legt das abgezählte Kleingeld auf den Tisch, steckt das Zigarettenetui ein, und da sie noch immer ohne Plan ist, schlendert sie die Straße zurück in Richtung Kirche, verlangsamt den Schritt jedoch, als sie an der Ruine vorbeikommt. Und natürlich kriechen auf einmal Stimmen die Hofeinfahrt hinauf, flüstern an den Pfosten vorbei in ihr Ohr, ein Mischmasch aus deutschem und tschechischem Liebesgesäusel, zufällig kennt sie die tschechischen Worte für *Liebling* und *Schatz*, auch Tomáš flüsterte ihr in dieser

Art ins Ohr, als sie in seinem Zimmer das schmale Bett miteinander teilten.

Die Ruine rief, und ich bin gekommen.

Irina hält unwillkürlich den Atem an, der Schrecken über das Nicht-existent-sein-Könnende umklammert ihre Lunge. Sie wusste, es würde geschehen, wusste, aber wollte nicht, wollte, aber wusste nicht, warum, und nun wird das Geschehen sie abermals in sich hineinziehen, und sie fürchtet sich davor und kann nicht anders und geht durch diese Einfahrt, trotz des dumpfen Herzschlags, der aus dem Inneren ihres Brustkorbs dringt.

Die Ruine ist noch immer eine Ruine, aber die Luft steht still und lässt die Stimmen durch sich hindurch in die Gegenwart gelangen, sie kommen aus der zerfallenen Scheune, steigen durch das fehlende Dach, um Irinas Kopf von oben zu bombardieren, und auch dieses Mal klingen sie klar und deutlich und nicht, als entstammten sie einer anderen Zeit oder einem anderen Bewusstsein.

Vorsichtig stößt sie das Gatter auf, das in den Angeln quietscht. Im Inneren der Scheune liegt frisch aufgeschichtetes Heu und strahlt in unwirklichen Farben, die Irina wieder an Edgar Ende denken lassen, und abermals bannt der unbekannte Maler der Szenerie sie in sein Bild, als unfreiwilliges Opfer zwingt er sie in die Rolle des fügsamen Modells.

Aus dem Heu ragen ein männliches Bein und ein weiblicher Fuß, sie fügen sich zu einem Bündel warmer Nacktheit und legen die Annahme nahe, dass es sich hier um zwei Körper handelt, die sich gerade geliebt haben müssen, heimlich und selbstvergessen, und vielleicht ist es diesen beiden, die Irina so unbekannt sind wie bereits bekannt, eine Zeitlang gelungen, auch den Krieg zu vergessen, zumindest sind sie von seiner todbringenden Gewalt bisher verschont geblieben, sonst würden sie dort nicht liegen, wo sie sind. Und Irina fürchtet sich nicht, sondern fügt sich angenehm berührt in das heimelige Bild, das sie einlädt, in ihm zu verweilen, wie auch die beiden Menschenmotive auf eine Art einladend anmuten. War sie eben noch kurz vor dem Ersticken, so ertappt sie sich jetzt bei dem Gedanken, dort zu den beiden ins Stroh kriechen zu wollen und sich in die geteilte Geborgenheit mit hineinzumogeln.

Was für ein absurdes Verlangen.

Aus dem Tohuwabohu an Körperteilen formen sich Gesichter, aber statt die der Liebe innewohnenden Versunkenheit zu spiegeln, drückt sich Erschrecken in ihnen aus, ein Erschrecken, das Irina heute fehlt. Der Blick der beiden wandert zur Tür, und sie will die Hand heben, um ihnen zuzuwinken, als befänden sie sich auf dem Jahrmarkt, und sie wäre die Mutter, die vor dem drehenden Karussell steht und sich über die frohen Kindergesichter freut, da begreift sie mit einem Mal, dass der Schrecken, das Aufgescheuchtsein, der flirrende Blick der vermeintlichen Kinderlein nicht ihr gilt, nein, sie spielt keine Rolle, war immer nur Beobachterin und ungebetenes Publikum, Voyeurin eines fremden Lebens, mit dem sie nichts zu schaffen hat, aber wenn die beiden nicht sie anschauen, wen dann?, und Irina wirbelt herum, dicht hinter ihrem Rücken steht eine Frau, die sie noch nie gesehen hat, die Personnage der Komposition war offenbar noch unvollständig und musste sich erst zu einem Ganzen fügen.

Die fremde Frau löst sich aus ihrer Erstarrung und läuft ebenso erschrocken hinaus, wie das Liebespaar seine Kleidungsstücke an sich rafft, und die Blicke, das Erschrecken, die Flucht, all das geschieht zeitgleich und in Schichten übereinandergelagert, ein Konglomerat aus Farbe und Ton, noch immer von Herzschlägen dominiert, so schnell und bruchstückhaft, dass Irinas Kopf eine künstliche Zeit erzeugen muss, um die Einzelbilder in eine Reihenfolge bringen und den Ablauf zusammenfügen zu können.

In die Linearität pressen.

Vermutlich handelt es sich bei der Frau um die echte Mutter der Bratschistin, eine Mutter, die ihr Kind gerade bei etwas Verbotenem erwischt hat, und geistesgegenwärtig rennt Irina ihr nach, doch als sie nach draußen tritt, liegt der Hof leer und sonnig vor ihr, über sechzig Jahre Entfernung sind zu weit und nicht einfach so zu überbrücken, da hilft weder Eile noch Hast, sie einzuholen war von vornherein zum Scheitern verurteilt.

Alles Wollen vergebens.

Unvermutet verfügt Irina wieder über alle Zeit der Welt und über einen unstillbaren Durst obendrein. Der Kaffeegeschmack klebt ihr die Zunge an den Gaumen, und das Gemisch von Tabak und Koffein in einem einzigen Mund ist kaum zu ertragen. Die Zeit gehört totgeschlagen, deshalb entscheidet Irina sich, einen Umweg zum Pfarrhaus zu machen, was sich angesichts der Größe des Ortes als nicht zu vollführendes Kunststück entpuppt, viel zu bald erreicht sie ihr Ziel.

Mögliche Umwege führen allein über die Zeit.

Als Irina die Tür zur Küche öffnet, schrickt sie abermals zusammen, heftiger noch als über den Anblick, der sich ihr in der kaputten, heilen Scheune bot. An dem massiven Holztisch in der Mitte des Raumes sitzt Tomáš, er kann nur ein

Gespenst sein, denn Irinas offenbar unlogischen Folgerungen gemäß hätte auch er bereits abgereist sein müssen und sie mit ihrem Tschechien allein. Im Austausch dafür trinkt er Pfefferminztee.

»Wo warst du?«, fragt er. Statt einer Antwort sammelt Irina ihre Knochen zusammen und geht wortlos an ihm vorbei zur Spüle. Aus dem Hängeschrank nimmt sie ein großes Bierglas, dreht den Hahn auf und lässt das Glas bis zum oberen Rand volllaufen, dann setzt sie an und trinkt das Wasser in einem einzigen schweigsamen Zug, während Tomáš hinter sie tritt und sie umfasst: »Dir geht es nicht gut, das sehe ich.«

Das Wasser kühlt die Zunge und den Geist, es nimmt Irinas Gedanken in sich auf und spült sie fort, wie wunderbar wäre es, das Gefühl der Leere halten zu können und hinauszuschwimmen aus sich selbst. Und als Tomáš sie zu sich dreht, schließt Irina die Augen und küsst ihn, sie wird die Augen geschlossen lassen und abtauchen. Gierig küsst sie ihn noch einmal, ohne abzusetzen, Tomáš schmeckt gut, so gut, wie gern würde sie sich mit ihm im Heu verstecken, jetzt sofort, sich in seinem Körper verlieren, in der Verschmelzung der Geschlechter, der Verschmelzung von Materie und Geist. Wie gern würde sie diesen Zustand herstellen, nicht ohne Grund macht er süchtig, denn nur er ist imstande, das Lineare aufzuheben und das Gleichzeitige zu ermöglichen. Jagen wir die Kontrolle zum Teufel und verschaffen dem Unmöglichen einen Platz. Fügen wir dem Raum Risse zu, ebenso wie der Zeit.

Verschwinden wir einfach.

Und Irina schiebt Tomáš mit der Kraft ihres Körpers quer durch die Küche, Mund an Mund, eine Hand in seinem

Nacken, die andere in seine schwielige, nackte Handfläche geschmiegt, wie im Tanz, und weiter, bis zum Schlafraum, dort werde ich mich auflösen und herauslösen aus der wirren Wirklichkeit, die nicht mehr verlässlich tickt. Doch noch bevor sie das Bett erreichen, das fein säuberlich abgezogen nach endgültiger Abreise riecht, wird Irina von Tomáš weggedrückt.

»Sprich mit mir«, sagt er, und die unerwartete Missachtung des gemeinsamen Schweigens irritiert sie, da ist es wieder, das Gerede, das letzten Endes zu nichts führt, immerzu soll Irina etwas tun, sagen, machen, bringen, leisten.

Sprich mit mir.

Komm, mein Schatz, sprich mit mir, ja, das sagte auch Jona immer, und sie wurde wütend, wie sie auch jetzt wütend wird, jeder Mensch wäre sauer, wenn er ungefragt abgeschoben wird.

»Sprechen, sprechen, sprechen«, sagt sie, ob es das sei, was Tomáš unter Liebe verstehe?, »wie geht es dir, komm, Irina, Reden ist besser als Teetrinken, aber in diesem Punkt irrst du, mein Lieber, das ewige Gequassel ist der Tod jeder Liebe, damit kannst du keine Nähe erzwingen, das schwör ich dir, und glaub mir, ich weiß, wovon ich rede, eine Beziehung dieser Art habe ich bereits hinter mich gebracht.« Und nun wird Tomáš auch noch spitzfindig, indem er sie daran erinnert, wie sie gesagt habe, Jonas mangelndes Interesse sei das Problem gewesen. Wie Problem, was Problem, was er damit sagen wolle?

»Ich meine deine gescheiterte Ehe«, setzt er nach. Und sie beginnt zu schreien: »Wer sagt, dass sie gescheitert ist, vielleicht hatte ich einfach keinen Bock mehr, verstehst du das, Mister Bubeniček, oder geht das nicht in dein kleingeistiges Hirn?«

Ihr unerwarteter Ausbruch lässt Tomáš zusammenschrecken: »Ich verstehe dich besser, als du glaubst, hab keine Angst«, und vorsichtig nähert er sich, vermutlich will er sie berühren, um seinem Schrecken einen Rahmen zu geben oder aber, um sie zu zähmen, doch so einfach wird sie es ihm nicht machen, brutal stößt sie ihn weg, hysterisch oder nicht, egal, in welche Schublade er ihre Reaktion einzuordnen versuchen wird, sie hat Feuer gefangen, viele kleine Feuer, die aus längst vergessenen Albträumen als Wut in ihr hochkochen.

»Fass mich nicht an«, schreit sie, dann läuft sie hinaus. Soll Tomáš wohl gebettet und auf der sicheren Seite in Prag sitzen und vergammeln und glauben, er habe das heile Leben gepachtet, ein gewissenhafter Pächter von Orten und deren Wahrheiten. Soll er mit seinen Großeltern Tee trinken und versöhnt in die Weltgeschichte schauen.

Scheiß drauf.

Wütend stapft Irina über den Kieselweg und stößt die Pforte zum Friedhof auf, deren muffiger Geruch sich ihr kühlend auf das hitzige Gemüt legt. Die zittrigen Hände zwängt sie in die zu engen Hosentaschen der Jeans, damit sie Halt bekommen, aber dort quälen sie sich nur weiter und schreien vor Enge und Verzweiflung, und das ist kaum auszuhalten.

Um der Spannung einen Weg aus dem Körper zu ermöglichen, kickt Irina einen Stein beiseite, ja, noch lieber träte sie eines der hölzernen Kreuze um, aber sie traut sich nicht und unterdrückt den Impuls. Einmal hatte sich ein Londoner Mitarbeiter von ihr auf diese Weise einen Geist auf der Schulter eingefangen, den er mit viel Mühe und Zauberei von einer Geistheilerin entfernen lassen musste, so erzählte er in der Firma. Damals lachte Irina nur abfällig, aber nun, hier, mit all dem Unmöglichen im Rücken und vor Augen und in den Ohren, erscheint ihr seine Geschichte mit einem Mal plausibel.

Vorstellbar.

Mit der festgehaltenen Wut stapft sie weiter an den Gräbern mit den tschechischen Namen entlang, heute können sie Irina jedoch nicht erheitern, sie ist blind für alles Komische, überhaupt blind, und blind vor Wut übersieht sie tatsächlich den Buckel der alten Frau, die sich über das Grab ihrer Helenka krümmt, damit sie im Beet wühlen kann, zu spät, um auszuweichen.

Die Hilgertová stöhnt, richtet sich auf und schraubt sogleich ihren Blick in Irina hinein, als erahne sie dort Bruchstücke des Streits, der hinter Irina liegt. Stets wirken ihre Augen, als könnten sie alles sehen, was einem anderen Menschen zugestoßen ist, was ihn bewegt und antreibt oder umwirft und vor allem das, was sie nichts angeht.

»Wollen Sie wissen, was mich damals von meiner Schlaflosigkeit kurierte?«, fragt sie unvermittelt, aber nein, das will Irina sicher nicht, sie leidet nicht länger unter Schlaflosigkeit, leidet überhaupt an nichts, außer daran, dass sie nicht in Ruhe gelassen wird von dem elenden Gefasel, aber darauf scheint die Hilgertová keine Rücksicht nehmen zu wollen: »Kein Baldrian, kein Johanniskraut, sondern dass ich den Schmerz um Helenka zulassen konnte. Von da an ist der Friede zu mir zurückgekehrt, und ich habe endlich begonnen, mein Leben zu leben.«

Na dann, herzlichen Glückwunsch, denkt Irina und hofft, dass sie es nicht laut ausgesprochen hat, aber die Hilgertová ist noch nicht fertig mit ihrem kleinen Vortrag: »Nun gab es zwar weder Mann noch Kind, stattdessen kümmerte ich mich um die Menschen um mich herum.«

Viele von ihnen seien dankbar für ihre Kräuter und auch für ihr offenes Ohr, aber Irinas eigenes Ohr ist nicht offen, patzig fragt sie, warum die Hilgertová ihr das alles erzähle, und bemüht sich dabei nicht einmal mehr, freundlich zu klingen und offen und leicht.

Dankbar!

»Ich habe Augen im Kopf«, sagt die Alte, na bravo, da haben sich ja alle gefunden, die mehr über Irina zu sagen wissen als Irina selbst, Vertraue-mir-Astrid, Ich-kenne-dich-Tomáš, Sprich-mit-mir-Jona, Ich-habe-Augen-im-Kopf-Hilgertová. Sie jedoch hat die Nase voll von diesen anderen, die um sie herumscharwenzeln und sie mit Weisheiten zu versorgen trachten, die Wahrheit aber liegt in ihr selbst, und Irinas Fuß zuckt unruhig und ist versucht, den Ast der alten Eiche abzutreten, die ihre Arme nach ihnen ausstreckt.

Bedürftig nach Nähe.

»Die Ruine hat mit einer alten Wunde zu tun, stimmt das?«, erkundigt sich die Hilgertová, »oder warum haben Sie mich danach gefragt?« Ja, warum hat Irina gefragt, das hätte sie lieber bleiben lassen sollen, also entscheidet sie sich, von der Neugier zurück in die Kühle zu wechseln, die stand ihr immer schon gut und wird sie auf den Boden der Nüchternheit zurückholen. Cool angelt sie nach einer Zigarette und bringt sich mit dem Rauch auf zusätzliche Distanz.

»Ich weiß nicht, wovon Sie reden«, sagt sie. Die Hilgertová schaut mit einem dämlich weisen Lächeln an

Irina vorbei in die Eiche, die gerade noch einmal glimpflich davongekommen ist: »Vielleicht wissen Sie es nur jetzt noch nicht.« Nein, vielleicht nicht, aber ich weiß, dass mir dieses weise Getue ziemlich auf den Wecker geht, denkt Irina und sagt: »Ich brauche keine Ratschläge, besten Dank.« – »Und wie geht es mit der Liebe?«

Schlagartig kehrt die Hitze zu Irina zurück, es ist schwer, kühl zu bleiben, wenn andere Leute deine eigene Grenze ignorieren und weiterhin auf dich einreden, weil sie meinen, besser zu wissen, was du denkst und fühlst und bist. Was will die Alte von ihr, was erwartet sie? Dass sie zu Hause sitzt und ihrem Kind dient? Oder einen Mann anhimmelt wie die junge Dame aus dem Heu? Dass sie sich an jemandem außerhalb ihrer selbst orientiert, der angeblich den totalen Durchblick hat, so wie die Hilgertová, die offenbar stets zu wissen glaubt, was falsch und richtig ist für Irina? Soll sie ein Frauenleben führen, wie es zu Hilgertovás Zeiten üblich gewesen sein mag, eindeutig und klar, ohne Ungewissheit, ohne Zerrissenheit zwischen Nähe und Distanz, Liebe und Freiheit, ohne Schlaflosigkeit und ohne Albträume?

Mit Albträumen anderer Art.

Wie idiotisch sie gewesen ist, sich der Alten anzuvertrauen, daran muss allein die wilde, verzweifelte Hoffnung schuld sein, doch noch den helfenden Beistand einer Mutter zu bekommen, die Fürsorge, die Irina im Laufe der Kindheit vorenthalten wurde, aber offenbar als Sehnsucht bestehen blieb, als Sehnsucht nach der Geborgenheit einer liebenden Mutter, nach der Geborgenheit einer aus Erfahrung gereiften und weise gewordenen Großmutter, die in Wirklichkeit viel zu früh aus Irinas Leben verschwand, zu früh, um einander kennenlernen zu können.

Aber von nun an wird sie allein dem eigenen Kompass vertrauen und nicht irgendwelche bescheuerten Teetrink-Ratschläge befolgen, die sie einräuchern mit Johanniskrautgestank und vorgaukeln, das Loch stopfen zu können, das Irina fühlt und immer gefühlt hat, warum auch immer. Von nun an wird sie ihren eigenen Standort nutzen, der es ihr ermöglicht, mit der Distanz auf die Vergangenheit zurückzublicken, die ihr die Zeit schenkt.

»Ich bin frei«, sagt sie, »eine freie, erwachsene Frau«, aber so, aus dem Zusammenhang gerissen, klingt es schwach, und wie soll jemand kapieren, was sie unter Freiheit versteht, eine wie die Hilgertová, die ja auch nur gefangen ist in ihrem eigenen Schädel und nichts über Irina wissen kann, über ihre Geschichte, ihre Gegenwart, ihre Vergangenheit, wer soll schlau werden daraus?

Sicher keine alte Frau.

»Und glücklich auch?«, fragt die Hilgertová. Glücklich, glücklich, wie soll Irina das wissen? Gerade erst beginnt sie zu begreifen, was unter Glück alles zu verstehen sein könnte, außer bewundert zu werden und Leistung zu erbringen, also bleiben Sie mir mit dem Blödsinn vom Glück weg, ja, bitte, geht das?

Der forschende Blick der Hilgertová wird Irina zu blöd, längst zu blöd, und so lässt sie die Alte stehen, die ihr nachruft: »Laufen Sie nicht davon!« – »Davonlaufen, vor wem oder was?«, brüllt Irina zurück und wird von einem dunklen Schwindel erfasst, die Gräber um sie herum beginnen sich zu drehen, die Toten rühren sich nicht, sie sind wirklich tot, mausetot, wie die Großmutter in ihrem Traum, ohne Liebe und Körper, ohne Angst und ohne Pläne für die Zukunft.

Ausgelöscht.

Sie stolpert über eine Wurzel, das ist der Fuß der alten Eiche, die sich an Irinas zerstörerischen Gedanken rächt. Und jetzt läuft sie tatsächlich, nein, sie rennt um ihr Leben.

»Wo wollen Sie denn hin?«, ruft die Stimme der Hilgertová noch einmal, sie kommt von weit entfernt, weiter entfernt, als der Hof es ist, den Irina wenig später atemlos erreicht, geleitet von der inneren Stimme, der zu folgen sie sich versprochen hat.

Mit welchem Ziel?

Abrupt bleibt sie stehen, beendet das sinnlose Laufen, aber neben dem Eingang zur Auffahrt spürt Irina abermals den Schwindel, und so stützt sie sich auf den bröckeligen Pfosten der Einfahrt, ja, schwindelig und übel ist ihr, das Würgen steigt bereits im Rachen empor, aber auf der Straße steht eine Gruppe jugendlicher Tschechen, die sie beobachtet und der sie ungern vor die Füße kotzen würde. Also unterdrückt sie den Brechreiz, indem sie eine Hand in die Seite stemmt, und taumelt in den Hof, hinter die Mauern, die sie vor Blicken schützen werden. Dort drückt sie sich an der Wand vorbei, stellt sich unter die Inschrift und greift an die Klinke, die Tür zum Hauptgebäude lässt sich aufdrücken.

Unverschlossen.

11

Das Innen zeigt sich ähnlich marode wie das Außen, die Sonne ersetzt die Lampe für die Diele und den Treppenaufgang, und weiter hinten gibt es einen schmalen Raum ohne Tür, in dem ein Waschbecken ausgerissen an der Wand hängt. Das muss das ehemalige Bad sein. Mit einiger Anstrengung gelingt es Irina, hinüberzuwanken, dann übergibt sie sich in eine vergammelte Kloschüssel aus abgeblätterter Emaille, schließt die Augen und würgt und krampft und möchte nie mehr damit aufhören, sich das Denken aus dem Kopf zu kotzen, das ja doch keine Antworten zu geben weiß.

Sinnentleert.

Als sie die Augen wieder öffnet, erwidert eine unbeschadete Emaille glänzend ihren Blick. Irina hört abermals das dumpfe Herzschlagen, diese unwirkliche Geräuschkulisse innerkörperlicher Vorgänge, und lässt sich erschöpft auf den Kachelboden sinken. Schräg über ihr schwebt ein dicker Bauch ... was für ein Bauch?

Der Bauch ist schwanger und gehört der jungen Frau, die vor dem Spiegel steht und vergebens versucht, die Wölbung ihres Leibes mit einem Schal abzuschnüren, um ungeschehen zu machen, was unübersehbar ist. Beinahe leuchtend sieht die junge Frau aus, wie sie dort nackt an ihrem Körper hantiert, trotz gegenteiliger Bemühungen scheint sie eins zu sein mit ihrer Schwangerschaft, an ihre eigene hingegen erinnert Irina sich nur ungern. Wie schwer es ihr fiel, ihre alte Form zu verlieren, die ihr doch immer dabei geholfen hatte, sich eine Identität zu geben, die zu passen schien, aus Leichtigkeit und Schönheit bestehend, all diesen Konstrukten eben, die Irina anderen und sich selbst als ein stabiles Ich unterzujubeln versuchte.

Aus Unkenntnis. Aus Feigheit.

Das Strahlen der jungen Frau steht in groteskem Kontrast zu der Verzweiflung auf ihrem Gesicht, denn weder mithilfe des Schals, der sich als zu kurz für den neu erworbenen Umfang ihrer Hüften erweist, noch durch irgendetwas anderes auf dieser Welt wird sie ihren jetzigen Zustand verbergen können. Sie erwartet ein Kind, ja, so ist es nun, ergeben legt die junge Frau die Hände auf ihren Bauch und lässt die Verzweiflung ziehen, um der ohnehin vorhandenen Freude den ihr zustehenden Platz einzuräumen.

Irina wischt sich mit dem Hemdsärmel über ihren Mund, sie kann die Augen nicht abwenden von diesem Bild und will es auch nicht, sie mag das liebevoll gepinselte Porträt der nackten Frau vor dem Spiegel. Ein schwaches Licht streift den schwangeren Körper von oben, es fällt nicht länger durch ein vermeintlich fehlendes Dach, sondern wird von der mageren Quelle einer Glühbirne gespendet, die über dem Spiegel angebracht hängt. Und jetzt wird das Zentrum des Bildes noch zusätzlich mit einem Lichteinfall betont, als sich die Tür zum Bad öffnet und dadurch ein Lichtspalt erzeugt wird, schon schiebt die Mutter der jungen Frau sich hinein, die vorhin vor einem Jahr mit Entsetzen aus der Scheune lief, auch heute erwischt sie ihre Tochter.

Die Tochter in diesem Zustand.

In deinem Zustand gehst du nach New York, sagte Irinas Mutter, was für Zustände sind das!, aber warum heißt es überhaupt *Zustand*?, wie viel richtiger wäre es, von

Hoffnung zu sprechen, davon, *guter Hoffnung zu sein,* sobald eine Frau schwanger wird, denn hoffen nicht alle das Beste angesichts des werdenden Lebens und freuen sich und sollen und dürfen sich auch freuen?

Und ja, sie freuen sich, hier, in diesem nicht mehr existierenden Bad, nimmt die Mutter die Tochter in den Arm, ohne Gekreisch und ohne: Ach, Kind, hoffentlich schadet das Baby nicht deiner vielversprechenden Karriere. Diesen Satz wird Irina nie vergessen, er war das Erste, was sie ihrer eigenen Mutter als Reaktion auf die Neuigkeit entlocken konnte: Ich bin schwanger, Mama, stell dir vor! Wie viel lieber hätte sie anderes hören wollen, Worte wie: Ich freue mich, mein Kind, so soll es sein, was könnte es Schöneres geben als das beginnende Leben?

Das reine Leben.

Das unumwundene In-den-Arm-nehmen, das Teil der Szene ist, die sich vor Irinas Augen abspielt, rührt sie, eine sentimentale Kitsch-Tante bist du geworden, jawohl, auch in diesem Punkt hat Astrid recht, du hast dich verändert, vielleicht schließt du eines Tages sogar Frieden mit dir selber.

Aber noch traut Irina dem Frieden nicht, der sich einen Moment lang von der Schwangeren auf sie hinabsenkt, und, als habe sie es geahnt, legt sich sogleich ein Schatten über das Gemälde, in dem Irina hockt, er trägt die Gestalt des Vaters der jungen Frau. Und aus dem undefinierbaren Getöne heraus, das sich mit seinem Erscheinen einstellt, hört Irina etwas wie: Was geht hier vor sich …, bis sich das Gebrumm in Gewühl wandelt, in Gewalt, in eine klatschende Ohrfeige, dann wird es dunkel, herrscht eine Dunkelheit, aus der Irina sich nur befreien kann, indem sie Bewegung dagegensetzt.

Und sie stürzt aus dem Raum und rettet sich abermals in dieses verzweifelte Laufen, mit dem Ziel, sich das Gefühl des Berührt-Seins zurückzuerobern, ohne dass es sogleich wieder zerstört wird, und tatsächlich lichtet sich der dunkle Schleier, Irina kann wieder sehen und entdeckt die junge Frau, nicht weit von ihr entfernt. Zeitgleich muss auch sie aus dem Haus geflohen sein, gerade verschwindet sie im Feld, zwischen die gemähten Ähren, wo der Geliebte bereits auf sie wartet. Stopp. Und er nimmt sie in den Arm und wischt ihr die Tränen fort und küsst sie auf die geschlossenen Augen. Stopp. Dann schaut er auf, hinüber zu Irina, ja, er schaut sie an ...

Direkt an!

»Stopp«, schreit Irina, wie ist das möglich, wieso darf er sie anschauen, wie kann er es wagen, die Grenze zwischen Beobachten und Beobachtet-Werden aufzulösen, das ist zu viel, niemand darf die Augen aus einem Bild hinaus auf den Betrachter lenken, wo soll das hinführen, sie muss sich geirrt haben. Und Irina rennt wieder, hetzt zurück, zurück wohin?

Bestenfalls zurück in die Wirklichkeit.

Straßen sind Straßen, ohne Umwege und ohne Irrwege, und das ist gut so. Nur wenige Menschen kommen Irina entgegen, sodass sie schnell laufen kann, ohne an einen Menschenkörper zu stoßen und ohne sich der Eile schämen zu müssen, die wie eine Flucht wirken muss, aber ein wenig wundert es sie dennoch, dass manche Leute Jeans tragen und andere Bauernkleidung aus der Zeit des Krieges, die Kleidung der Leute auf dem Rathausplatz, kurz bevor sie erschossen wurden.

Wann war das?

Die Straßen sind mit alten Pflastersteinen belegt und frisch geteert, sie tragen Spuren von Fuhrwerken und Abdrücke von Autoreifen. Bauern aus den Vierzigerjahren des vergangenen Jahrhunderts, singende Frauen in groben Wollkleidern mit Kittelschürze darüber, Tschechen aus dem Hier und Jetzt, Irina weiß nicht länger, wer wie woher aus welcher Zeit. Und sie läuft weiter, hält auch nicht an, als sie die Hilgertová entdeckt, die Alte mit den vielen Gesichtern, ja, vielleicht befand sich die junge Hilgertová unter dem Pulk von Frauen, die eben noch auf der Straße sangen, oder was oder wie?

Die Alte winkt Irina zu sich, aber Irina bleibt auf ihrer Spur, stur geradeaus, bis sie die Kirche erreicht, da ist es endlich, das versprochene Boot, also schnell, schnell hinein und Schluss mit dem Schwachsinn.

Die Tür ist verschlossen, und sie muss ihre zittrigen Hände zwingen, in der Hosentasche nach dem schweren Schlüssel zu fahnden, nur mühsam gelingt es ihr, die Finger in die enge Tasche zu zwängen, und auch der Schwindel kehrt zurück. Und wieder muss Irina sich gegen eine bröselige Wand stützen, um nicht zu straucheln.

Poröses Mauerwerk gegen den Absturz.

Endlich befördert sie den Schlüssel zutage, aber alle Versuche, ihn im Schloss zu platzieren, erweisen sich als vergebens, er rutscht ab, passt nicht, ist eine Nummer zu groß und eine Nummer zu schwer. Es ist doch nicht das erste Mal, dass Irina die Kirche aufzuschließen versucht, Herrgottnochmal!, aber ihre Hand macht, was sie will.

Es muss gehen!

Mit der linken Hand umfasst sie das Handgelenk der rechten, um zu erzwingen, dass die Kirche sich öffnet, los,

los, sonst ist alles zu spät, wie in diesen Träumen, in denen jemand hinter dir her ist, und dann ist die Tür verschlossen, und du bekommst sie nicht auf, ja, so geht das doch, sie kennt diese Albträume zur Genüge, aber hier, in der vermeintlichen Wirklichkeit, wird sie wohl kaum verfolgt, außer von Ivos Blick vielleicht oder auch von väterlicher Gewalt, tatsächlich, jetzt schleicht jemand im Schatten des Gebäudes, Irina hört die schlurfenden Schritte, und wieder rutscht der Schlüssel ab, und sie unterdrückt einen Schrei, um beinahe tonlos hervorzupressen: »Ivo!«

»Wer ist Ivo?«, fragt Tomáš und tritt aus dem Schatten der Kirche heraus, aber sie muss nicht auf seine Frage antworten, denn endlich dreht sich der Schlüssel, die Tür schnappt auf, und Irina flüchtet in die Kirche, am liebsten würde sie die Tür gleich wieder hinter sich zustoßen. Tomáš aber ist flinker, als sie dachte, und drängt sich bereits hinein: »Antwortest du mir nicht mehr?«

Nein, tut sie nicht, lieber schlüpft sie in ihren Overall und klettert auf das Gerüst, und Tomáš erstarrt, das Statuenhafte steht ihm gut und verdammt ihn zudem zum Schweigen, fürs Erste mundtot, aber nein, zu früh gefreut, seine Erstarrung dauert nur eine sekundenkurze Fassungslosigkeit lang, die Fassungslosigkeit über ihren andauernden Eifer, eine Arbeit aufnehmen zu wollen, die offenbar nur dazu dient, ihm auszuweichen.

Ja und?

»Ich dachte, das Projekt sei vorerst auf Eis gelegt«, sagt er, und die Art, wie er spricht, klingt vorsichtig, als sei sie letzten Endes doch noch verrückt geworden, und er müsse sie in aller Achtsamkeit darauf aufmerksam machen. Und vermutlich ist sie wirklich verrückt, wirklich, wirklich, denn wer in Bildern herumspaziert und sich unter schwangeren Bäuchen versteckt, wer abgesagte Restaurierungen vornimmt und sich außerhalb von Raum und Zeit bewegt, dem darf getrost ein gewisser Irrsinn attestiert werden, aber das geht niemanden etwas an.

Also fort mit dir!

Irina trägt ihren Kieselsäureester auf und ignoriert Tomáš weiterhin, denn wer weiß, vielleicht existiert er gar nicht. Es gibt einen Spiegel aus Zeit, der alles wiederholt, bis es erlöst ist, und Tomáš ist womöglich aus ebendiesem Spiegel zu ihr herausgetreten, und nun wird er wieder darin verschwinden, wenn sie ihn nur in Ruhe lässt, aber in diesem Punkt täuscht sie sich. Tomáš bleibt unterhalb des Gerüstes stehen und wartet, dass sie sich herablässt, mit ihm zu sprechen, das wird sie sicher nicht tun. Und auch er scheint nun zu erkennen, wie vergeblich sein Warten sein wird, und schon platzt ihm der Kragen über so viel Ignoranz. Unvermutet hangelt er sich auf das Gerüst und packt Irina am Ärmel, und wieder fühlt es sich zu dominierend an, zu viel.

Zu besitzergreifend.

»Wirst du mir antworten?«, herrscht er sie an, aber mit diesem Ton erreicht er wenig bei Irina. Mit einem Ruck entzieht sie ihm ihren Arm und straft ihn mit Missachtung, indem sie weiterarbeitet und weiter, denn sie muss doch arbeiten, das bringt sie in den Kontakt mit der Welt, mit einem Ich und einem Du, dazwischen das Nichts. Aber dann ist Schluss mit dem Tun, Tomáš reißt ihr das Schwämmchen aus der Hand und packt sie hart an den Schultern, um sie zum Zuhören zu zwingen, jetzt schau mich an und rede mit mir. »So lasse ich mich nicht behandeln«, sagt er, »von niemandem, verstanden?«

Was für eine seltene und plötzliche Wut.

Aber solange er sie gegen ihren Willen festhält, wird er nichts ausrichten, mit körperlicher Gewalt lässt sich nichts erzwingen, mit Freiheitsentzug und abgedrücktem Willen. Eingekapselt in ihren Fluchtkörper, kennt Irina allein eisige Abwehr, und es gibt nur den einen Satz, der in ihrem Kopf hämmert, während sie Tomáš' Händegriff und die unerwartete Aggression erdulden muss: Lass dir das nicht gefallen, lass dir nicht gefallen, wenn dir jemand gewaltsam seine Gegenwart verordnet!

»Lass mich los, und brüll mir gefälligst nicht ins Ohr«, sagt sie ruhig und legt die Eiseskälte in die Worte, die aus ihrem Inneren weht, in dem alle anderen möglichen Emotionen brachliegen, und auch das einst warme Gefühl der Hinwendung ist auf dem Weg in die Verschlossenheit verloren gegangen.

Ausgelöscht.

»Du lässt mich nicht durch zu dir«, sagt Tomáš. – »Noch was?« – »Noch was«, sagt er, »du kennst keine Liebe«, und, ja, da muss sie ihm recht geben, der Platz für die Liebe ist eingeschränkt, abgeklemmt durch die schweren Hände auf ihren schmalen Schultern. Und ebendiese kalte Lieblosigkeit ist ihre einzige Waffe gegen die Okkupation, gegen die Besatzung des Ichs. Hier ist ihr Terrain, es gehört verteidigt und wird freigeschaufelt von etwaiger Fremdeinwirkung und vor allem auch von Gefühl, denn jedes Gefühl, und vor allem die Liebe als solche, würde allein die Wachsamkeit beeinträchtigen, die es doch braucht, um sich wehren zu können. Ihre Fähigkeit, alle Emotionen ausschalten zu können, hieven Irina in die Position der Überlegenen, und tatsächlich lässt Tomáš sie erschrocken los, entsetzt darüber, dass sie ihr Feuer für ihn problemlos austreten kann, wegtreten, niedertrampeln, zurücklassen.

Ich könnte ihn vernichten, denkt Irina, er weiß noch nicht, wie gut ich bin mit meinen Worten, wie scharf und verletzend, wenn ich will, nur will ich nicht mehr, es ist zu mühsam, soll er gehen und mich allein lassen und den Raum freigeben, den ich mir geschaffen habe. Und sie zieht das Gift ihrer Sprache in die Spritze, um es der Wand zu injizieren wie Kieselsäureester, und hebt auch das Schwämmchen wieder auf, das Tomáš ihr so unwirsch aus der Hand riss. Sie sollte ihm die Nadel in den Arm rammen, aber auch dafür fehlt ihr der Wille. Sie hat genug gehört, ist müde und leer und taub, unbewegt und starr.

Mit einer feinen Mörtelschicht überzogen.

Die Kälte in ihr verhindert jede Art von Hitze, auch Wut, und nur am Rande ihres Bewusstseins nimmt Irina wahr, wie Tomáš herunterspringt und über den unebenen Boden Richtung Ausgang geht. Seine Schuhsohle erwischt den Hohlraum über der darunterliegenden Schatzkammer, tock!, dann knallt die Kirchentür, ein überraschend zartes Geräusch, das Portal ist zu alt und zu schwer, um eine adäquate Wirkung zu erzielen, was heißt schon *adäquat*, nach wessen Maßstäben, in wessen Zeit?

Dann ist er weg, und nur das Echo seiner wütenden Stimme hallt von den Wänden nach. Die harte Schicht, die sich über ihren Körper und über ihr Gesicht gelegt hat, stützt Irina wie ein Korsett und hilft ihr, in sich zu bleiben, in dem kühlen Stein, der sie bis auf Weiteres zusammenhalten wird, mögliche Kratzer können nachträglich mit dem Spachtel gekittet werden. Ihre steinerne Hand ergreift den Pinsel, sie setzt an, allein, der Schwung ist verloren.

Gewöhnlich ist sie eine Meisterin der Fingerfertigkeit, so schnell arbeitet sie mit dem Pinsel, dass es nicht wenige Kolleginnen und Kollegen gab, die dem nachzueifern und sich ihre Gelenkigkeit durch hartes Training vergebens zu erarbeiten versuchten.

Aber jetzt liegt der Pinsel lahm in Irinas Hand, das steinerne Gelenk erwirkt mühsam eine minimale Bewegung. Das KSE wird warten müssen, die Hände streiken, so oder so, an Arbeit ist nicht zu denken.

Die Starre erfasst ihren Körper endgültig und vollständig. Einen Augenblick lang sieht Irina sich selbst dort oben auf dem Gerüst stehend, eine Figurine auf dem Altar des Christentums, ohne Tand und Gold, stilfremd anmutend inmitten der barocken Putten. Besser, sie verschwände in dem Psalm, besser, sie stürzte in die Spalten der Mauern, tief, bis zum Teufel hinab. Stattdessen aber bleibt sie, wo sie ist, rührt sich nicht und wartet auf die Spinnweben, die sie umhüllen werden, wenn sie nur lange genug ausharrt, in die Zeit hinein.

Bis in alle Ewigkeit.

Einfach stehen und dem Zeitvergehen lauschen, das also ist es, was sie tun kann, und tatsächlich beruhigt das Geräusch von Zeit ihre Ohren und ermöglicht den totalen Stillstand in ihrem Inneren, den Stillstand von Körper, Geist und Sein. Allein, die Ruhe ist von kurzer Dauer, schon mogeln sich wieder Worte in das gleichmäßige Geplätscher der Vergänglichkeit, menschliche Worte. Sie schlängeln sich durch den Gehörgang in Irinas Kopf, erreichen ihr Statuen-Inneres, wo sie auf Resonanz stoßen, und das heißt nichts anderes, als dass Irina nach wie vor aus Fleisch und Blut sein muss, sosehr sie es auch zu negieren versucht. Und auch jetzt sträubt sie sich nach wie vor gegen die Vorstellung von Mensch-Sein, schließlich hat alles Ohren und Augen und Münder, selbst Mauern und einzelne Steine.

Und Statuen sowieso.

Die Stimme, die sie allen Widerständen zum Trotz erreicht, diese Stimme, die aus dem Kirchenraum so menschlich zu ihr emporsteigt, murmelt die Litanei eines Gebetes, in fremder Sprache, so tschechisch, so wunderbar, so melodiös: »*Sestoupil do pekel, třetího dne vstal z mrtvých; vstoupil na nebesa*«, aber warum betet er? Warum ist Tomáš nicht endgültig verschwunden mit seiner Wut? Mit seiner Liebe. Gerade erst rauschte er hinaus, die Kirchentür fiel zu, was also tut er dann noch hier?

Die Frage lässt Irina die Leiter hinunterklettern und sich Millimeter für Millimeter vorwärtsschieben, noch immer in dem Korsett aus schlechtem Mörtel, der unter den ungelenken Schritten nachgibt und abbröckelt. Ja, dort in der ersten Reihe sitzt tatsächlich Tomáš und betet und lässt sich nicht stören von ihrer Anwesenheit, die sie auf ein Minimum zu beschränken versucht. Und Irina schleicht sich neben ihn, vielleicht wird sie sich dazusetzen, mit hineinrutschen auf die harte Bank, und dann werden sie schon weitersehen, doch als sie näherkommt, bemerkt sie ihren Irrtum sofort: Auf dem historischen Gestühl, das ausgelagert wurde, damit das Kirchenschiff für die Arbeiten weitestgehend entkernt ist, sitzt ... Ivo ... aber wo nur bleibt der Stillstand der Luft, wo das Geräusch des Herzens? Alles ist anders, dieses Mal, und Ivo nicht länger eine in Öl geschmierte Gestalt, sondern ein Mensch aus Fleisch und Blut, so wie sie einer ist, wer aber ist sie, und was tut sie hier in dieser Geschichte?

Wie beim letzten Mal klingt Ivos Stimme nah und deutlich, im Hier und Jetzt, als befänden sie sich leibhaftig gemeinsam in diesem Raum, durch keine Mauer aus Zeit getrennt, so, als sei es vollkommen normal, dass sie beide hier zusammen sind, ohne Abstand und Patina: *Sedí po pravici Boha, Otce všemohoucího; odtud přijde soudit živé i mrtvé.* – Von dort wird er kommen, zu richten die Lebenden und die Toten.

Das ist nicht das Vaterunser, das ist das Glaubensbekenntnis.

Langsam schaut Irina hinter sich, zu dem Gerüst, auf dem sie eben noch stand, aber nun gibt es kein Gerüst mehr und auch keine Restaurierungsarbeiten, nicht einmal solche, die auf Eis gelegt worden wären. Die Kirche ist abgerüstet und instand, aber nicht dem Bild entsprechend, das sich Irina für die Zukunft ausmalte, dann, wenn die Restaurierungsarbeiten endlich abgeschlossen sein würden, sondern in dem Zustand, wie sie gegen Ende des Krieges ausgesehen haben muss, als allein das Barocke dominierte und das Darunter verborgen blieb, da es zu jener Zeit keinen Tomáš gab, der es gewagt hätte, unter den Putz zu schauen, so wie er überall darunterschaut.

Unter die Gullydeckel von Prag.

Aber zu diesem Zeitpunkt ist Tomáš noch nicht geboren, an seiner Statt gibt es Ivo, den werdenden Vater, und die namenlose, junge Frau, die schwanger neben dem Vater ihres ungeborenen Kindes hockt, Irina bemerkt sie erst jetzt. Beide sitzen dort, vermutlich, um sich dem Blick ihrer Familien zu entziehen, nicht ahnend, dass sie sich stattdessen dem Blick von Irina aussetzen, nein, davon können sie nichts wissen, obwohl sie sich nur wenige Schritte von ihr entfernt unterhalten.

Im Licht der Gegenwart in der Kirche der Vergangenheit.

»Das Blatt hat sich gewendet«, sagt Ivo, »die Deutschen werden den Krieg verlieren.« Wider Erwarten klingt er weniger erfreut als besorgt. Zwar sei bald alles vorbei, aber dann würden sie ausgesiedelt werden, die Deutschen, das habe Beneš längst geregelt.

»Was soll das heißen: *ausgesiedelt*?«, fragt die Frau. »So einfach geht das nicht«, und ihr Unglauben liegt ja nahe, so einfach geht das nicht, aber Irina weiß es besser, aus der heutigen Perspektive heraus besser, sie muss schließlich nur zurückblicken in die Geschichte, während der zu dieser Zeit noch unwissende Ivo das Unvorstellbare vorauszuschauen versucht. Es gelingt ihm trotz der Unmöglichkeit, die eigene Geschichte zu kennen, die ihm erst seine Zukunft schreiben wird, seine Mutmaßungen lassen auf eine noch größere Vorstellungskraft schließen, als Irina sie zu haben meint.

Zu haben meinte.

»Ja, denkt ihr, nur weil er im Exil ist, bleibt er untätig?«, fragt er. »Ich flehe dich an: Heirate mich, dann kannst du bleiben.« – »Und mein Vater? Ich würde mich nie von meiner Familie trennen«, sagt sie und wieder: »Du siehst Gespenster, so einfach geht das nicht, mal eben alle auszusiedeln.« Und sie will ihn küssen, ins Vergessen hinein küssen, aber Ivo stößt sie zurück: »Dann lass uns wenigstens nach Österreich gehen, solange es noch möglich ist.«

Und Irina wird heiß zumute, denn natürlich weiß sie in groben Zügen, was damals geschah, was mit denen passierte, die zu spät gegangen sind, das haben sie in der Schule durchgenommen. Unter Hitler die Tschechen undsoweiterundsofort. Unter Beneš die Deutschen undsoweiterundsofort. Krieg, Flucht, Vertreibung, die Geschichte ist voll davon, und Irina fallen Geschichten ein, die muss sie aufgeschnappt haben oder gelesen. Als Erinnerungen geträumt.

Und plötzlich hofft sie, die schwangere Frau möge vor lauter Schwanger-Sein nicht dämlich geworden sein und dem Vater ihres Kindes Glauben schenken, hofft, dass sie die Koffer packt und abhaut und nicht weiter davon träumt, wie es wäre, hierzubleiben, um Ivo abends vom Feld heimkommen zu sehen. Dass sie nicht an diesem romantischen Mädchenmist festzuhalten versucht, der sich nicht einlösen wird, verstehst du, Mädchen, nicht einlösen wird sich das! Du solltest den Ort verlassen und aufhören zu hoffen, außer auf das Kind. Aber gerade wegen des Kindes, Mensch, nimm endlich Vernunft an, oder hat dir niemand das Denken beigebracht? Glaubst wohl, du musst dich nicht mit Politik befassen und nicht mit Geschichte, sondern kannst das den anderen überlassen, denen, die zu wissen glauben, wo es langgeht.

Reiß dich zusammen.

»Du musst mir versprechen, mit deiner Mutter zu reden«, sagt Ivo, »aber sei vorsichtig, Himmler hat alle Fluchtpläne unter Landesverrat gestellt.« Die junge Frau ist noch immer in ihrem Unglauben verstrickt, sie scheint den Schuss nicht gehört zu haben, andere werden folgen.

Du musst wirklich weg hier, möchte Irina rufen, verstanden, versprich es auch mir. Und jetzt hält sie es nicht länger aus und tritt aus dem Schatten der Zukunft heraus, den die Vergangenheit über sie geworfen hat, und pirscht näher an die beiden heran. Wenn es nur möglich wäre … wenn sie Ivo bestärken könnte, dem Impuls folgen, ihr Wissen um die Vergangenheit nutzen, dem Schicksal eine glückliche Wendung geben ... Aber Irina spielt ja keine Rolle in der Geschichte, sie bleibt Beobachterin eines fremden Lebens.

Bildbetrachterin ohne Gestaltungsrecht.

Als sie fluchend über ein Loch im Kirchenboden stolpert, das es in ihrer Zeit nicht gibt, schrecken die beiden auf, sie müssen Irina gehört haben, so wie Irina auch sie stets hören konnte, zu Gast in den eigenen Halluzinationen, aber das ist Wahnsinn! Wollte sie gerade tatsächlich die letzte Grenze aufheben und mit denen reden? Warum nur ist sie nicht mit Astrid nach München gefahren, um den Neurologen zu konsultieren, der auf Erscheinungen spezialisiert ist, die das Gehirn generiert?

Oder was auch immer.

Stattdessen hängt Irina fest, in sich, in der Zeit, in Räumen, die es nicht gibt, an Orten, die von Anfang an gegen sie waren. Die Kirche, die fette, lästige Kirche mit ihrem Geschnaufe und Gejapse, sie ist intakt, ist das nun gut oder schlecht, etwas stimmt nicht hier drinnen, dies muss ein Gedankengebäude sein, in dem sie orientierungslos herumrennt und Freundschaften zu schließen beabsichtigt, die mit Vorsicht zu genießen sein sollten, wie tief geht es noch hinab?

Und es zieht sie mit einer solchen Gewalt hinaus, in das Draußen, fort von der ungewollten Mitwirkung an etwas, das ebenfalls außerhalb von ihr liegen sollte, dass sie auf der Stelle umdreht und auf den Ausgang zustrebt. Immer schon hatte sie sich vor Grenzverwischungen zu schützen versucht, und nun fließt alles ineinander, verlieren sich alle Konturen und vermischen sich die Farben zu etwas vollkommen Neuem, von dem Irina nichts versteht.

Und nichts verstehen will.

Endlich kann sie der Kirche entkommen und stößt an das Schild, auf dem *Vstup pouze na vlastní nebezpečí* zu lesen ist. Tomáš klärte sie neulich, vor einem Tag, darüber auf, dass *Vstup pouze na vlastní nebezpečí* nicht der tschechische Ausdruck für *Hier wird die Kirche restauriert* ist, sondern *Eintreten nur auf eigene Verantwortung* heißt, und erst jetzt fällt Irina ein, was das bedeutet, natürlich, dies ist eine Warnung, nur konnte sie den Hinweis bisher nicht ernst nehmen, weil sie der Sprache nicht mächtig war und nicht Herrin über ihr Gehirn.

Die Sonne beruhigt Irina, sie führt sie aus der Dunkelheit, und es ward Licht, und wieder sind es biblische Metaphern, die ihr die Sinne vernebeln, aber vielleicht ist das so, wenn du dich in Bildern verrennst, denkt sie, vielleicht ist das so, wenn du dich in dir selbst verirrst, meine Erfahrungen für solche Fälle sind begrenzt.

Die Welt sieht sonderbar aus, ungewohnt, ja, fremd, und dennoch erkennt Irina diesen Ort wieder, in dem sie seit Tagen umherläuft, und die Tschechen grüßen freundlich, alle kennen sie inzwischen, den bunten Hund aus der Ruine, soll sie sich jetzt darüber freuen? Nein, sicher nicht, denn sie will nicht mehr hier sein, warum ist sie es dann immer noch?

Und sie zündet ein Streichholz an und pafft einige Züge, dann nimmt sie das Handy, verwundert über die erstaunlich ruhigen Hände, mit denen sie wählt. Astrid hebt sogleich ab, offenbar widmet sie sich trotz frischer Vermählung und neu entwickeltem Familiensinn weiterhin ihrer Arbeit, natürlich, es gibt kein Entweder-oder, oder was oder wie?

»Du musst mir einen Gefallen tun«, sagt Irina, und Astrid, die clevere, kleine Astrid, weiß natürlich sofort, was die Glocke geschlagen hat, wenn Irina Sätze sagt wie: »Das Labor ist mir egal«, sie weiß, dass es noch immer um diese Halluzinationen geht, oder was auch immer das sei, und verspricht sogleich, einen Termin mit diesem Nervendoktor zu vereinbaren, nein, nicht Nervendoktor, Irina, Neurologe, und zwar, so schnell es geht.

»Ich packe und breche sofort auf«, sagt Irina abschließend, »danke, Astrid«, und als sie auflegt, geht es ihr bereits besser, auch wenn das Gefühl der Leere bleibt und sich auf die Schnelle keine brauchbare Idee eröffnet, wie diese Leere zu füllen sein könnte. Sie schnippt die halb gerauchte Zigarette zu ihren Füßen und läuft zielstrebig zum Pfarrhaus hinüber, denn solange der Fokus klar bleibt und das Tun gerichtet, ist es gut. Statt sich weiterhin herumschleudern zu lassen, wird sie gemeinsam mit dieser verschissenen Leere nach München zurückkehren und etwas Pharmazeutisches in sich hineinpumpen, das wird ihr sicher helfen.

Pillen ins Paradies.

Auf dem Küchentisch liegt Tomáš' Buch, also muss er noch immer vor Ort sein, aber warum? Irina bleibt keine Zeit, um das herauszufinden. Und auch keine Zeit, in seinem Zimmer nach ihm zu schauen. Überhaupt bleibt keine Zeit für irgendetwas, sie muss sich sputen, denn da ist sie wieder, die Eile, und Irina heißt sie willkommen, denn dieses Mal gibt es einen Grund, schnell zu sein, ja. Schnell, schnell, auf nach München und diesen Albtraum hier endlich hinter sich lassen.

Schnell, schnell, Sachen zusammenklauben und los.

Sie ist froh, den Koffer nie vollständig ausgepackt zu haben, aber als sie versucht, den Deckel zu schließen, gelingt ihr das nicht, natürlich, sie hatte einen zusätzlichen Rucksack, aber der liegt in der Gruft. Das ist nicht nur ärgerlich, sondern bedrohlich, die Kirche wollte Irina meiden, denn wer weiß, wer da wo herumhockt, um wahre Geschichten zu erzählen, dennoch bleibt ihr keine andere Wahl, also redet sie sich gut zu und beeilt sich, den Kieselweg hinter sich zu lassen, um nicht Kašička in die Arme zu rennen.

Wird schon schiefgehen.

Die Kirche ist unverschlossen, das erspart zusätzliche Verzögerungen, und Irina eilt durch den Kirchenraum, der ihr brav eingerüstet sein wahres Gesicht zeigt, vom Alter zerstört und vom Krieg, alles in Ordnung, gemessen an den Maßstäben der jetzigen Zeit, und ein Anfang zur wiederherzustellenden Normalität. Vorsichtshalber werden Irinas Schritte dennoch schneller, immer noch schneller, als sie es ohnehin bereits sind, denn da gibt es dieses Zittern, das sich von ihrer Bauchmitte her ausbreitet, um als Blut in den Schädel zu steigen.

Zittern bedeutet Angst.

Hastig springt sie mit einem Satz in die Gruft hinunter und verfrachtet die wenigen Sachen, die dort unter Mörtelstaub begraben liegen, in den Rucksack. Alles geht gut. Alles wird gut. Sie hängt sich das Gepäck halb über die Schulter und fasst das Geländer der steilen Stiege, aber dann hört sie die Bratsche spielen, und es ist doch nicht alles gut, es gibt sie noch, beinahe wäre die Flucht gelungen.

Aber eben nur beinahe.

Die Lösung aller Zustände hatte sich zum Greifen nah angefühlt, eine überschaubare Entfernung in Kilometern, die leicht zu überbrücken schien, und schon wäre es vorbei gewesen mit der Exkursion in fremde Welten, aber trotz aller Eile war Irina offenbar noch immer nicht schnell genug, und bevor sie ihr neues Boot erreicht, geschieht schon wieder etwas, das an ihr zerrt und nicht zulassen will, dass sie die Treppenstufen hinaufrennt, um ihre Sachen ins Auto zu werfen und loszufahren.

Lauf doch!

Aber Irina kann sich nicht rühren, und die Erkenntnis, dass sie es nicht schaffen wird, hier hinauszukommen, schnürt ihr die Kehle zu, sie steckt fest, steckt fest in dem Kellerloch, noch eine zusätzliche Etage tiefer, als sie ohnehin bereits gesackt war. Lauf doch! Und los! Zu spät. Die Tränen steigen in Irina empor, Tränen der Angst oder der Verzweiflung oder der Rührung über diese zartbesaitete Musik, ja, die Melodie ist wunderbar, es ist dieselbe Melodie, die sie auch im Feld hörte, aber nun verstummt die Bratsche, und es wird still, dabei klang es so hübsch.

Hübsch und umarmend.

Langsam lässt Irina den Rucksack sinken und schaut dem hüpfenden Mädchen zu, wie es über die Wand springt. Auf nach München, jetzt!, ja, gleich, noch eine Zigarette, dann wird sie fahren, eine kurze Zigarette nur. Und sie setzt sich auf ihr Bündel, angelt das Etui heraus und steckt sich eine an. Alles hat seine Zeit, denkt sie und erinnert sich an jede einzelne Zeile des Prediger-Textes:

Geborenwerden hat seine Zeit, und Sterben hat seine Zeit; Pflanzen hat seine Zeit, und Gepflanztes ausreißen hat seine Zeit. Töten hat seine Zeit, und Heilen hat seine Zeit; Zerstören hat seine Zeit, und Bauen hat seine Zeit. Weinen hat seine Zeit, und Lachen hat seine Zeit; Klagen hat seine Zeit, und Tanzen hat seine Zeit. Steine schleudern hat seine Zeit, und Steine sammeln hat seine Zeit; Umarmen hat seine Zeit, und sich der Umarmung enthalten hat auch seine Zeit. Suchen hat seine Zeit, und Verlieren hat seine Zeit; Aufbewahren hat seine Zeit, und Wegwerfen hat seine Zeit. Zerreißen hat seine Zeit, und Flicken hat seine Zeit; Schweigen hat seine Zeit, und Reden hat seine Zeit. Lieben hat seine Zeit, und Hassen hat seine Zeit; Krieg hat seine Zeit, und Friede hat seine Zeit.

Nach München zurückzukehren hat seine Zeit.
Alles hat seine Zeit und jegliches Vornehmen unter dem Himmel seine Stunde.
Irina lässt den Rauch durch den gefühlten Hohlraum in ihrem Kopf zirkulieren und verharrt, und als die Melodie jetzt abermals erklingt, wird ihr bewusst, worauf sie wartete, ja, sie wollte, dass die Bratsche den Weg durch die Zeit findet und zu ihr zurückkehrt. Dass sie die Frau noch einmal sieht, die junge Frau. Um zu wissen, ob es ihr gut geht. Ob sie ihr Kind gebären konnte und rechtzeitig fliehen. Um zu wissen, ob sie vertrieben wurde oder als Frau von Ivo bleiben durfte. Ob sie erschossen wurde. Oder lebt. Sie muss es wissen. Muss erfahren, was geschehen ist.

Warum? Für wen?

Die Melodie klingt nah, aber hinter Irina ist nichts außer der Wand, die stumm bezeugt, wie Irina ihre Ohren spitzt nach Klängen, die abermals abreißen. Stattdessen dringen von oben aus dem Kirchenraum tschechische Wortfetzen:
»*Tam dole ... za mnou.*«

Irina fasst sich an die Schläfen, drückt die Hände an beide Seiten des Kopfes, um ihn zusammenzuhalten. Das unbekannte Stimmengewirr bleibt, aber vielleicht sind das ja

Tomáš und Kašička, wenn sie in ihrer eigenen Sprache miteinander reden, dann hören sie sich natürlich anders an, als sie es gewohnt ist, fremd, gewiss, das müssen sie sein, sie suchen nach ihr. Weil sie sich sorgen. Deshalb ist Tomáš geblieben. Um sie nicht allein, auf sich gestellt, in seinem Land zurückzulassen.

Entwurzelt.

Irina lässt ihr Bündel zurück, auch den Blazer, heiß ist es, steckt nur das Handy in die Hosentasche, dann erklimmt sie die schmale Stiege, um einen Blick ins Innere des Kirchenraums zu erheischen und den Stimmen die entsprechenden Körper zuzuordnen, aber dort ist niemand, die unebenen Flächen blecken Irina leer und höhnisch entgegen.

»Hallo«, schreit sie, »antworte mir, Tomáš, seid ihr das?« Statt einer Antwort erreicht sie nur Stille, klar, Tomáš hat hier nichts mehr verloren, genau wie Kašička hier nichts mehr verloren hat, genau wie alle anderen, genau wie sie auch. Und dann sieht Irina doch jemanden, sieht den Schatten einer alten Frau, die aus der Kirche huscht, das muss die Hilgertová sein. Ohne nachzudenken springt sie die letzte Stufe hinauf und rennt ihr hinterher, aus der Kirche hinaus, dort hinten läuft sie, in einem für ihr Alter unerwartet flotten Tempo. Das bunt gemusterte Kopftuch flattert am Kopf und entblößt für einen Moment die langen grauen Haare, die zu einem Dutt aufgesteckt sind … das ist nicht die Hilgertová!

Die Unbekannte rennt zu dem wohlbekannten Hof, dessen Gebeine neben dem Hof der Hilgertová ihre letzte, unruhige Ruhe gefunden haben, und biegt in die Auffahrt ein. Einen Moment lang bleibt Irina unschlüssig stehen, aber dann siegt die Neugier, es kann kein Zufall sein, dass sie abermals hierher geführt wurde, also geht sie den vertrauten Weg bis zur Auffahrt, über den bemoosten Innenhof, an der morschen Bank vorbei und in die Ruine des Haupthauses hinein.

Das verwahrloste Waschbecken hängt noch immer halb aus der Wand gerissen, und aus den Dielenbohlen wächst Löwenzahn. Irina schließt die Augen, summt die Bratschenmelodie und schiebt sich langsam vorwärts, bis ihre Fingerspitzen eine Türklinke berühren, die sie herunterdrückt.

Die Tür öffnet sich, und als sie die Augen wieder aufschlägt, steht sie in einem Schlafzimmer, in dem es süßlich riecht und zimtig, eine Spur von Eisen liegt in der Luft, dumpf, körperlich, es ist der Geruch des Geborenwerdens, der Wärme, die nur in diesem einzigen Augenblick einen eigenen Geruch kennt, jenem Moment nämlich, in dem das Baby hinausschlüpft und die Grenze zur diesseitigen Welt durchbricht, die Grenze zwischen Noch-nicht-Sein und Sein oder Wieder-Sein oder Gerade-noch-gewesen-Sein, wer kann das sagen?

Der Schritt ins Leben, vom Alter in die Taufe oder umgekehrt.

Die Frau mit dem gemusterten Kopftuch wischt den Säugling mit sauberen Windeln ab und legt ihn der jungen Frau auf den Bauch, die erschöpft auf dem blutigen Laken liegt. Dann schauen sie beide zu Irina, nein, sicher nicht, wie gewohnt schauen sie durch sie hindurch, auf den glücklichen Vater oder auf wen auch immer, der zu ihnen ins Zimmer gerufen wurde und irgendwo hinter Irina steht. Aber dort in der Türzarge steht niemand.

Langsam wendet Irina den Kopf, zurück zu der Szene am Bett, dort liegt die junge Frau, das Baby auf dem Bauch, daneben die Hebamme, und alle drei betrachten sie mit diesen leblosen Augen, die es vorrangig auf Bildern gibt, angehalten und leicht vergilbt, und alles, was Irina eben noch berührte, verwandelt sich mit einem Mal in eine umfassende Wut, die sie hinausschreit, gleichgültig, ob jemand sie hören wird oder nicht: »Verschwindet gefälligst, sofort, geht fort aus meinem Leben, haut ab!«

Allein, das Bild bleibt Bild und denkt nicht einmal im Traum daran, sich zu verändern, also muss wieder einmal Irina diejenige sein, die der Erstarrung Bewegung entgegensetzt. Und sie dreht um und rennt und schaut nicht einmal mehr auf den Zustand des Hofes, der ihr gleichgültig ist, so gleichgültig, wie ihr noch nie etwas gleichgültig war.

Gleichgültig, gleichgültiger, am gleichgültigsten.

Am Fuße der Auffahrt angelangt, kann Irina sich nicht länger halten, sie sinkt gegen den Pfosten und fängt zu weinen an, überflutet von einer Welle aus Gefühl, die von irgendwoher heranbrandet. Überwältigt von etwas, das größer ist als sie, das sie übersteigt und das zu kontrollieren ihr nicht gelingt. So in dieser Art fühlte sie sich zuletzt nach Zoes Geburt. Und sie lässt sich an dem Pfosten hinabgleiten, scheuert die Haut an ihrem Rücken unter dem dünnen Hemdstoff auf, aber auch das ist gleichgültig. Die Hände vor das Gesicht geschlagen, wird sie von einem neuerlichen Weinen geschüttelt, bis sie jemand an der Schulter berührt, sich neben sie kniet und sie in den Arm nimmt, wiegend: »Ist ja gut.«

Ach, wenn es doch nur gut wäre.

12

Der Tee schmeckt zimtig und süß. Er schmeckt tröstend und warm. Irina zieht die Beine zu sich auf das Küchensofa, so ist sie in sich geschlossen und kann nicht auseinanderfallen. Die Vase mit Lilien, die neben ihr steht, drängt ihr den Geruch nach frischen Gräbern auf, und Irina muss an ihren Traum denken und, ohne nachzudenken, beginnt sie, der Hilgertová davon zu erzählen, wie sie durch das Zimmer gelaufen sei und dann ihre Großmutter gefunden habe: »Sie war tot, wurde aber nicht aufgebahrt, sondern saß dort, wo sie immer gesessen hatte, den Rollstuhl ans Fenster geschoben.«

Im Sitzen präpariert.

Die Hilgertová hantiert weiterhin mit ihren Kräutern, füllt sie in ein Schälchen und zerstampft sie mit langsamen, ruhigen Kreisbewegungen. Ihre Hände sind alt und schwielig, die Knöchel rot und abgearbeitet.

»Ich weiß sofort«, sagt Irina, »dass dies meine Oma ist, obwohl ich ihr zuletzt als Kind begegnet bin. Kaum traue ich mich an sie heran, aber mit einem Mal richten sich ihre Augen direkt auf mich, und sie stürzt mir von ihrem Stuhl aus entgegen, hängt sich an meinen Hals, stellen Sie sich das vor!«

Und Irina erzählt weiter, wie sie die Großmutter erschrocken festgehalten habe, und während sie noch das Gefühl beschreibt, eine Tote in den Armen zu halten, fällt ihr eine weitere Sequenz aus dem Traum ein, nämlich, wie später die anderen aus der Familie dazukommen, unter ihnen auch ihre Mutter: »Und als sie mich so stehen sehen, eng mit der toten Oma verschlungen, da denken alle, die Tote sei vom Stuhl gekippt. Aber das stimmt nicht, sie ist mir entgegengesprungen.«

Die Hilgertová tritt an sie heran und nimmt ihr die Tasse aus der Hand: »Ich habe es schon einmal gesagt, du solltest ihnen zuhören, den Toten.« Und ohne zu wissen warum, lässt Irina willig geschehen, dass die Alte sie sanft in die Waagerechte drückt, denn sie ist müde, so müde. Der zimtige Geschmack legt einen Film aus Schweigen über ihre Zunge, und sie ist schrecklich erschöpft, so erschöpft, und der Schlaf wird angenehm sein, so angenehm. Die Augen schließen sich wie von allein, und Irina spürt blind, wie die Hilgertová das Kissen richtet und eine Decke über sie breitet.

»Schsch«, sagt die Alte, dann streicht sie Irinas Handrücken entlang, und Irina greift nach diesen alten, abgearbeiteten Händen, und für einen Augenblick ruhen die Hände-Paare ineinander.

Ineinander verknotet.

Meine Seele ist ein riesengroßer Knoten, denkt Irina noch, dann denkt sie nichts mehr, sondern hört nur die leisen Worte der Hilgertová: »Ruh dich jetzt aus.« Die Vorhänge werden zugezogen, der Schlaf naht, und Irina empfängt ihn, mitsamt der Dunkelheit, sinkt in die Dämmerung, die allen lärmenden Gedanken die wohlverdiente Ruhe verordnet.

Und schon kommen die ersten Bilder, das Rathaus, Toupalík und Špale, auch der Bürgermeister ist dabei. Natürlich gibt es so etwas, sagt Irina tonlos, Tote, die mit uns sprechen, und es ist ihr egal, ob sie sich damit lächerlich macht. Sie trägt eine Kittelschürze, darunter wölbt sich ihr Bauch, es ist unübersehbar, dass sie schwanger ist. Die anderen lachen, und am lautesten lacht Toupalík. Wie Irina so etwas behaupten könne, das sei doch Unsinn. Aber ich bin sicher. Wieder erntet sie nur Lachen. Es gibt jemanden, der die Toten tanzen lassen kann, sagt der Bürgermeister, und Špale fügt hinzu: Du denkst, sie begegnen dir, aber das ist nur vorgetäuscht. Nein, nein, sagt Irina und schüttelt den Kopf hin und her, her und hin, und erst jetzt bemerkt sie, dass vor dem Fenster laufend Menschen erschossen werden. Sie töten Menschen, viele Menschen, die ganze Zeit schon, schreit sie, merkt ihr nichts, was haben sie mit denen vor, was haben sie bloß mit denen vor?, und die Frage hakt sich fest, eine Schallplatte mit Sprung, und geleitet Irina aus dem Schlaf empor, zurück ins Denken, den ungeliebten Zustand.

Die Hilgertová steht nicht mehr an ihrem Platz an der Spüle, nur Irina liegt noch immer auf dem abgenutzten Küchensofa, auf Streifen, die mit etwas Fantasie früher einmal orange und grün gewesen sein müssen, bevor sie dem Einheitsbraun des Alterns anheimfielen.

Dem Vergessen der Nuancen.

Irina richtet sich auf, um sich den verlorenen Geschmack zurückzuholen, aber die Tasse, aus dem sie den süßen Tee trank, steht gereinigt neben den anderen im offenen Hängeregal, die Spuren ihres Besuches sind bereits getilgt, nicht getilgt sind dagegen die Gesichter vom Bürgermeister, von Toupalík und Špale. Sie spuken zwischen ihren Schläfen, all diese Menschen, denen Irina hier im Ort begegnete und die von nun an Teil von ihr selbst sind.

Ungebetener Teil der Erinnerung.

Alle möglichen Leute gesellen sich zu ihr, Tote und Lebende, ohne zu fragen, und dann bleiben sie Teil ihres Lebens. Sie bevölkern ihren Kopf, erdreisten sich obendrein, in ihren Träumen herumzugeistern, und lassen sich nicht mehr abschütteln. Da gibt es Spuren von Ivo und seiner jungen Frau, die soeben vor ungefähr fünfundsechzig Jahren Mutter wurde, ebenso wie von Jona und Zoe, Astrid, Roman, Henrik oder Tomáš.

Tomáš!

Vielleicht sitzt er nach wie vor im Pfarrhaus und trinkt seinen Tee, am Tisch der Küche, neben sich ein aufgeschlagenes Fachbuch, weil er es nicht aushalten kann, die Minuten verstreichen zu lassen, ohne sich der Arbeit zu widmen. Die Liebe zur Arbeit brachte ihnen Nähe und fügte sie zusammen, noch bevor die Körper es taten. Ja, sie mochte diese gemeinsame Spannung, mit der sie einander oben auf dem Gerüst ineinanderverhakten, ohne sich zu berühren, erst nach und nach kamen auch die Hände ins Spiel, der Nacken, die feinen Härchen auf Tomáš' Brust.

Und plötzlich tut es Irina leid, dass sie ihn so an sich abprallen ließ, und sie sehnt sich nach dem Gefühl, ihn im Arm zu halten. Einmal noch sollte sie ihn an sich ziehen, um sich anständig zu verabschieden, so, wie es sich nach einer gelungenen Begegnung gehörte. Und da die alte Hilgertová sich auch nach mehrmaligem Rufen nicht blicken lässt, vermutlich ist sie wieder Richtung Friedhof unterwegs, kritzelt Irina einen Dankeszettel, den sie an den Wasserhahn heftet. Dann schlüpft sie in die Turnschuhe, die geputzt neben dem Sofa stehen, rennt hinaus, fröhlich, und beginnt zu hüpfen.

Wie das Mädchen von der Wand.

Tomáš steht an der Spüle und wäscht eine einzelne Tasse ab. Als Irina die Tür öffnet, wendet er ihr nur kurz den Blick zu, dann nimmt er das Geschirrtuch, poliert das Porzellan und stellt die Tasse in den Schrank zurück. Jetzt gibt es keinen benutzten Gegenstand mehr, der von menschlicher Anwesenheit zeugt, außer einer Tasche, die vergessen neben der Heizung steht. Die Pfarrhausküche ist nichts als ein leerer Raum, ohne Stimmengewirr und Essensgerüche, unbewohnt und ungefüllt.

Tot.

Tomáš greift nach der Tasche, hebt sie hoch und durchquert die Küche in Richtung Außentür, wo er wortlos vor Irina stehen bleibt, mit beinahe feindseliger Haltung, sodass sie sich gegen seinen Widerstand dazu zwingen muss, ihre Arme zu heben, um sie ungelenk um seinen Nacken zu legen. Ein umständliches Bemühen, denn Tomáš lässt die Tasche auch jetzt nicht aus.

»Darf ich?«, fragt sie, aber er muss nichts sagen, denn die Antwort offenbart sich in der Art und Weise, in der sein Körper versteift und ihre Berührung dadurch behindert. Die Tasche schwebt zwischen ihnen, sie drängt auf Abreise, und Irina lässt ihre Arme wieder sinken, auch wenn sie sich zusammenreißen muss, dabei nicht ein weiteres Mal loszuheulen, aber mit Zusammenreißen kennt sie sich aus. Sie kann sich nicht erinnern, jemals so viel geweint zu haben, kann sich nicht erinnern, wann überhaupt. Aber einmal Tränen, immer Tränen, sind die Schleusen geöffnet, dann bahnen sie sich unerbittlich ihren Weg, als rächten sie sich daran, so lange hinter Verschluss gehalten worden zu sein.

»So einfach geht das nicht«, sagt Tomáš, und mit einiger Anstrengung gelingt es Irina tatsächlich, die Tränen zurückzudrücken, indem sie die Schotten wieder dichtmacht: »Aber abreisen geht so einfach, oder was?« Ihre Stimme klingt gepresst, durch einen schmalen Schlitz hervorgestoßen.

»Es war nicht richtig, was ich gesagt habe, entschuldige«, sagt Tomáš und stellt die Tasche ab, endlich, seine Hände sind wieder frei, aber statt zu einer Umarmung anzusetzen, wischt seine rechte Hand unterhalb des Lids über Irinas Wange, die trocken geblieben ist. Dann ist die Hand wieder verschwunden und lässt Irina allein zurück.

Unberührt.

Tomáš bückt sich und nimmt abermals die gepackte Tasche. Irina will etwas sagen, erklären, ihn halten, aber jetzt klingelt ihr Handy, und dem Zwang ergeben, allzeit bereit sein zu müssen, präpariert für den Fall der Fälle, fischt sie es aus der Hosentasche, »ja, hallo?«, und vermutlich war es die richtige Entscheidung, abzuheben, denn am anderen Ende erklingt Zoes Stimme, endlich Zoes Stimme, und Irina ruft erfreut den Namen der Tochter, als rufe sie ihn zum ersten Mal: »Zoe, du bist es, mein Baby!«

Tomáš wendet sich zum Gehen, zeigt ihr seinen angezogenen Rücken, unter dem Hemd das Schulterblatt, das empfindlich reagiert, wenn ihre Fingerkuppen darüberfahren. Er wird verschwinden, wenn sie tatenlos bleibt, vielleicht hätte sie das Handy klingeln lassen sollen, was ist richtig, was falsch, zurück kann ich jetzt keinesfalls, warum nicht, warum kann ich Zoe nicht warten, aber Tomáš ziehen lassen, warum sage ich nicht: Entschuldige, Zoe, es geht gerade nicht, und lege auf?

Zu viele Fragezeichen.

Irinas schweißnasse Hand glitscht über das metallene Gehäuse des Handys, aber Irina bleibt auf Empfang, weil man die eigene Tochter niemals vor den Kopf stoßen sollte, Fragezeichen, man sollte dies, man sollte das, oder weil sie selbst die Verbindung nach München benötigt, was für eine Verbindung, ein Gespräch über Handy, Fragezeichen, oder weil sie ohnehin keine Worte mehr finden wird für Tomáš und warum auch. Sie will hören, was Zoe sagt, will, dass Tomáš bleibt, und so greift sie nach seinem Ärmel, um ihm zu bedeuten, er solle warten, nur kurz noch warten, bis ihr Kampf mit dem Handy ausgefochten sein wird, aber er schüttelt ihre Hand ab.

»Mach es gut, Irina«, sagt er, »viel Glück«, dann schiebt er sich durch die Tür, und vom anderen Ende der Leitung untermalt die genervte Frage von Zoe die Abschiedsszenerie: »Was gibt es denn so Dringendes?« Und Irina schleudert es abermals hin und her, was heiße schon dringend, dringend sei natürlich relativ, dann schließt sich die Tür des Pfarrhauses und lässt sie in der Leere der Küche zurück.

Ein mickriges Füllsel in einem Zuviel an Raum.

Nun, da jeder andere mögliche Kontakt unwiderruflich, Fragezeichen, abgebrochen wurde, konzentriert sich Irina endgültig auf die mobile Gesprächsbrücke.

»Ich wollte mit dir reden«, sagt sie. Draußen wird ein Motor angelassen, und zusammen mit dem Geräusch des abfahrenden Autos erreicht Zoes Stimme abermals Irinas Ohr, eine erwachsene Stimme, wie Irina findet, die beim Gedanken an Zoe noch immer ein kleines Mädchen zu hören erwartet. Und für einen Moment kommt es ihr vor, als sei die Stimme aus dem Handy ihre eigene Stimme, mit der Zoe sich jetzt darüber beschwert, was denn dieses ewige Gequassel solle, ob sie damit Nähe erzwingen wolle. Und weiter: »Warum kannst du dich zur Abwechslung nicht mal entschuldigen?«

Entschuldigen, wofür entschuldigen?

Einen Moment lang ist Irina fassungslos und nicht sicher, ob sie tatsächlich gehört hat, was sie gehört zu haben meint, aber doch, so oder ähnlich dürften Zoes Worte gelautet haben: *Nähe erzwingen wollen*, diese Worte, mit denen sie selbst vor nicht allzu langer Zeit Tomáš in den Ohren lag. Auch hier findet sich eine Spur, da siehst du es mal wieder, wir gebären euch und hinterlassen dabei unsere Abdrücke, ohne vorher zu fragen, ob es euch überhaupt passt. Welches Erbe tragen wir noch mit uns herum?

Impulsiv wie die Mutter, stellte Henrik mit seinem unfehlbaren Sinn für Übergriffe fest, aber wer um alles in der Welt ist Henrik, und Irina holt Luft, um dem lieben Kind, dem geliebten Kind, etwas entgegenzusetzen, um in Verbindung zu bleiben oder Verbindung herzustellen, aber Zoe legt auf. Sie legt auf. Zoe legt auf. Was soll Irina tun?, legt sie eben auch auf, jetzt werden sie wiederkommen, die Tränen, aber das ist so nüchtern gedacht, dass sie sich ebenso gut gegen die Tränen entscheiden kann.

Ausgeweint.

Du wünschst dich in das Alte, aber das gibt es nicht mehr, denn sobald du es einmal verlassen hast, bist du ein für alle Mal aus etwas herausgetreten, herausgetreten worden, und nun sehnst du in deinem Exil etwas herbei, das sich längst verändert hat, weil du dich verändert hast, und wenn du zurückkehrst, wird nichts mehr so wiederzufinden sein, wie es war, bevor du gingst, die Enttäuschung ist der Rückkehr inhärent.

Die alte Heimat, der innere Zustand, in dem Irina sich ihr Leben lang einrichten konnte, er ist zerstört wie ein zerschossenes altes Gehöft, das nur mehr aus Grundsteinen besteht und aus den Erinnerungen an lebende Kaninchen. Hier gibt es nichts zu heulen.

Was dann?

Vielleicht gibt es stattdessen etwas zu erfahren, natürlich, sie muss dorthin, wo die Toten nicht mausetot in ihren Gräbern vermodern, sondern noch Geschichten zu erzählen haben, und Irina sammelt ihren verschütteten Mut beisammen, ja, mutig ist sie plötzlich, so, wie es auch die junge Frau gewesen ist, die ehemalige Nachbarin der nun alten Hilgertová, oder war sie in Wirklichkeit feige, woher soll Irina das wissen, was weiß sie schon von ihr?

Zu wenig.

Überhaupt weiß sie wenig. Von denen, die leben, so wenig wie von denen, die bereits starben. Von sich. Nicht einmal über ihre eigene Vergangenheit ist sie im Bilde. Über die Geschichte ihrer Familie. Nichts weiß sie. Weder warum die Großmutter verbittert auf ihrem Stuhl hockte noch warum die Mutter so kalt war. Warum nur konnte sich niemand dem anderen nähern, die Oma der Mutter, die Mutter der Tochter, Irina ihrer Zoe? Warum gab die eine ihre Kälte an die andere weiter und die andere an die eine und immer so fort?

Und weil es jetzt weder einen Weg zu Zoe zu geben scheint noch in das Schweigen der Mutter, weder zur toten Großmutter noch einen Weg in das verlorene Münchner Leben zurück, wie es war, bevor sie es verließ, fasst Irina einen Entschluss, ja, sie will es endlich wissen, es gibt nichts zu verlieren.

Die erhoffte Ruhe, endlich.

Die Bohlen der Dielen sind verwittert, oben im Dach prangt das wohlbekannte Loch. Tatsächlich ist der Hof nichts weiter als eine armselige Ruine, die vor der Witterung und der Zeit erzittert, sogar die vier Stühle, die vergessen unter freiem Himmel stehen, sind in einem desolaten Zustand. Dem einen fehlt ein Bein, ein anderer zeigt einen Knacks in der Rückenlehne, der dritte wackelt.

Irina wählt den vierten, der zwar schmutzig ist, ihrem Gewicht jedoch standzuhalten verspricht, zieht ihn über den morschen Boden und setzt sich in die Mitte des Raumes. Der Platz im Zentrum des Bildes ist richtig gewählt, allein, die anderen Gegenstände stehen ziellos umher und müssen ausgerichtet werden, alles soll stimmen, also erhebt sich Irina wieder und drapiert die übrig gebliebenen drei Stühle zu einem Halbkreis ihrem einzelnen Platz gegenüber. Dann setzt sie sich abermals und schlägt die Beine übereinander. Selten saß sie so da, ruhig und gefasst und der Zeit ergeben.

Seht ihr, ich warte!

Das ist Frieden. Es ist Frieden. Und das Warten unterscheidet sich von der Warterei vor unsichtbaren Bäckereien und auf vergebens erwartete Anrufe, denn es geschieht zielgerichtet, und deshalb ist es richtig und kann die Eile zum Teufel oder dessen Großmutter gewünscht werden, denn dieses Mal geht es nicht um irgendeine sentimentale Melodie, die zu hören sie sich heimlich wünscht, nein, sie wartet bewusst und gewollt und aufmerksam. Wartet auf das Wesentliche. Auf das, was darunterliegt, wenn sie den Gullydeckel lupft und es wagt, in die Kloake zu schauen. Auf das, was geschah. Was sie teilen will, um es mitgeteilt zu bekommen.

Auf den Kern der Geschichte, basta.

Fantastisch und mutig richtet Irina sich in dieser Ruhe ein, nicht einmal das Knie wippt mehr auf und ab. Ihre Beine sind übereinandergeschlagen, die Arme als zusätzlicher Halt über der Brust gekreuzt, während sich ihre Augen auf die Augen der anderen Stühle richten, Lehne um Lehne fokussieren, leere Sitzfläche um leere Sitzfläche, um die Gesichter zu erwecken, die sie aus dem abgestoßenen und lädierten Holz heraus angrinsen, ja, sie starren ihr bereits entgegen mit ihren hölzernen Gesichtern. Im dem Mobiliar steckt mehr Mensch als angenommen, der Unterschied zwischen Ding und Lebewesen ist so groß nicht, was erzählt das eine, was das andere, eines wie das andere beseelt oder kraftlos, tot oder lebendig.

Irina konzentriert sich, den Blick so lange zu halten, bis das Bild zu flimmern beginnt. In den Dunst von kochendem Wasser getaucht, verwaschen die Farben und wackeln die spärlichen Reste ehemaliger Wände, bis sich das Sonnenlicht verdunkelt und der Raum zu einem Innenraum wird, begrenzt auf sich selbst und in einer Weise intakt. Die Wände ziehen gerade bis zur Decke empor, die Stühle sind poliert und stehen auf jeweils vier festen Beinen, und auf einem von ihnen sitzt jetzt sie, die junge Frau, die Irina aus ihren Halluzinationen kennt, die den Albträumen zu ähnlich waren, oder aus ihren Tagträumen.

Aus nicht erlebten Erfahrungen.

Und auch der Vater und die Mutter der jungen Frau sitzen um den robusten Holztisch herum, der in der Mitte der Diele prangt. Sie essen Kartoffeln. Der Dampf steigt aus dem großen schwarzen Topf nach oben, zu den stabilen Balken des Daches, und umnebelt Irinas Verstand, während die anderen vor ihren Tellern sitzen und sorglos die Gabeln mit zermatschten Erdäpfeln zum Mund führen, obwohl sie sich fürchten müssten. Sie kennen die Furcht besser als alle anderen, besser als Irina sowieso, denn ihre Furcht ist eine konkrete, eine fassbare Furcht, die dem wirklichen Erleben entspringt, Hunger aber fragt nicht nach Angst.

Neben der jungen Frau steht eine Wiege aus Korbgeflecht, darin das Kind, und noch immer ist alles ungewohnt ruhig, anders, als Irina es kennt, wenn Leute schmatzen oder um ein Stückchen Butter bitten und obendrein ein Säugling schreit. Der Ton muss abermals verloren gegangen sein, irgendwo zwischen Zeit und Zeit steckt er fest, und ebendieser fehlende Ton lässt Irinas Ruhe andauern und den Schock darüber ausbleiben, dass sie tatsächlich da sind, die anderen. Im Gegenteil ist Irina sogar stolz darauf.

Die Geister, die ich rief, los werde ich sie allemal.

Ja, sie hat es geschafft, na also, sie erreicht alles, was sie sich vornimmt, das Abitur, den Abschluss an der Fachhochschule, die erste prompte Anstellung, die Leistungen auf dem Gebiet der Mikrobiologie. Und statt davonzueilen und zu flüchten vor dem, was ihr widerfährt und möglicherweise noch widerfahren wird, bleibt Irina weiterhin unbewegt sitzen, denn jede unvermittelte Bewegung würde nur das Bild beschädigen, das aus Stühlen Menschen werden lässt und aus Erinnerungen lebende Wesen.

Aber dann, unerwartet und ohne Zutun, ist es aus mit der Ruhe, denn jetzt öffnet sich die Tür, nein, sie kommt brutal hereingeschlagen in den Raum und bereitet dem angenehmen Zustand ein unfreiwilliges Ende, und plötzlich wird auch der Ton wieder aufgedreht, ein allgemeines Geschrei bricht aus, laut ist es, zu laut, um still sitzen zu bleiben.

Nach den soeben erlebten Augenblicken absoluter Stille bahnen sich die Geräusche umso eindringlicher einen Weg durch das Ohr bis ins Innere von Irinas Körper, und die dazugehörigen Bilder lösen einander in einem Bruchteil von Sekunden ab, ohne Übergang, mit harten Schnitten, Stopp. Tschechische Partisanen dringen in den Raum, Handgemenge, Stopp. Die Mutter, die sich widersetzen will, wird zu Boden geschlagen, Stopp. Die junge Frau schreit einen tonlosen Schrei.

Stopp.

Endgültig vorbei ist es mit dem vermeintlichen Frieden, der immer nur ein vorgegaukelter Frieden sein kann und in Wahrheit lediglich das Stadium zwischen dem einen und dem nächsten Krieg markiert, ja, so ist es doch. Der Vater, der zur Hilfe eilt, wird mit einem Gewehrkolben niedergeschlagen, Stopp. Und wieder ist es die Wucht der Gewalt, die Sinnlosigkeit der Gewalt, der namenlose Schrecken, der Irina sprachlos werden lässt und ihr Denken zu einem sprachlosen Drängen auf Flucht.

Alles ist Flucht, und an Flucht denken alle.

Die junge Frau zerrt ihr Kind aus der Wiege und läuft hinaus, ohne einen Blick zurück zu werfen, auf den Boden, wo ihre Eltern liegen, denn für die Alten ist jetzt keine Zeit. Auf der Flucht gibt es nicht den Luxus von Zeit und nicht den Luxus, die Handlungen abwägen zu können, nein, auf der Flucht gibt es kein Denken und keine bedachten Entscheidungen, sondern immer nur den Moment. In ihm konzentriert sich der Wille zum Überleben, der alles Menschliche übersteigt, wenn es nur sein muss.

Eine Entscheidung zwischen denen zu treffen, die du liebst, ist menschenunwürdig und menschenunmöglich, aber ohne das Denken und ohne die Zeit bleibt allein die übermenschliche Anforderung, weiterhin funktionieren zu müssen. Der Nachwuchs muss in Sicherheit gebracht werden? Also gut, dann wird er eben in Sicherheit gebracht, das Leben muss weitergehen, immer weiter, so sieht es das Gesetz von Leben und Tod vor.

Die Frau drängt nach vorn, vorwärts, nur vorwärts, mit ihrem Baby auf dem Arm, dieser Hoffnung auf eine Zukunft, die als schlaffes Bündel neugeborenen Lebens daherkommt. Und auch Irina drängt es nach vorn, vorwärts, weg hier, schnell in den Tunnel hinein, der sie ans Licht führen wird, in ein neues Leben hinein, ein anderes Leben, ein Leben nach dem Hier. Und so läuft sie ebenfalls hinaus, der Frau und ihrem Baby-Bündel hinterher, sie heftet sich mit ihrem Blick an die beiden, muss dranbleiben und lässt alles andere zurück.

Verlassen nach einem unerwarteten Aufbruch.

Auf den Straßen wimmelt es von tschechischen Partisanen, dazwischen Deutsche mit einer Kennung auf ihrer Kleidung, ein weißes *N* für *Němec* – Deutscher. Das kleine Menschenkind schreit, und der Schrei sticht mit einem Schmerz in Irina hinein, der alles, was noch an Verzweiflung und Schrei in der klebrigen Luft hängt, auslöscht.

Die Frau mit dem Säugling irrt durch das Gewühl, kämpft um Orientierung im Chaos und wechselt die Richtung mit Ziel auf die Kirche, denn dort wird der willkürliche Lauf sein vorläufiges Ende finden, diese Hatz, in der auch Irina mit herumstolpert, bedrängt von diesen Leuten und deren Panik und dem strengen Geruch ihrer Angst. Ihrem Laut-Sein. Aber die Kirche, ja, sie wird die Frau und das Kind aufnehmen, denn dafür wurden doch Kirchen erbaut, oder nicht, um dein Seelenheil zu retten oder auch deinen Leib, die Kirche ist heilig.

Ein heiliger Ort.

Und Irina zwingt sich zu dem Glauben, dass es vor diesen Türen haltmachen wird, das Böse, was auch immer das sein soll und in was auch immer es sich ausdrückt, in seiner vielfachen Gestalt. Und auch sie selbst wird in der Kirche Aufnahme finden, schließlich kennen sie beide sich inzwischen recht gut, Freunde sind sie geworden, sie und das störrische Bauwerk, und das bisschen Abneigung, das Irina verspürt haben mag, wird ihr wohl hoffentlich nicht übel genommen werden.

Sie dachte, die Kirche wäre schuld an ihren Hirngespinsten, ihrer bis dahin unbekannten Orientierungslosigkeit, aber nein, ein Auslöser ist sie gewesen, nur das, ja, denn die Mauern sind durchtränkt mit finsteren Ahnungen, ihr langes Leben lang mussten sie ungefragt mitansehen, was um sie herum und in ihnen geschah, und dann bewiesen sie doch Standhaftigkeit, während sich niemand um sie scherte oder gar darum, dass es etwas gibt, das immer und zu jeder Zeit verhindert werden sollte und das da heißt Gewalt.

Aber jetzt werden ihr die ollen Steine für kurze Zeit als rettendes Boot dienen, *Boot*, so hieß die Zuflucht, als Irina noch ein Kind war und ihre kindlichen Spiele spielte, allein, dies ist kein Spiel. Und so, wie die Kirche den Wahnsinn der Gewalt immer wieder neu bezeugen musste, kann auch Irina nicht länger wegschauen, den Blick nicht länger abwenden vom Tod, der unter den Flüchtenden umhergeht und alle mit sich nimmt, die es nicht schaffen. Und auch die Worte nimmt er mit sich, die diese Todgeweihten noch zu sagen gehabt hätten.

Und plötzlich meint Irina zu verstehen, warum es diesen Psalm gibt, den Psalm achtundachtzig, der düster die nördliche Seite des Presbyteriums ziert, denn, ja, dort werden sie wieder sichtbar, die Toten, und können sich erheben, um ihre Geschichte zu erzählen und den Zukünftigen davon zu berichten, was vor der Gegenwart geschah.

Vor dem jetzigen Stand von Sein.

Sie können ihren Bericht ablegen von dem, was die Vergangenheit hervorbrachte an Terror und dessen Fratzen, und davon, dass dieser Terror Spuren hinterlässt, auch dann noch, wenn er fürs Erste beendet zu sein vorgibt, *du hast mich hinunter in die Grube gelegt / in die Finsternis und in die Tiefe*, aber schau nur: Das Leid wirkt nach.

Den Psalm gibt es schon viel länger als den aktuellen Krieg, in dem Irina sich gerade befindet, und seine Abbildung ist lange vor dieser Zeit in die Kirche gepinselt worden, zu einer Zeit, die weiter in die Vergangenheit hineinragt als dieser Wahnsinn, der augenblicklich geschieht und gegen den gelegentliche Halluzinationen Kinderspielchen sind.

Vergleichbaren Wahnsinn aber gab es immer, wieder und wieder Wahnsinn, denkt Irina, aber kaum jemanden, der sich dafür interessiert, was dieser Wahnsinn mit dir macht, ganz zu schweigen von denen, die noch folgen werden, aber Wahnsinn ist noch gelinde ausgedrückt, angesichts der Sprachlosigkeit müssen alle Ausdrücke kapitulieren.

Dito.

Der jungen Frau gelingt es, sich einen Weg durch das Getümmel zu bahnen, sie taucht ins Innere der Kirche ab und wird aufgenommen in den Raum, der den Flüchtenden Geborgenheit verheißt. Und auch Irina erreicht in dem

Moment die Kirche, als direkt vor ihr die Partisanen die Treppenstufen zum Portal hinaufdrängen, Stopp.

Die Gewalt macht vor nichts und niemandem halt, nicht einmal vor diesem Ort, warum sollte sie das auch tun? Weil ich es kurzzeitig glauben wollte? Heiliger Ort! Dass ich nicht lache! Was bedeutet *heilig,* wer bestimmt, was wem wann heilig sein sollte, ein willkürlich als heilig bestimmter Ort ist nur so lange heilig, wie die Gewalt unter dem Deckel bleibt.

Aber dann, aber wenn, dann wehe!

Die Partisanen rütteln an dem Knauf des Portals, es treibt sie weiter, dort hinein, und das, was sie sind, und das, was sie zu tun planen, hat mit *dem Bösen* dennoch ebenso wenig gemein wie die Kirche mit dem Heiligen. An die willkürliche Unterteilung vom Bösen und vom Guten, die doch immer nur von der jeweiligen Perspektive abhängt, ja, immer nur davon, glaubt Irina auch jetzt nicht, als die Partisanen wahllos drauflosknüppeln, wenngleich die Versuchung groß ist, die Welt in Gut und Böse teilen zu wollen, um dem Unbegreiflichen eine Erklärung entgegensetzen zu können.

Eine schlichte Erklärung.

Aber auch, wenn sie manches zu ignorieren verstand, sie weiß ja, wer wo wann und wie diesen Krieg in Gang setzte und damit die Welle der Gewalt ins Rollen brachte, deren Zeugin sie nun ist, oder ist sie längst mehr als nur Zeugin? Sie weiß, wer das war, der die von unzähligen Kriegen bereits brüchig gewordenen Regeln endgültig brach. Der die mögliche Unterscheidung zwischen heilig und unheilig mit Füßen trat und mit Verachtung.

Ein Menschenleben ist heilig.

Seine Würde ist heilig, ja, so lange heilig, bis die Gewalt darüber bestimmt, wie die Regeln lauten. Gewaltregel Nummer eins: Töte alle, die anders sind als du. Alles, was tschechisch ist. Alles, was deutsch ist. Immer schon wurde die Würde des Menschen mit Füßen getreten, im Laufe der Geschichte der Menschen und damit der Kriege, und wenn wir schon dabei sind: im Laufe der Geschichte der Kirche, hörst du, mein sogenannter heiliger Ort, da mach dir bitte nichts vor! Stets wurde es verletzt, das Recht des Menschen auf seine Unversehrtheit, wurden die allerletzten Tabus endgültig gebrochen. Sie ließen aus Menschen frei verfügbares Material werden, Baumaterial, Füllmaterial, frei verfügbare Masse, verrückbare Steinchen für die Neugestaltung von Territorium und luden damit zur Nachahmung ein, und *sie*, das heißt: Menschen, keine Ungeheuer.

Das Böse ist banal.

Und sind die Gesetze zur Achtung der Menschenwürde einmal außer Kraft gesetzt, dann ist der Weg frei für alle, darüber ist niemand erhaben, auch du nicht, Kirche, du weißt schon, was ich meine ..., aber da ihre Rolle womöglich von der bloßen Zeugin zur beteiligten Akteurin ausgedehnt wurde, traut Irina sich mit ihren Gedanken an dieser Stelle nicht weiter. Zu weit schon wagte sie sich vor. Wer oder was stellt sie dar, wie viel ist von ihr zu sehen und zu spüren, wenn auch sie alles sehen kann und spüren? Sie hört die Schreie und riecht den Menschengeruch, darin ihren eigenen Geruch, involviert, so, wie sie es wollte, nein, wollte sie nicht.

Du hast mich in die Grube gelegt / in die Finsternis und in die Tiefe.

Hier herrscht Krieg, Irina aber erstrebte den Frieden, den Seelenfrieden für sich selbst, den es nicht gibt, denn immer herrscht Krieg, immer und überall, er lagert sich ein in jede Zelle, lagert sich dazwischen und darunter und darüber und aus der Vergangenheit in die Zukunft hinein. Alles ist heilig oder nichts, und was bleibt heilig, wenn es das Leben nicht ist?

Irina dreht um und strebt an den einzigen Ort, der noch frei ist von Partisanen, an den angrenzenden Friedhof. Kein Grab vor 1945, aber das gilt heute nicht mehr, denn *heute* meint *jetzt*, und das Jetzt befindet sich mitten im Krieg, und plötzlich zeigen die Sterbedaten auf den Gräbern Ziffern von achtzehnhundertirgendwas bis paarundvierzig und die Namen klingen deutsch. Das Kindergrab der armen Helenka ist verschwunden, wie schön, dass sie noch nicht gestorben ist, wie schrecklich, dass sie es sein wird.

Der Krieg ist schuld und immer wieder der Krieg, er lässt die Menschen nicht sein, wie sie sind, wann immer sie lebten oder noch leben werden, es sind seine Spuren, die sich so nachhaltig in die Seelen graben, dass Kieselsäureester nichts ausrichten kann und auch keine Anstrengung und keine Flucht. Der Krieg wird mitgenommen von Ort zu Ort, von Generation zu Generation, er tötet die Liebe, und das ist die Wahrheit. Ja, selbst aus den Gräbern grinsen sie einen an, die Zeichen des Krieges, dieses einen und des anderen, der noch viel länger zurückliegt als der jetzige, aber das spielt keine Rolle. Der eine Krieg zieht auf der Flucht vor dem vorherigen den nächsten nach sich und der dritte auf der Flucht vor dem zweiten den vierten. Die Gewalt wird weitervererbt, während die Narben durch die

Zufügung neuer Narben gesalbt werden, denn wenn ich dir wehtue, tut es mir weniger weh.

Vererbte Irrtümer.

Ist es nicht so, Zoe? Sag du es mir, Tomáš! Was haben deine Großeltern gedacht, nachdem sie in Prag den Aufstand der Deutschen niederschlugen und dich anschließend in den Armen hielten, und was hast du gespürt, als sie dich wiegten? Und was dachtest du, Mutter, als die Großmutter dich in den Arm nahm, nachdem ihr die Fähigkeit zur Liebe aus dem Leib gerissen worden war? Irgendetwas geschieht mit uns allen, es durchfährt uns, ohne dass wir wissen, was es ist und warum, die Halluzinationen gehören nicht mir allein.

Aber wo bin ich, und wie finde ich von hier wieder heraus? Diese Geschichte geht mich an, sie erzählt von der Gegenwart, genau wie es die Hilgertová behauptete. Krieg hat seine Zeit, und Friede hat seine Zeit, so heißt es, aber der Krieg sollte keine Zeit haben.

Zu keiner Zeit. Niemals.

Irina stolpert über die Gräber und denkt, auch meine Großmutter liegt in einem Grab, tot, und sie hätte bereits in diesem Krieg sterben können, und wenn sie gestorben wäre, dann gäbe es mich nicht, dann gäbe es keine Irina, eine tote Großmutter gebiert kein Leben.

Glück gehabt.

Wäre die Großmutter bereits im Krieg gestorben, dann hätte ich nicht anwesend sein können bei ihrem Begräbnis, in München. Ich hätte mich nicht von ihr verabschieden können, wie missglückt dieser Abschied auch ausgefallen sein mag, schließlich liebe ich Oma nicht besonders oder kannte sie nicht oder beides. Wäre sie im Krieg gestorben, dann hätte ich nie die Chance erhalten, sie doch noch zu mögen und zu verstehen oder sie zu verstehen und deshalb zu mögen.

Auf immer verpasst.

Irina stolpert wieder, und dieses Mal findet sie keinen Halt, sondern fällt, und alles um sie herum wird schwarz, endlich, endlich das ersehnte Schwarz, mit dem Schwarz verstummen die Schreie und auch die lauten Gedanken, so hofft sie, aber die Hoffnung auf ein Ende des Schreckens wird so schnell nicht erfüllt, die Ohnmacht möchte sich nicht einstellen.

Irina sieht ihre Hose vor sich, die Jeans mit dem Loch auf dem spitzen Knie, darunter die geschürfte Haut, die als Wunde ihren Fall bezeugt. Und sie richtet sich auf, klopft die Erde von den Oberschenkeln und stützt sich an einem Grabstein ab. Unter der Handfläche spürt sie die eingeschliffene Inschrift, die Verwundung des Steins, von Menschenhand verursacht, und entdeckt den Namen *Helene*, erkennt auch das Grab wieder. Und wie immer ist das Beet gepflegt und von Unkraut befreit, es spricht zu ihr, sagt: Da bin ich, der Spuk ist vorbei.

Willkommen zurück in … wo auch immer.

13

Hinter der Friedhofspforte ragt die Kirche unbewegt in den Himmel, unbewegt und heilig, aber das Wort *heilig* findet sich nicht länger in Irinas Kopf, es wurde gelöscht, weil für zu kompliziert befunden. Vorsichtig tritt sie auf, das Knie schmerzt nicht, und beinahe bedauert Irina es, so taub für den Schmerz weitergehen zu müssen, durch die Pforte, über die Kieselwege, am Pfarrhaus vorbei in die Stille hinein, sogar die Vögel sind verstummt. Immer ist es still, nachdem der Sturm vorbei ist. Dermaßen tief sitzt der Schrecken, dass er die Welt sprachlos werden lässt und sie am Singen hindert.

Irina erreicht die Stufen der Kirche und steigt langsam hinauf zum Portal, während sie am Stein Spuren abzulesen versucht, die von dem Ansturm der Partisanen zeugen könnten, doch außer Taubendreck ist nichts zu entdecken. Das Portal ist versperrt, und vor dem Schloss klebt eine Banderole. Der Bauleitung muss nachträglich eingefallen sein, dass sie ihren Schlüssel nicht sachgemäß ausgehändigt hat und ihn stattdessen noch immer bei sich trägt.

Ratlos rüttelt Irina an der Tür, aus dem Inneren dringt kein Ton, stattdessen weht von irgendwoher das Klagen eines Babys, da ist es wieder, und dieses Klagen duldet kein Zögern. Augenblicklich zieht Irina den Schlüssel aus der Jeans und stößt ihn durch die Banderole, lässt den Bedenken, Spuren zu hinterlassen, die sie möglicherweise nicht hinterlassen möchte, keinen Raum.

Spuren der Zerstörung.

Der Respekt vor dem Leben rangiert vor dem Respekt vor dem Eigentum, so lautet das ungeschriebene Gesetz, das beachtet wird oder auch nicht, und schon schnappt das Schloss auf, und Irina geht hinein, lässt die Stille vor der Tür und auch das Licht, dann schließt sie das Portal hinter sich und verriegelt es von innen, sicher ist sicher.

»Hallo«, ruft sie leise, »ist da jemand?« Und ruft es gleich noch einmal, nun lauter, aber sooft sie auch ruft, sie bleibt allein mit den Schatten der Gerüste, die als Skelette über den Kirchenboden kriechen. Vor dem Fenster streichen die Arme der Bäume, sie wollen hineingreifen und Irina in die Tiefe stoßen, in die Grube, alles dreht sich im Kreis, die immer gleichen Bilder vernebeln den Blick auf die Gegenwart.

Und obwohl Irina sich kaum zu bewegen vermag, nimmt sie den schwarzen Stoff, der die Unebenheiten des Fußbodens auszugleichen helfen soll, und heftet ihn provisorisch vor die Fensterscheiben, Fenster für Fenster, Stoffstück für Stoffstück, erst dann wagt sie es, alle Lampen anzuschalten. Sofort sucht sich das Licht mögliche Wege nach draußen, die lächerlichen Vorhänge bedecken nicht einmal ein Drittel der Fensterfläche, alles an dieser Kirche ist ein Zuviel, auch das Fensterglas, das nur noch mehr unnötigen Bruch produzieren wird.

Im Schein der Lampen zeigt sich die angefangene Arbeit, abgebrochen, unfertig, zu keinem beglückenden Ende geführt, grinsen die unerfüllten, kahlen Stellen Irina kaputt und farblos entgegen, ihr Baby, das, kaum geboren, im Stich gelassen wurde. Und wieder meint Irina das Klagen des Säuglings zu hören, der geboren wurde, um zu sterben. Es klingt nah.

Zu nah.

Sie verstecken sich, denkt Irina, sie sind noch hier, nicht einmal im Schutze der Gegenwart bin ich mehr sicher. Und sie sucht nach einem Mausloch, aber es gibt keines, in das sie passen würde, weder Dunkelheit noch Licht können ihr die ersehnte Geborgenheit schenken. Und sie ruft noch einmal, aber ihr Rufen wird zu einem Pochen an der Tür, eine Stimme: Hallo, ist da jemand?, und obwohl die Frage auf Tschechisch gestellt ist, versteht Irina die Worte, sie müssen ihr beigebracht worden sein, nur kann sie sich nicht erinnern, von wem. Vermutlich versteht sie allein intuitiv, dem Willen zum Überleben geschuldet, es bleibt ihr keine Wahl, denn jedes Wort könnte wichtig sein, ob in Deutsch oder Tschechisch oder Aserbaidschanisch. Denn, ja, sie fahnden nach ihr, und obwohl die Tür verriegelt ist, wird sie niemanden davon abhalten können, zu Irina vorzudringen, den Raum zu erstürmen, in ihn hineinzufallen, ohne Respekt vor möglichen Grenzen. Sie kennt kein *Halt!* und kein *Stopp!* Ist die Welle erst am Rollen, walzt sie alles platt, ob du nun *Stopp* sagst oder *Könntest du bitte …* oder *Mohl bys prosím …*

Schau hinaus, Irina, sei kein Feigling.

Und nun schließt sie tatsächlich wieder auf, um herauszufinden, was außerhalb der Kirche vor sich geht, und um sich von der Wirklichkeit zu überzeugen, aber in dieser Wirklichkeit drängen die Partisanen bereits die Treppenstufen hinauf.

Stopp!

Nein, sie machen keinen Halt vor diesem heiligen Ort, an dem sie Zuflucht suchte, auf den sie hoffte und an dem sie sich in Sicherheit wähnte, der ihr *Boot* sein sollte und Ziel ihrer Flucht, aber nun sind sie hier, die Partisanen, und sehen sie in dem Türspalt stehen, in der Kittelschürze, die sie um die Mittagszeit herum überstülpte, um zu kochen.

Da ist sie, etwas in dieser Art rufen sie einander zu, die Tschechisch-Kenntnisse reichen aus, um das zu verstehen, schon riecht Irina den stinkenden Atem des Bösen, ja, so hatte ihr Vater auf der Suche nach dem Verstehen schließlich unterteilt, nämlich, dass die Tschechen die Bösen sind: Hörst du, Kind, das sind die Bösen, und wir, wir sind die Guten, das kann doch nicht so schwer zu begreifen sein.

Und sie schlägt das Portal zu, aber es wird nichts nutzen, sie haben sie gefunden, und es wird ihnen gleichgültig sein, dass sie vorschriftsgemäß das *N* trägt, denn sie wollen keine erfüllten Vorschriften, sie wollen sie. Weil sie eine Deutsche ist. Ein *N*. Weil es auf der Suche nach dem Verstehen nur eine Schlussfolgerung geben kann, nämlich, dass die Deutschen die Bösen sind, das kann doch nicht so schwer zu begreifen sein.

Was ist böse, was ist gut, jetzt ist alles finster.

Ihre Hände zittern zu sehr, als dass sie abschließen könnte, und außerdem, wo ist der Schlüssel, welcher Schlüssel, sie besitzt keinen Schlüssel. Wieso sollte sie einen Schlüssel haben für die Kirche im Ort, das ist absurd, ein frommer Wunsch, der Hoffnung entsprungen, sich verbarrikadieren zu können, hier in diesem Raum, in den noch andere geflohen sind außer ihr selbst, aber niemand von ihnen kann die Tür verriegeln, natürlich nicht! Der Pfarrer allein verwaltet den Schlüssel, aber wo ist er nur?, vielleicht liegt er längst tot im Pfarrhaus, eine Tasse verschütteter Tee neben ihm auf dem Boden.

Die Kirche hatte ein natürlicher Schutzwall sein sollen, weil sie doch heilig ist, aber jetzt werden sie alle eines

Besseren belehrt, denn obwohl sich einige Männer von innen gegen die Tür stemmen, bewegt sie sich nach innen und drückt die Menschen beiseite.

Wie Steinchen auf einem Spielbrett.

Die Partisanen brechen herein, und Irina schreit, dann fällt ihr die Gruft ein, sie kennt den Zugang, er existiert, unabhängig davon, in welcher Zeit sie unterwegs ist und ob der Fußboden plan ist oder uneben, aufgerissen oder noch intakt, unabhängig auch davon, ob hier Gerüste stehen oder Kirchenbänke, ob es Jetzt ist oder Früher. Den Zugang zur Gruft findet sie so oder so, vom Willen zum Überleben gesteuert, ist alles möglich.

Als sie die Stufen hinunterspringt, knickt ihr Fuß um, aber der Schmerz bleibt aus, sie ist taub geworden für jegliches Gefühl, taub für alles außer ihrem Willen. Neben den Statuen, die sie doch ausgelagert hat, aber das muss wohl später gewesen sein, liegt das Bündel mit Irinas gepackten Sachen. Von oben dringen Stimmen, sie wiederholen die tschechischen Worte, die ihr bekannt vorkommen: »*Tam dole, pojď za mnou.*« Und jetzt versteht Irina, was sie meinen, sie sagen: »Dort hinunter, los, hinterher!«, ja, sie versteht den Wortlaut und auch die Bedeutung: Sie wollen sie holen!

Und wieder schreit sie auf, dann packt sie ihr Bündel und rennt hinauf, an allen anderen vorbei, schnell, schnell zu ihrem Auto, aber obwohl sie es schafft, obwohl es ihr gelingt, die Kirche zu verlassen, so fehlt doch das Auto vor dem Pfarrhaus, stattdessen wimmelt es hier abermals vor Partisanen, sie treiben die Deutschen vor sich her, die, wie sie selbst, mit dem *N* gekennzeichnet sind. Und auch Irina wird Teil dieser Masse Mensch, wird eingemeindet und vorangetrieben wie in dem Albtraum, der sie als Mädchen wiederholt heimsuchte und in dem es ebendiese Feuer gab und auch die stummen Schreie und die drohenden Stimmen und den sich vorwärts schiebenden Pulk Flüchtlinge.

Vorwärts, nur vorwärts.

Irina drückt das Bündel so fest an sich, dass das Baby zu schreien beginnt. »Schsch, mein Kind«, murmelt sie und beruhigt damit nur sich selbst. Die tschechischen Nachbarn, die wenigen, die es noch gibt im Ort, rufen ihr und den anderen Deutschen nach, sie erkennt den Saatgutlieferanten, den Vater von Ivo, auch er ruft ihr etwas zu, voller Mitleid, aber in dem Tumult geht das Mitleid unter, und es bleibt allein die Gewalt, mit der es Irina vorantreibt, vorwärts, nur vorwärts.

Der Grenze entgegen.

Der Säugling schreit noch immer, er ist so hilfebedürftig, so klein und schwach, sie darf ihn nicht fallen lassen und presst das Bündel noch fester an sich, aber dann fällt es ihr doch aus den Armen und fällt und fällt, und Irina schreit und schreit, und die Stimmen des Mitleids gelten nun dem verlorenem Kind, während sie weitergeschoben wird. Es gibt kein Zurück, sag, gibt es einen unwürdigeren Tod? Die Antwort auf diese Frage kann nur das Schweigen sein.

»*Mohu vám pomoci* – Kann ich Ihnen helfen?« Ja, denkt Irina und betrachtet die Hand, die sich ihr entgegenstreckt. Auf der leeren Straße hinter ihr liegt ein Stück weiter das Bündel auf dem Boden. Sie muss sich nur umdrehen und dorthin gehen, aber sie bleibt stehen und greift nach der Hand des Tschechen, der noch einmal seine Hilfe anbietet: »*Mohu vám pomoci?*«

Irina greift ins Leere, taumelt und sieht inmitten der Menschenmenge Ivo, der versucht, sich zu ihr durchzuschlagen oder zu dem Kind, das ja auch das seine ist. Und sie erinnert sich, wie er es entgegennahm, nachdem es geboren war, mit dieser Mischung aus Liebe und dem unbedingten Willen, es beschützen zu wollen, so, wie auch ihr Vater sie immer hatte schützen wollen, zuletzt vor Ivo, vor ihm allerdings hätte er sie nicht zu schützen brauchen, aber das verstand der Vater erst, als die Mutter ihm vermittelte, dass es hier um Liebe ging.

Um Liebe!

Aber alles Verständnis stellt sich als vergebens heraus, sie werden dennoch getrennt, und wieder hört Irina den Schrei, es ist der ihre, Stopp. Ivo wird zurückgeprügelt, und während er strauchelt und sein Ziel verfehlt, ist alles nur mehr Schrei, nicht einmal der Schlag, der sich gegen Irina richtet, um sie zum Schweigen zu bringen, die Frau, die den Verstand verloren zu haben scheint, lässt den Schrei verstummen, Stopp. Die Welt bleibt stehen, der Himmel wie gemalt, die Menschen wie tot, der Schrei lebendig, dann Schwarz, wirklich und endlich Schwarz. Und es bleibt Schwarz. Es bleibt kalt.

Kein Gefühl für nichts.

»Aber wieso?«, fragt eine Frauenstimme. Die Frage klingt interessant. Irina suchte die Antwort im Himmel und fand sie schließlich in der Hölle. Sie öffnet die Augen, blinzelt zur Küchendecke und spürt die losen Fäden des alten Sofas unter ihren Fingern. Sie befindet sich im Haus der Hilgertová, kein Zweifel, und schon drängen weitere Fragen an sie heran und dulden es nicht, fortgestoßen zu werden. Sie umschlingen Irina, und sie lässt es geschehen, denn es hat keinen Zweck, noch länger kämpfen zu wollen. Seit sie denken kann, eroberte sie sich ihre Ziele im Kampf, spürte sich allein durch den Widerstand und lebendig in der Konfrontation.

Schluss damit.

Die Schnüre wickeln sie ein und spinnen sie in einen Kokon aus Traumgewebe, und als Irina abermals erwacht, ist es bereits dunkel im Zimmer, die Vorhänge sind zugezogen, allein durch den Türspalt fällt ein schwacher Lampenstrahl.

Irina kickt mit der Fußspitze die Tür weiter auf, und das Licht aus dem Nebenzimmer breitet sich über das Kissen neben ihrem Kopf. Dort liegt eine Fotografie, ein vergilbtes Abbild des Hofes, auf dem einmal die junge Frau lebte, bevor sie hinausgetrieben wurde und in die Kirche hinein und später dann zur Grenze. Bevor sie das Bündel auf die Straße fallen ließ.

Die Fotografie zeigt den Hof zu einer Zeit, als er noch intakt war, zu einer Zeit, in der die Hühner gackernd über das Pflaster liefen und die Kaninchen in ihren Ställen Löwenzahn knabberten oder Kleintierfutter, Irina weiß nicht, was Kaninchen gern fressen. Aber sie kennt das Gehöft, so, wie es auf der Fotografie abgebildet ist, der Himmel angehalten, die Farben verwaschen, und weiß auch, wer die Leute sind, die sich für den Fotografen zusammenfanden, um ein Zerrbild der Wirklichkeit zu werden. Dort steht die junge Frau mit ihren Eltern, wie ist das möglich, abgelichtet in einer vergangenen Welt, die nicht wiederherstellbar ist.

Aus dem Kopf aufs Papier.

»Ich habe Ihnen einen Tee gemacht«, sagt die Hilgertová, als sie ins Zimmer tritt, und schiebt kraftvoll den Küchentisch ein wenig näher zum Sofa. An die äußere Kante stellt sie eine dampfende Tasse, dem Geruch nach enthält sie einen dieser Kräutermixe gegen was-auch-immer, dann setzt sie sich auf einen Stuhl neben Irinas provisorisches Bett und streicht ihr über das Haar: »Geht es Ihnen gut?«

Und als Irina fragt, was geschehen sei, wie es sie hierher auf das Küchensofa habe verschlagen können, nachdem sie gerade zur Grenze getrieben worden sei, Letzteres lässt sie unerwähnt, erfährt sie, dass der Dorfbäcker Hašek sie auf der Straße gefunden habe, kurz bevor sie bewusstlos geworden sei.

Mohu vám pomoci ... Kann ich Ihnen helfen?

»Er brachte Sie zu mir«, erklärt die Hilgertová und nimmt Irina die Fotografie aus der Hand, auf der sich die Menschen aus ihren Halluzinationen befinden, nein, die Menschen, die sie aus vergangenen Begegnungen kennt: »Als Sie sich nach meinen Nachbarn erkundigt haben, erinnerte ich mich an dieses Foto, schauen Sie nur, das sind sie«, aber als Irina meint, ja, die kenne sie, lacht die Hilgertová nur.

»Das ist wohl kaum möglich«, sagt sie, »aber ich habe mich ein wenig umgehört. Vera verlor im Krieg vermutlich ein Baby, ein uneheliches Kind, kaum zu glauben.« Ob Irina sich noch daran erinnere, wie sie ins Blaue hinein fantasiert und ausgerechnet von einer heimlichen Liebschaft zu einem Tschechen gesprochen habe: »Es ist wahr, das hätte ich Vera niemals zugetraut.«

Aber Irina traut ihr das ohne Weiteres zu, sicher, schließlich kennt sie die Geschichte, als wäre sie von Anfang an ein Teil davon gewesen. Und sie kennt auch das uneheliche Kind und den Namen des Vaters, Ivo, nur den Namen der Mutter, *Vera,* kannte sie bisher noch nicht, und dennoch ist er ihr bekannt.

»Vera?«, fragt sie. »So hieß meine Großmutter: Vera Binder, geborene Watzka.« Und dieses eine Mal scheint selbst die Hilgertová kurz aus der Fassung zu geraten: »Aber …? Vera Watzka, ja, das ist ihr Name, das hätte ich beinahe vergessen, es ist zu lange her, ich habe sie nie wieder gesehen.«

Lange her und gerade erst gewesen.

Die ganze Zeit über hätte ich es wissen können, denkt Irina, das Wissen liegt gespeichert in den Lagen aus Vergangenheit, die sich in deinem Körper schichten, und in deren Spalten sich rosa Bakterien tümmeln oder schwarze.

Oder braune.

Sie hatte darüber reden hören, über Sudetendeutsche, über Verfolgung und Flucht, Feuer und Pferdewagen, aber dann hatte sie die Geschichten in die Träume verfrachtet und vergessen und auch vergessen, dass sie weiterwuchern würden in ihrem Inneren. Vera Watzka, so hatte die Großmutter als unverheiratete Frau geheißen, der Name war ein Teil von ihr gewesen, wie auch die Teile ihrer Lebensereignisse Teil von ihr gewesen sein müssen, nie verloren, sondern nur nach unten gedrückt, begraben und ächzend unter dem Gewicht des Schweigens, mit dem die Vera-Oma auf ihrer Vergangenheit gehockt hatte, die Alte mit den stinkenden Lilien, die Vera-Oma aus München, ja, allein in München war sie Irinas Unverständnis nach immer verortet gewesen, so als habe es nie eine Zeit vor München gegeben und nie eine andere Heimat, aber womöglich ließ Vera einen Teil von sich zurück, in dieser Erde, nicht weit vom Haus der Hilgertová entfernt. Einen Teil, der darauf wartet, ans Licht gezerrt zu werden.

Gibt es einen geteilten Tod, ein partielles Sterben?

Die Schnur mit all ihren Knoten, die sich zurückschlängelt in eine Zeit, bevor die Familie zunächst in Österreich und später dann in Deutschland ein vermeintlich neues Zuhause fand, war gekappt worden, um den Verlust auszuhalten.

Abgeschnitten.

Irina riecht den Tee und spürt die kühle Hand der Hilgertová, die nichts zu sagen weiß vor lauter Weisheit, die Einfachheit der Dinge ist so klar, so banal und so traurig zugleich.

»Nach dem Krieg heiratete Vera einen Münchner«, sagt Irina, »sie bekamen eine Tochter, und diese Tochter ist meine Mutter«, dann fällt sie auf das Sofa zurück und schließt die Augen. Lange ist es her, dass sie sich als Herrin ihres Verstandes empfinden durfte, nun fühlt sie sich zudem ihres Anspruches auf eine selbst erlebte Vergangenheit beraubt.

Vera Watzka, du irrtest umher und verlorst deine Liebsten und deine Liebe gleich mit. Und flohst in die Verbitterung und gebarst ein anderes Kind, das dir das eine nicht ersetzen konnte. Und konntest deiner Tochter die Liebe nicht geben, die einem anderen Kind zugedacht gewesen war, und wurdest starr und betoniertest dich ein, um dem Schmerz zu entgehen, ihm dieses Mal entgehen zu können, doch wer das Herz versperrt wie ein Kirchenportal, wird brüchig mit der Zeit und still. Dem Schmerz wolltest du entkommen, von nun an für alle Zeit, stattdessen gabst du ihn weiter, ohne ihn zu erklären.

Dich zu erklären.

Und die Nähe, die du selbst vermisstest, enthielt deine Tochter später auch mir vor, und alles, was an Kälte durch meine Häute hineinkroch, die ich in Schichten um mich zu legen versuchte, zog weitere Mauern empor, gegen die Zoe mit ihrem kleinen Köpfchen anrennen kann, soviel sie will.

Und eines Tages wird sie schwanger werden und vergeblich die Wärme in sich suchen, an die sie sich nur dunkel erinnern kann, stattdessen erinnert sie sich an schweigende Mauern und einen muffigen Geruch. Und so geht das dann weiter und weiter, wo aber soll das hinführen?

Stopp und Schluss.

Vielleicht gab es tief hinter den undurchdringlichen Mauern verschlossener Erfahrung immer schon die Spur einer Ahnung, die nur freigelegt werden musste, um zu begreifen. Und vielleicht führte diese Spur in eine Schicht in mich hinein, in die noch niemals jemand vorgedrungen ist, weder meine Mutter mit ihrem Wunsch nach Perfektion und äußerem Schein noch Jona mit seinen Fragen, die schon oberhalb ihres Brustansatzes ausgebremst wurden, und nicht Zoe mit ihrem unschuldigen Bedürfnis nach bedingungsloser Zuwendung und noch weniger ich selbst. Und vielleicht war es kein Zufall, dass ich an diesem Ort gelandet bin, sondern ich wusste, was er für Geheimnisse bergen würde, jenseits der Kirchenmauern, die das Schweigen bewahrt hatten und nun von mir zum Sprechen gebracht werden sollten. Vielleicht gab es schon immer die Absicht, die Großmutter finden zu wollen.

Eine Großmutter jenseits von Mauern aus Schmerz.

Niemand hatte jemals den Namen des Ortes erwähnt, aus dem die Familie mütterlicherseits geflohen war, die junge Vera mit ihren Eltern und einem Baby, das auf der Strecke blieb. Niemand erzählte davon. Niemand klärte mich je darüber auf, was geschehen war, und ich fragte nicht, sondern gaffte der Großmutter in das verbitterte Gesicht und konnte es nicht leiden. Und schaute in das verbitterte Gesicht meiner eigenen Mutter und ängstigte mich vor der

Verbitterung, ohne zu wissen, was sich darin ausdrückte, was es war, das mich schreckte und vermissen ließ, wie es hätte sein können, wenn …

Mama, verzeih mir.

Und Irina stellt sich ihre Mama vor, als diese noch ein Kind war, und stellt sich auch die Großmutter vor, wie sie dem Atem dieses Kindes lauschte oder es unterließ, alle stellt sie sich vor, alle, die sie kannte und nicht kannte, und befindet sich im Geiste bereits auf dem Weg nach München, ins Altenheim, wo sie das Foto in das Zimmer ihrer Mutter an die stumme Wand hängen wird. Die linke Wand bietet noch Platz, sie ist bisher verschont geblieben von etwaigen Stickereien.

Eine mögliche Leerstelle.

Ja, über dem Tischchen mit dem Plattenspieler ist ein guter Platz für das Foto. Gerahmt schaut die Familie Watzka aus dem neuen Passepartout, passend für diesen Ort. Zweimal muss Irina hämmern, bevor der Nagel richtig sitzt, während ihre Mutter unbewegt sitzen bleibt, die leeren Augen zum Fenster gerichtet, von nichts und niemandem aus ihrer Ruhe zu bringen, die nur eine künstliche ist, aber es steht Irina nicht zu, darüber zu urteilen, die Freiheit des Willens ist begrenzt, Geschichten flüstern sich mit in ihn hinein, ob er willens ist oder nicht.

Sie tritt einen Schritt näher an ihre Mutter heran und betrachtet von oben das graue Haar, staksig und brüchig ist es, so alt und ungelenk wie die ganze Gestalt. Hart vor Wut. Es muss seltsame Verrenkungen machen, um in dem Knoten zu münden, und Irina fällt ein, wie sie bei der Hilgertová auf dem Sofa lag und dachte, meine Seele ist ein riesengroßer

Knoten. Jetzt bringt sie der Anblick der verknoteten Haare ihrer Mutter zum Lachen, einem halbherzigen Lachen.

Wie verknotet muss sich Vera gefühlt haben, als sie Österreich erreichte, mit ihrem toten Baby im Genick und ihren Erinnerungen an Ivo im Gepäck, auch er aller Wahrscheinlichkeit nach für immer verloren, und von dem sie nie wieder gesprochen hatte, wie Irina vermutet. Weder mit dem Großvater noch mit der Tochter, mit niemandem, und dann erstickte sie an ihrem Schweigen und schnürte auch den Kindern die Luft ab.

Erstickt an einem zu engen Herzen.

»Hast du geweint?«, fragt Zoe, die plötzlich im Zimmer steht, obwohl sie doch draußen warten wollte. – »Wieso sollte ich geweint haben?«, fragt Irina zurück, besinnt sich dann eines Besseren und sagt: »Ja, habe ich.« – »Und warum?« – »Weil ich traurig bin. Hinter der Wut liegt immer Traurigkeit, wusstest du das nicht?«

Zoe schlurft durch das Zimmer, mit diesem ziellosen Schritt, der sie seit Kurzem begleitet und sie dennoch an ein nicht näher bezeichnetes Ziel führen wird, jetzt, heute, morgen, in einigen Wochen, Jahren, Leben.

»Was denkst du?«, fragt sie, und Irina erzählt von dem, was ihr durch den Kopf geht, von den Spuren und den Wunden und den Knoten, die sich durch die Familiengeschichte schlingen, und streicht dabei ihrer Mutter über das harte Haar. Unter ihren Fingern fühlt es sich weicher an, weniger zementiert, und sie fingert eine Strähne heraus und lässt sie frei.

Dem Gewirr entkommen.

»Gehen wir«, sagt Zoe, aber statt einer Antwort nimmt Irina sie in den Arm und drückt sie fest an sich, zu fest, aber sie will sie doch halten, festhalten, nicht fallen lassen. »Lass mich los, oder willst du mich erdrücken?«, schreit Zoe, und Irina lässt kurz los, überlegt es sich dann anders und drückt noch einmal zu: »Nie wieder lasse ich dich los, nie wieder«, aber das ist jetzt ein Spiel. Irina sagt: »Nie wieder«, und: »Na gut, ausnahmsweise, ich lasse dich«, lässt los, um Zoe sogleich wieder festzuhalten, und wiederholt das Prozedere drei oder vier Mal, bis sie weiß, sie sollte es nicht länger übertreiben mit dem Umarmen.

Oder doch. Einmal noch. Nur dieses eine Mal.

»Ich werde noch sentimental auf meine alten Tage, pass nur auf«, sagt Irina, bevor sie Zoe endgültig freigibt, dann zieht sie ihre Tochter aus dem Zimmer. Über die Schulter ruft sie ein: »Gute Nacht, Mama«, das in den Tiefen der Grube verschwindet, die ihre Mutter aus ihrem Herzen gemacht hat.

Du sollst aus deinem Herzen keine Mördergrube machen, so sagt man doch, aber das war kein Satz, der in der Familie häufig gebraucht worden wäre, obwohl er sich als gewinnbringend hätte entpuppen können. Egal, nun ist es an der Zeit, endgültig aufzuhören mit diesem *man: man sagt, man tut, man soll.* Soll *man* sagen, was *man* will, jetzt ist Schluss mit dem Versuch, sich an äußeren, allgemeinen Maßgaben zu orientieren, nach denen zu leben sich alle Flüchtlinge gezwungen zu sehen meinen.

Wie anstrengend, Oma, Mama, Zoe, hören wir auf damit.

Und während Irina rauchend durch die langen Flure geht, denkt sie, wer weiß, eines Tages sitze ich dort hinten in dem Zimmer, und Zoe kommt zu Besuch und schüttelt darüber den Kopf, dass ich noch immer im *restauro* lese oder im *Denkmal!* und mich darüber ereifere, wie die jungen Restauratoren und Restauratorinnen heutzutage ihre Arbeit verrichten: Lieblos sind sie, alle zusammen, keine Spur davon, dass sie etwas in ihre Arbeit hineingeben, nichts geben sie, nichts von sich, verstehst du, Kind? Und Zoe lächelt nur: Ja, Mama. Und dann stürmt die Enkelin, Zoes Tochter, herein und bittet: Oma, erzähl mir etwas. Und Irina nickt und zieht sie auf den Schoß und schlägt das Fotoalbum auf, obwohl sie nichts davon hält, die Wirklichkeit in die Unbewegtheit von Bildern zu sperren, um sie auf diese Weise halten zu wollen. Sie zeigt Fotos, die dem bewegenden Leben entgegengesetzt sind, aber wie sonst soll sie ihr etwas erklären, der süßen Kleinen?

Später.

»Wo bist du jetzt«, fragt Zoe, als sie Irina einholt, »bereits in Tschechien oder noch hier, bei mir?«, und Irina denkt, in der fernen Zukunft bin ich, aber immer mit der Ruhe, nur keine Eile, die Eile hat Zeit.

»In zwei Wochen fahre ich«, sagt sie, »bis dahin versuche ich, hier zu sein, versprochen, und das ist nicht örtlich gemeint«, und sie verlassen das muffige Gemäuer, das nach dem Urin alter Leute riecht und dem Versuch, diesen Geruch zu überdecken.

Draußen atmet Irina durch, froh, das Alter der Mauern hinter sich zu lassen und sich langsam vorzubereiten auf die nächste Etappe, die nahe Zukunft, die sich nicht lesen lässt, ohne die Vergangenheit zu buchstabieren, so hieß es in einem Text, als Irina sich noch in der Ausbildung befand.

Und dazwischen das Jetzt.

Dieses Mal bin ich nur kurz weg, sagte Irina, und Zoe antwortete: Lass mich raten, nur kurze vier Wochen, und Irina wusste, sie würde das nie ändern wollen, ihre Lust am Fort-Sein, am Reisen.

Die Sehnsucht nach der Ferne.

»Fahr ruhig«, sagte Zoe außerdem. Beisammensein ist keine Frage der Quantität, sondern der Qualität, es stimmt, und Irina kann Jona vertrauen. All die anderen Männer in deinem Leben haben mir immer nur den Blick auf dich selbst verstellt, sagte Zoe einmal, und Irina pflichtete ihr insgeheim bei. Offenbar hatte sie bei allen Unabhängigkeitsbestrebungen stets einer Art Schutzwall bedurft, eines lebenden Schutzwalls aus Körpern, die sie von allen Seiten her stützten, womöglich tatsächlich der eigenen, als unzuverlässig empfundenen Statik geschuldet.

Der eigenen Zerbrechlichkeit.

Der Kirchturm ragt in den Himmel wie eh und je, dieses Mal war es leicht, den Weg zu finden, geleitet allein von der Bratsche, die seit München Suiten von Max Reger ins Autoinnere schickt. Irina freut sich, allein anzukommen. Soll Astrid sich mit ihrer Schwangerschaft beschäftigen und mit dem Nestbau beginnen, eine Heimat für das Kind sieht so oder so aus. Eine Heimat wiederfinden zu wollen, die einmal zurückgelassen werden musste, hingegen ist ein schwieriges Unterfangen, denn alle Zeit verändert das Zurückgelassene und lässt das Erinnerte Vergangenheit werden. Was ist Heimat, wenn nicht der Wunsch nach einer Haut?

Nach allen fünf Häuten übereinander.

Irina parkt den Wagen am Straßenrand, nun ist sie wieder da, in Tschechien, ohne Arbeit dieses Mal, aber vielleicht wird es ihr mit Špales Fürsprache gelingen, doch wieder dabei zu sein, so hofft sie und hofft es auch nicht, und wenn sie ins Team aufgenommen werden sollte, dann wird sie dafür plädieren, Spuren zu lassen, einen absichtsvollen Blick auf Gewesenes. Sie überlegt, ob Tomáš bereits wieder am Werk ist, und wenn ja, ob er sich darüber freuen kann oder womöglich lieber in Prag geblieben wäre, um Fassaden zu bügeln.

Gullydeckel aufzustemmen.

Sie wird ihn fragen. Und auch fragen, welche Musik er am liebsten hört, welche Filme er mag und ob er die Bilder von Edgar Ende kennt oder nicht. Ob er Kitsch aushält oder lieber die Brüche zu sehen wünscht, die der Kitsch verschweigt. Und zusammen werden sie so oder so zu Ende bringen, was sie angefangen haben, etwas beitragen zur Heilung.

Ja, lach du nur, Tomáš.

Als sie aussteigt, hört sie Stimmen aus dem geöffneten Fenster des Pfarrhauses dringen, und kurz überlegt sie, hinüberzugehen, aber zuerst will sie in die Kirche. Schauen, ob alles ist, wie es war oder ob sich etwas verändert hat, seit sie weg war. Ob sie schon weitergearbeitet haben, und ob alles noch ist, wie es sein sollte.

Und da das Portal unverschlossen ist, muss Irina sich nicht einmal um den Schlüssel bemühen, sondern kann hineingehen, ohne etwaige Hindernisse überwinden zu müssen. Auf dem Schild steht noch immer: *Vstup pouze na vlastní nebezpečí* – Eintreten nur auf eigene Verantwortung. Und wie zuvor tritt sie ein, obwohl sie inzwischen weiß, was dort steht, nein: weil sie es weiß.

Auf eigene Verantwortung.

Die Kirche empfängt sie in strahlendem Glanz, vollständig restauriert, ohne Baugerüst, ohne Arbeitsutensilien, ohne Staub. Hier vor Irina liegt das Bild, das sie im Kopf hatte, damals, als sie nichtsahnend vor den stummen Unterlagen saß und nach einer Möglichkeit suchte, die Kirche erschließen zu können, die fertig war in ihrem Kopf und nur im Kopf, aber jetzt ist sie tatsächlich vollständig restauriert, fertig, alles ist fertig, restaurierte gotische Malereien schmiegen sich in Eintracht mit den barocken Ornamenten an die Westwand, sie haben Frieden miteinander geschlossen.

Das eine sichtbar unter dem anderen.

Vermutlich sollte ich mich über den Zustand wundern, denkt Irina, aber wenn du einmal in deinem Kopf herumgewandert bist, um in aller Ruhe die dort ausgestellten Bilder zu betrachten, vergisst du das Wundern, ist es nicht so? Und also vergisst sie das Wundern und schlendert stattdessen durch das zurückgeführte Gestühl entlang Richtung Altar. In der ersten Bank sitzt eine Frau in ihrem Alter und schrickt zusammen, als Irina an ihr vorbeigeht. Offenbar war sie so in sich versunken, dass sie niemanden hat eintreten hören.

Im Gebet vielleicht.

»*Ahoj*«, sagt Irina und setzt sich neben die Frau, die sich lächelnd dafür entschuldigt, kein Tschechisch zu sprechen, weil sie Deutsche sei. »Viel mehr als *Ahoj* kann ich leider auch nicht«, meint Irina und lacht, »was führt Sie her?«

Sie befände sich auf den Spuren ihrer Vergangenheit, sagt die Frau: »Eine Reise mit meiner Tochter«, und sie weist auf ein Mädchen, das weiter hinten gelangweilt auf einer Bank liegt. »Ich wollte diese Kirche besuchen, seit ich selbst zwölf Jahre alt war, aber immer schob sich die Zeit dazwischen.« Und als Irina sich erkundigt, warum sie sich ausgerechnet für diese Kirche interessiere, antwortet die Frau mit Ernst und Traurigkeit in den Augen: »Meine Mutter hat an der Restaurierung mitgewirkt, sie muss ihr viel bedeutet haben, auch wenn ich nie verstanden habe, warum.« Wenn sie ehrlich sein solle, habe sie die Arbeit ihrer Mutter immer ein wenig gehasst.

Jetzt ist Irina endgültig sicher, wen sie da vor sich hat, ja, sie ahnte es vom ersten Augenblick an. »Und trotzdem sind Sie hier«, sagt sie und muss sich zurückhalten, um die Tochter nicht an sich zu reißen und zu bedecken, mit Küssen und mit Fürsorge.

Mit Liebe.

»Es ist spät geworden«, sagt Zoe aus ihrem erwachsen gewordenen Gesicht heraus und entschuldigt sich unvermittelt damit, dass der Bus bereits warte. Sie ruft ihre Tochter und mit aufrechtem Schritt und geradem Rücken gehen beide hinaus in die Zukunft. Irina schließt die Augen und hört die Wände kichern, dann spielen sie eine einfache Melodie auf der Bratsche. Die Musik liegt gespeichert in den Mauern.

Und alles ist gut.

Corinna Antelmann
VIER
Roman

Nach zehn glücklichen Ehejahren mit Bengt verliebt sich die Klavierlehrerin Maria unverhofft in einen anderen Mann: André. Drei Monate lang lebt sie zwischen Glück und Schuld, doch nun will sie der Heimlichkeit ein Ende setzen und einen Ausweg aus ihrem Konflikt finden.
Jenseits der zu erwartenden Tragödie und jenseits tradierter Vorstellungen begibt sich Maria in ein Gedankenspiel mit Variationen ihrer Situation, in der Hoffnung, die Starre im Kopf zu durchbrechen. Ständig auf der Suche nach einem positiven Ende dreht Maria vier Mal das Rad der Zeit zurück und beginnt ihre Geschichte von Neuem.

Was mit einem Seitensprung begann, führt Maria in eine emotionale Sackgasse, aus der es scheinbar kein Zurück gibt.

Erst als Maria versucht, sich unabhängig von einem Entweder-oder zu machen, eröffnet sich ihr eine weitere Möglichkeit.
Doch die Idee, mit zwei Männern gleichzeitig zu leben und dabei das System Beziehung zu verändern, stößt schon bald an neue Grenzen.

Gebunden mit Schutzumschlag und Lesebändchen, 224 Seiten
ISBN: 978-3-902711-28-1
ISBN E-Book: 978-3-903061-10-1

Mare Kandre
Der Teufel und Gott
Roman

Aus dem Schwedischen von Charlotte Karlsson-Hager

Der Teufel, ein kleines, abschreckendes und von allen verstoßenes Kind, wird von den Menschen gejagt und man bekreuzigt sich, wenn er aufgrund seiner Sehnsucht nach Gemeinschaft mit ihnen Kontakt aufzunehmen versucht.
Ihm gegenüber steht Gott, ein kleiner dicker, verzogener Bengel, der es vorzieht, sich seiner mangelhaften Schöpfung durch einen langen Schlaf zu entziehen.
Mit dem Erwachsenwerden erkennt der Teufel die wahre Natur der Menschen, sie sind bösartig, und wendet sich dem Handwerk des Feuerschürens zu.
Währenddessen regiert der Mensch und ist mit Ausbeutung und Zerstörung beschäftigt. Die Welt steuert einer alles umfassenden Umweltkatastrophe entgegen.

»… doch im Laufe der Zeit zeigte sich in den Sündern eine neue Art von Durchtriebenheit und es wurde immer schlimmer, es hatte den Anschein, als würden sie ihre Taten aus reiner Bosheit und nicht aus Verzweiflung begehen. Und der Teufel musste nun bei Tag und Nacht arbeiten, ohne Unterlass.
Kaum hatte er einen Neuankömmling ins Feuer geschickt, kam schon der nächste Sünder durch den Gang angekrochen…«

Bis eines Tages Ini, seine bucklige Freundin aus Kindertagen auftaucht, um als Sünderin den Flammen übergeben zu werden. Der Teufel beginnt die Sinnhaftigkeit seines Handelns und die grundsätzliche Schuldfrage erneut zu überdenken.
Gott scheint in der Zwischenzeit längst vergessen zu haben, warum er die Welt erschaffen hatte, als er zu spät erkennt, dass die Menschheit die Natur und somit sich selbst restlos vernichtet hat und sich eine Apokalypse anbahnt.

Gebunden mit Schutzumschlag und Lesebändchen, 200 Seiten
ISBN: 978-3-902711-27-4

Gudrun Büchler
Unter dem Apfelbaum
Roman

Magda, Mathilda, Marlies, Milla – vier Generationen von Frauen und deren Lebensgeschichten: Millas Urgroßmutter Magda wird 1902 im Alter von zehn Jahren auf einen reichen Hof gegeben, um zu arbeiten und die eigene Familie zu entlasten. Da Magda bei der Geburt ihrer Tochter Mathilda starb, schickt ihr Mann diese später auf das Internat einer Landwirtschaftsschule.

Der Krieg veranlasst Mathilda, die eigene Tochter Marlies vor der anrollenden Front fortzuschicken, während sie selbst auf dem Gut verbleibt.

Marlies' Tochter Milla ist von Geburt an taub und stumm und wird schließlich in die Obhut einer Bäuerin gegeben, die ihr Haus als Heim für behinderte Jugendliche führt.

Dies ist der Beginn der Geschichte, wir schreiben das Jahr 1973.

Ein Jahrhundert, eine Familie, vier Schicksale, die auf dramatische Weise miteinander verbunden sind.

Gebunden mit Schutzumschlag und Lesebändchen, 224 Seiten
ISBN: 978-3-902711-12-0
ISBN E-Book: 978-3-903061-06-4

www.septime-verlag.at